勇者、辞めます
I'M QUITTING HEROING
~次の職場は魔王城~
2
クオンタム イラスト 天野英

CHARACTER
I'M QUITTING HEROING
《ヒト型生体兵器》
【DH-06】ヴァルゴ
2歳（外見年齢は20歳前後）
西暦2060年に開発された十二人の生体兵器『DHシリーズ』の一人。超再生能力に特化。
『死ななければ負けない』を座右の銘とし、能力を最大限に生かすための身体能力と一撃必殺攻撃を備える。やや過剰とも思える強敵への闘争心も、負傷前提の戦闘スタイルでメンタルに支障が出ないよう、素体段階で付与されたもの。
趣味は格闘ゲームだが、防御を考えずに突っ込むため腕前はDHシリーズの中でも最弱。

《女淫魔（サキュバス）》
【迷宮高弟】カナン
105歳

魔界生まれのサキュバス。ダークエルフの血が混ざっており、闇属性の魔術に高い適性を持つ。

長く伸びた髪と、断食儀式による痩せた身体が特徴。これらはすべて呪術師の戒律によるもので、彼女本人の趣味ではない。

呪術師はこれ以外にも戒律が多く、耐えかねて修行を辞める者も多いが、カナンは『自分の才能を最大限に生かせるのは呪術師』と信じて努力を続け、魔王軍の準幹部にまで上り詰めた。

思い込みが激しいのが玉に瑕。

「よし、オマケだ。
武器も色々揃ってるし、
ワイバーンの楽な倒し方を
教えてやろう！」
元勇者による竜退治講座

# 勇者、辞めます2
## ～次の職場は魔王城～

クオンタム

ファンタジア文庫

3179

口絵・本文イラスト　天野英

# CONTENTS

◆◆◆



◆◆◆

I'M QUITTING HEROING

# プロローグ

（――どこだ。ここは）

目覚めは、不思議な感覚だった。

長い夢を見ていたようでもあるし、ほんの一瞬だけ気を失っていたようでもある。

確かなのは、俺の肉体が失われていること。

肉体を失っても、核（コア）だけで生きているということ。

ここが、見知らぬ地下室のような場所だということ。

そして、

「……なにかしら、これ。宝石……ううん、宝珠（オーブ）……？」

コアだけになった俺を、知らない女が抱きあげているということだった。

細く骨ばった手に、全身を覆う黒いローブ。

片目を隠すように伸びた、ウェーブのかかった長く黒い髪。

その奥でおどおどと落ち着きなく動き回る瞳。

あァ、縁起悪ィ。目覚めて最初に目にするのがこんな湿っぽいヤツとは。

（女。おい、女！　俺の声が聞こえるか！）

とりあえず呼びかけてみるが、返答はない。

「あ、あたし、こんなの持ってたかしら。お師匠様に頂いたものでは、ないし……」

（――無視してんじゃねえ！　お前が持ってるその宝珠が、俺だ！）

……まいったな。至近距離だというのに、俺の声はまったく届いていないらしい。

しかもまずいことに、今の俺はまだ本調子ではないようだ。

コアだけになってる時点で分かってはいたが、失った肉体の再生なんていう初歩的なことすら、なかなかうまくいかない。こうなると、文字通り手も足も出ない状態だ。

（しばらく待てば、じきに力も戻るか……？）

戻らなかったら、ちと面倒だ。一生この女のペットなんてまっぴらゴメンだぞ……。

そんな俺の苛立ちを知る由もなく、女ががっくりと項垂れた。

「けほっ、げほっ！　うう……くそっ……！」

女が咳き込むと同時に、口の端から一筋の血がつつと垂れる。

俺を適当な作業机に置き、女が血を拭いながらギリギリと歯ぎしりした。

「勇者レオ！　よりによって、あのクソ虫に情けをかけられるなんて！」

丸めた拳で、ガツンガツンと何度も机を叩く。その度に俺の視界が上下に揺れる。

「……このまま魔界に帰るなんて、絶対に駄目だわ。そんなの、陛下にも、お師匠様にも、顔向けできない……！　ぐっ、ごほっ！」

女がまた血を吐く。

そこでようやく、俺は目の前の女がひどく傷ついていることに気がついた。瀕死（ひんし）の重傷とまではいかないが、明らかに生命力が弱まっている。

――俺は回復呪文の使い手だ。

それも、ただ癒やすだけではない、生命操作のプロフェッショナル。俺ほどの使い手ともなれば、生命の波動を通じて肉体のコンディションを『視（み）る』ことができる。

精神を集中し、女の肉体を探ると――すぐにわかった。黒いローブの下、痩せぎすの身体（からだ）のあちこちに、まだ新しい切り傷や火傷（やけど）が無数に刻まれている。

（おうおう。こりゃまた酷（ひで）えな）

思わず、存在しない眉をひそめる。

傷の深さに驚いたわけではない。むしろ、逆だ。

あらゆる傷は、この女が死なないよう明らかに手加減されたものだった。的確に戦意を削（そ）ぐように、それでいて命は奪わぬよう、芸術的なまでに急所を外している。

圧倒的なまでの実力差。たとえ百回、千回挑んだとしても結果は同じだろう。

何度も『見逃してやる』と言われた光景が目に見えるようだ。もしこの女が不退転の覚悟で戦いに臨んだのなら、凄まじい屈辱だっただろう。

（―――――ん？）

俺が違和感を覚えたのは、攻撃呪文で刻まれたと思しき傷を眺めていた時だった。

その傷から……本来ありえない、ひどく懐かしい魔力波長を感じたのだ。

気のせいかと思い再度確認したが、間違いない。この魔力には明確な覚えがある。

「そうよ、いつもそうだわ。三千年前のベリアル王遠征からこっち、我々の邪魔をするのはいつだって勇者だもの。今のうちに……レオが弟子を取って次の勇者を育て始めたりする前に、なんとかして殺さないと……！　けほっ、げほ！」

（……おいおい嘘だろ。こいつ今、何年前って言った？）

信じられなかった。

今しがたこの女が口にした、『ベリアル王遠征』。俺は、まさにそのベリアルとの戦いの中で生まれたからだ。

西暦二〇六〇年。ヒマラヤ山脈中央に開いたゲートを通って人間界へ侵攻してきた、魔界の王――魔王ベリアル。

魔界には、科学とは全く違う『魔術』という文明が栄えていた。人類は押しに押され、あっという間に地上の半分が悪魔ども――魔族の支配下に置かれた。

そこで、追い詰められた人類はアプローチを変えた。

科学で魔術に対抗するのではなく、利用する。

科学と魔術、二つの技術を合成し、最強の決戦兵器を作り出す。そうやって作り上げられたヒト型生体兵器が、生前の俺だった。

正確には俺一体ではなく、俺を含めて十二体いるのだが……まあそれはどうでもいい。

重要なのは、過ぎ去った年月の方だ。

（あれからそんなに経ってんのかよ……。んじゃあ、こいつは現代の魔王軍か？　勇者に邪魔されたってことは、まだ地上は人間たちの世界ってことだよな。こいつの言う勇者レオとか言うやつが、人類を守って――――）

――――おい。ちょっと待て。

レオ？

勇者、レオだと？

大いに聞き覚えのある名前だった。

他でもない、俺とともに作られた決戦兵器の一体――そいつの名が『レオ』なのだ。

俺たち十二体はそれぞれが特殊能力を持っていた。たとえば、イギリスで作られた『アクエリアス』は氷の魔術に特化しており、俺は回復能力に特化……といった具合だ。

そして、レオの特性は『超成長』。

一度戦った敵の――いや、敵味方を問わないな。自分が遭遇したあらゆる能力を分析・解析し、限りなくオリジナルに近い形でエミュレートする、全自動盗作兵器。

最初は貧弱極まりなかったレオも、ベリアルの配下どもと戦う中でめきめきとレベルを上げていった。最終決戦が近づいた頃には、俺や他の兄弟たちと互角以上の強さになっていたはずだ。

――もし。

もし、この女が言っている『勇者レオ』が、三千年間を生き抜いてきた俺の兄弟だったとしたら、どうだろう？

クソ真面目なあいつのことだ。きっと、ベリアルを倒した後も律儀（りちぎ）に守護者として地上を守り続けてきたに違いない。数多（あまた）の戦いをくぐり抜けてきたに違いない。

超成長。戦えば戦うほど強くなる能力。

現在のレオは、それはもう、凄まじい強さになっているはずだ。

魔王と同等。あるいは、魔王を遥（はる）かに凌（しの）ぐほどの強さに。

（――戦いてえな）

自然と笑みがこぼれてくるのを感じた。

強くなったレオと戦いたい。俺の力が、今のあいつにどこまで通じるのか、確かめたい。

そんな想(おも)いが俺の中に渦巻いていた。

確かに、俺は昔からあいつの成長が楽しみだった。『戦争が終わったら俺と戦え』なんて約束をさせた覚えもある。

それでも……本来ならば、兄弟同士で戦うなんてのはありえないことだ。

レオが未(いま)だに人間たちを守っているなら、なおさらである。もし俺が普通に復活していたなら、レオと協力して一緒に地上を守る方を優先しただろう。普通に復活していたなら。

俺たちには――俺と俺の兄弟、『デモン・ハート・シリーズ』と呼ばれるヒト型生体兵器には、《虚空機関(アカシックエンジン)》と呼ばれる超機関が埋め込まれている。

虚数空間から半永久的にエネルギーを吸い上げる、魔科学の結晶。この《虚空機関(アカシックエンジン)》が、俺が持つ再生能力との相乗効果で俺を生き永らえさせたに違いない。

それでも、俺は三千年間コアだけの状態だったのだ。

機関が損傷しているかもしれない。明日生きていられる保証はどこにもない。

明日どころか、次の瞬間には《虚空機関(アカシックエンジン)》が限界を迎え、俺は死んでいるかもしれない。

そうなったら、二度とレオと戦うことはできない。

そう思ったら、もう駄目だった。

（……戦いてえ。死ぬ前に一度でいい。成長したレオと戦いてえ……！）

俺の命は俺のもの。自分の命の燃やしどころは、自分で決めるもの。

それが生前からの俺のポリシーだ。『やっぱりあの時、ああしておけばよかった』と後悔しながら死ぬのなんざ、御免こうむる。

決めた。

俺のコアが逝っちまう前に、なんとかして『勇者レオ』と戦おう。

なんとしてでも。どんな手段を使ってでも……だ！

（……しかし、どうするかな。体がなけりゃあ、どうにもならねえぞ）

ボディを調達する必要があった。

幸いなことに、コアだけになったこの状態でも多少の魔術は行使できるようだ。それならば、考えられる手段はいくつか存在する。

一番手っ取り早いのは、魔術で他人の身体を乗っ取ることだろう。

もちろん容易なことではない。精神的にも魔力波長的にも俺に近い奴でなければ、乗っ取りは困難を極めるはずだ。

レオと戦いたがっていて、しかも俺の魔力を大量に必要としている。そんな奴がどっかにいればいいんだが……。

「――まだよ。まだ何か、手があるはず！」

俺と同じように、女の方もしばらく考え込んでいたようだった。

傷だらけの身体で椅子からよろよろと立ち上がると、壁際（かべぎわ）の本棚のもとへ歩いて行く。

そして手当たり次第に魔導書を手に取り、片っ端から中身に目を通していく。

「もうこの際、命を削る禁呪でもなんでもいい。お師匠様と魔王様のお役に立つのよ……！」

ばさりばさりと本が床に落ちる。

女の身体はとうに限界を超え、強靭（きょうじん）な精神力だけで動いている。『お師匠様』と『魔王様』というのは、こいつにとってよほど大事な存在らしい。

勇者レオを倒せるなら、明日死んでも構わない。

そんな気迫が女の全身からにじみ出ていた。

（――なるほどな。勇者レオに負けた、か）

俺に肉体があったなら、それはもう、最高に悪い顔をしていただろう。

（このままおめおめと魔界には帰れないから、どうにかしてレオとの再戦を――か。ふふふッ！　ふはははははッ、はーッはッはっはっはッ！）

なるほど！　なるほどな！

縁起が悪いとか湿っぽいとか言って悪かった。取り消すよ！

お前、スッゲー使える！

（――おい、女！）

声が届かないのを承知の上で、俺は女に語りかけた。

（いいだろう、気に入った。お前のその傷、このヴァルゴ様が治してやる！）

「……え」

俺のコアから発された、淡い、金色の光。それが女の全身を包み込んだ。

《治癒光（キュアライト）》。肉体の傷を癒やす初級呪文だ。

初級呪文と侮（あなど）るなかれ。俺の開発コンセプトは『超再生』――この手にかかれば、初級呪文ですら超級呪文へと変わる。

「な、なに……!?　うそ……！」

女が右往左往しているわずかな間に、全身の傷はたちまち塞がっていった。

「すごい……！　これ、治癒の宝珠（オーブ）なの……!?」

（――バァカ、治癒だけじゃねえよ。オマケもたっぷりつけてやった）

《治癒光（キュアライト）》のついでに付与したのは、体力を大幅にブーストする《生命増強（ライフブースター）》や、体力を魔力へ変換する《魔力変換（マナコンバート）》といった強化呪文だ。

全部合わせて十個以上。今のこいつの魔力、身体能力は、もともとの倍以上にまでアップしているはずだ。

三日三晩寝なくても活動できる体力と気力。

これまでの自分を遥かに超える魔力。

女！　このヴァルゴ様が、特別に力を貸してやる！

この力で、勇者レオを打ち倒せ！

「……いける！　これさえあれば、あたしでもレオの奴を倒せるかもしれない。いや倒すわ、絶対倒す！」

女の瞳には、熱い闘志が燃えていた。

そして、勇者レオへの並々ならぬ殺意がみなぎっていた。

（――そうだ、それでいい。闘争心を……勇者レオへの殺意を燃やせ！）

囃（はや）し立て、力を送り込めば送り込むほど、女の魔力波長は俺のものに近くなっていく。

今の俺には器が必要だ。精神的にも、魔力波長的にも、俺に近い器が。

その点こいつはいい。レオと戦いたがっており、俺の魔力を疑いもなく受け入れている。

一週間後か、あるいは一ヶ月後か……とにかく時間が経（た）てば経つほど、こいつは俺の

『器』として最適化されていくはずだ。

(さあ、存分に力を振るえ。今日から俺らは、一心同体だ！)

「ふっふっふ……みっ、見てなさい勇者レオ！　見てなさいっ！」

女が俺をひっつかみ、地下室の天井に向かって大きく吠(ほ)えた。

「このあたしが！　大賢者シュティーナ様の一番弟子、呪術師(カースメイカー)カナンが！　今度こそかならず……あんたの息の根を……止めてやるんだから――っ！」

三千年もの時間が過ぎ去った、遠い遠い未来の世界で。

そんな世界の片隅にある、小さなダンジョンの一角で。

俺――DH-06［ヴァルゴ］と呪術師(カースメイカー)カナンの奇妙な共同生活は、こうしてひっそりと幕を開けた。

# 第一章　ダンジョンに行こうの巻

## 1.　勇者、ダンジョンに拉致される

とある日の午後。

俺――魔王軍の新米幹部、〝元〟勇者レオは、同僚である魔将軍シュティーナからの呼び出しを受け、彼女の部屋を訪れていた。

「うう－ん……どうしよう……」

「来たぞシュティーナ。なんだ用事って」

「……ああ、レオ。さっそく来てくれたのですね。ありがとう」

執務室の扉を開けて真っ先に目に入ったのは、眉間に皺(しわ)を寄せて唸(うな)っている魔将軍の姿だった。

魔将軍シュティーナ。魔界トップクラスの魔術師であり、魔王軍四天王の一人であり、あの魔王エキドナの右腕を務める淫魔(サキュバス)族の才媛。

実力はもちろん、その美しい見た目によって一般兵からの人気も高いのだが……今の彼

女は、とてもではないがそんな才色兼備の魔術師とは思えない格好をしていた。

右手にはペン。左手には書類。その隣に堆(うずたか)く積まれた書類の山。愛用のメガネには点々と黒インクが付着しているし、丁寧に磨かれた爪も同様だ。色白の腕は事務仕事用の茶色っぽいアームカバーに覆われていて、色気のかけらもない。

ハッキリ言って相当にやぼったい風体である。寂れた漁村の冒険者ギルドで受付をやっているお姉さんだってもう少し気合いの入った格好をしているはずだ。

そのやぼったいお姉さんがよっこいしょと立ち上がり、俺を強引に椅子へと案内する。

「ちょっと待ってて下さいね、お茶でも淹(い)れますから」

「別にいいよ。魔界行きの件でお前も忙しいだろ」

「それは貴方(あなた)も同じでしょう？　まあ座って。ほらほら」

――魔界へ帰る。

魔王エキドナがそう宣言したのが、今から二日前のことだ。

彼女が人間界へやってきた一番の理由は、《賢者の石》を手に入れることだった。荒廃した魔界を立て直すために《大霊穴》と呼ばれる巨大なゲートを開き、あらゆる願いを叶(かな)えるという伝説を持つ《賢者の石》を奪いに来たのだ。

すなわち、三千年前に作られた生体兵器・ＤＨシリーズのコア――《虚空機関（アカシックエンジン）》。

《賢者の石》。

エキドナはとうとう《賢者の石》を手にすることはできなかったが、かわりにＤＨシリーズ唯一の生き残りである俺が魔王軍に加入した。

これからは魔王と勇者、最強の二人が力を合わせて魔界を立て直し、人間界との和平を結び、双方ともに繁栄できる平和な世界を作っていかなければならない。その第一歩として、まずは魔界の立て直しをする必要があるというわけだ。

魔界へ戻る。

ただし、魔王エキドナはそこに一つの条件を付け加えていた。

『戻るのは我と四天王、それにレオだけだ。城はこのまま残すし、軍も解散しない』

俺たち幹部を集め、エキドナは断固たる口調でそう宣言した。

『我は魔界と人間界の共存を目指したい。今回は一つしかない……はずの……《賢者の石》を奪うべく人間界へ戦を仕掛けたが、いずれはその償いもせねばならぬだろう。その時、この城は外交のための最重要拠点となるはずだ。城を潰すわけにはいかん。城を守る軍団員も、解雇するわけにはいかん』

それがエキドナの言い分だった。

いずれ来る、人間界との和平の為に城を残す。維持費だって馬鹿にならないだろうに、よくもまあ……甘いというか、あいつらしいというか。

まあ確かに、いつ攻めてくるか分からない魔界と和平を結べるなら人間たちも安心するのは間違いない。魔界は魔界で侵略戦争を仕掛けざるを得ない程に荒廃しているし、人間界でしか採れない各種資源を魔界へ輸入できるようになるなら、やはり悪くない。

さすが魔王と言うべきか。彼女の選んだ道にはちゃんとした説得力があった。

「しかしなぁ。幹部連中が軒並み魔界に行っちまって、この城は大丈夫なのかね？　万が一、人間たちとのトラブルが発生した時とかさ」

シュティーナが淹れてくれたカモミールティーを啜りながら尋ねると、

「それは大丈夫でしょう。なにせ後任はあのジェリエッタですから。あの子は父親に似て剣の腕も達者ですし……あと」

「父親に似なかったお蔭で、気配りもできる。と」

「そういうことです」

「ははは！　ま、あいつに任せるなら安心だな」

四天王エドヴァルトは竜人族だ。普通の人間はもちろん、下手な悪魔族すら凌ぐ高い魔力を宿し、身体能力もずば抜けている。

そんな彼の娘ジェリエッタは、父親譲りの剣術とカリスマ性を持っている。竜人族の身体能力にあぐらをかくことなく、常に努力を怠らず、自力でエドヴァルトの副官にまで上り詰めた。多くの部下から信頼を寄せられている彼女なら、城の留守を預けても問題あるまい。

「それに、留守といっても《大霊穴》を通ればいつでもこちらに帰ってこられますからね。人間たちがこの城に近づくことも稀ですし、まず心配は要らないでしょう」

「そーだな。こんな城、逆の立場だったら絶対に攻めたくない。偵察するのもごめんだ」

シュティーナがちらりと窓の外を見た。そこに広がる光景は、美しくも寒々しい。

雪化粧の施された山々。ごつごつした岩肌を縫うように生い茂る草木。あちこちに見える切り立った崖は、それ自体が天然の城壁と化している。

セシャト山脈――この魔王城は、人間界でも有数の大山脈中央部に建っている。飛行呪文の使える魔術師ならばともかく、徒歩では城に近づくだけでも一苦労だろう。

「〝勝敗は戦う前に決している。備えを怠らなかった者だけが勝利の栄光を掴むであろう〟――そういうことですね。不便な山奥に陣を張った甲斐がありました」

そこでようやくシュティーナがこちらへやってきて、俺の向かいに座った。

先程から窓際でなにをごそごそやっているのだろうと思っていたのだが、どうもリラックスのためのお香を炷(た)いていたらしい。白い煙がかすかに流れてくるとともに、ツン、としたシダーウッドの清涼感ある香りが俺の鼻をくすぐった。

「で？　そろそろ本題に入ろうぜ。俺に用事があるんだろ」

「ええ。実は、ダンジョン攻略に付き合って貰(もら)いたくて」

「……はい？」

「《地図投影(マッピング)》」

シュティーナが指をパチリと鳴らし、空中に半透明の……科学文明時代の懐(なつ)かしい言い方をすると、ホログラフィのような形で地図を描き出した。

正確に言えば、それは地図ではない。魔王城の一角を切り取った、見取り図だ。

「これは……この部屋のすぐ下のフロアか」

「そうです。四天王(私たち)に次ぐ実力者…… いわゆる準幹部クラスの居住区です」

四天王に次ぐ力を持つ陰の実力者。魔王軍の準幹部とはそういった連中だ。

今でこそ（俺が倒してしまったせいで）欠員が目立つが、エキドナ軍が人間界へ進出してきたばかりの時はたくさんの準幹部がいた。

たとえば、己の武器に呪文を込める魔剣士(フェンサー)、変幻のサウガス。

予測もつかぬ軌道で無数の矢を放つ弓手(アーチャー)、驟雨(しゅうう)のアクトーン。

異界の魔獣を従える召喚士（サモナー）、暗黒洞のリナス。

どいつもこいつも、魔王エキドナと四天王シュティーナが選んだ魔界の腕っこき連中である。そんな奴（やつ）らが強くないはずもなく、俺が魔王軍と敵対していた頃は随分と苦労させられた。

いまシュティーナが俺に突きつけているのは、そんな一癖も二癖もある準幹部クラスの居住区を描いた見取り図だった。

現在は主の大半が魔界へ帰ってしまい、その殆（ほとん）どが物置同然になっているはずなのだが――。

「カナンという呪術師（カースメイカー）を覚えていますか？　以前あなたと戦った、私の弟子です」

「カナン？　どんな奴だっけ」

「ほら、あの……黒くて長い髪で、片目が隠れていて、ぼそぼそっと喋（しゃべ）る……」

「……あー、覚えてる覚えてる！　ダンジョンマスターだろ？　シクラスを占領してた」

「そうそう、そのカナンです」

カナン。四天王シュティーナの弟子、呪術師（カースメイカー）カナン。

エドヴァルトとメルネスを倒した後に立ち寄ったシクラスという町に、巨大な地下迷宮（ダンジョン）を造って周辺を支配していた女だ。

種族はシュティーナと同じ女淫魔（サキュバス）。だが、容姿や振る舞いは今しがたシュティーナが言った通りで、男の情欲をそそるような見た目からは程遠い。メルネス以上に陰気で、メルネス以上に人付き合いが苦手そうな奴だった。

「そうかそうか。そういやあいつ、私はシュティーナ様の弟子だぞーみたいなこと言ってた気がするな。確かに魔術師としては一流だった」

「ええ。とりわけ呪術師（カースメイカー）としての彼女の才能は、ともすれば私以上かもしれません。あと、ダンジョン造りの才能も」

そうだ。カナンはダンジョン造りの名手だった。

ただダンジョンを造り出すだけなら、誰にでも出来る。地精霊（ノーム）の力を借りて洞窟を造ったりするのもいいし、闇精霊（シェイド）や黒夢神（ディアボロス）の力を行使すれば、地上であっても闇に閉ざされた空間ができあがる。あらゆる五感を狂わせ、時間感覚も方向感覚も消失させる小規模な迷路……それもまた、ある意味では立派なダンジョンと言える。

だが、貴重な宝物を隠す『宝物庫（ほうもつこ）』として——あるいは、敵を効率よく迎え撃つ為の『要塞』としてダンジョンを造るなら、また話は違ってくる。

だだっぴろいダンジョンを一人で防衛するわけにはいかないし、いちいち傭兵（ようへい）団やらなにやらを雇うわけにもいかない。そうなると、自立した防衛機構が……大量の罠（トラップ）の設置が必要になってくる。

どれだけ性格の悪い罠を設置できるか？

それこそがダンジョン構築においてもっともセンスが問われる部分なのだ。

その点において、カナンの迷宮は最悪なまでに最高の出来栄えだった。奴がもっとも得意とするのは、他者の行動を自在に操る《制約魔術》だったからだ。

「シクラス地下迷宮か。ありゃあ、なかなかに骨の折れる仕事だった。俺が言うのもなんだが、アレは一人で攻略するもんじゃねえよ」

「【○○系の呪文が使えない部屋】とか、ありました？」

「あったあった、いっぱいあった。やれ【剣を抜いてはいけない部屋】だの、【毒霧の中で十五分間瞑想しないと出られない部屋】だの、【炎熱系の呪文を使うと部屋全体が大爆発する部屋】だの……なあ、最後の部屋がどんな造りをしてたか分かるか？」

「……いえ。ろくでもない造りをしていることだけは分かりますけど」

「めちゃくちゃ広い迷路なんだ。見通しが悪すぎて、どこに敵が居るのか全然わからない。部屋の各所には隠し扉があって、炎の呪文を得意とする魔獣やホムンクルスが定期的に出てくる」

「ふむ」

「そいつらは俺を見つけると同時に呪文を唱えだす。呪文詠唱にかかる時間はせいぜい二秒か三秒。その間に敵を倒さないと——ドカン！　充満した可燃性ガスに引火して、フロア全体が大爆発というわけだ。その手の部屋が二百個近くあった」

「…………」

「……お前の弟子、どういう性格してるんだよ……」

シュティーナは何も言わず、無言で頭を抱えている。

これが、呪術師がダンジョン造りに向いているとされる理由だ。

呪符、魔石、ラッコの頭……適当な触媒を使って部屋に呪いをかけたら、あとは放置するだけで侵入者の方から勝手に死んでくれる。コストパフォーマンスが段違いなのだ。

コスパが良いから大量に部屋を造れるし、部屋が増えれば増えるほどダンジョンとしての難易度は上がっていく——そういう恐ろしさがある。

もちろん、呪いだって万能じゃない。術者より魔力が高ければ呪いをまるごと無効化できる。相手がそんじょそこらの三流呪術師なら、俺だってすべてのギアスを無効化してスイスイと迷宮の最深部までたどり着けただろう。

だが、術者がシュティーナの弟子となるとそうもいかない。呪いの九割をレジストしたとしても、残り一割が刺さることがある……おかげでシクラスでは随分と苦労させられた。

まあ、それもこれも過ぎた話である。

ダンジョンの最下層で待ち構えていたカナンのやつはボコボコにして魔界へ送り返してやったし、その時にシクラス地下迷宮(ダンジョン)も破壊してやったから、もう残っていない。

そもそもの話、今の俺とカナンは同じ魔王軍の一員。つまり、仲間だ。

奴が造ったダンジョンに潜るなんて厄(ヤク)い話は二度と起こるまい。まだ頭を抱えているシュティーナを軽く小突き、俺は話の先を促した。

「それで？　カナンの奴がなんなんだよ」

「彼女に貸していた魔導書(グリモア)があるのです。空間操作の術を記した《次元の書》と呼ばれるもので――《大霊穴》の安定化に使いたいのですよね」

《大霊穴》は魔界と人間界をつなぐ唯一のゲートだが、最近は不安定な状態が続いている。本来の《大霊穴》を百％としたら、今日は九十％で昨日は七十五％……といった具合に、ブレが酷(ひど)い。

これでもだいぶ持ち直した方だ。ちょっと前まではあと数日でゲートが完全に閉じてしまう秒読み段階にまで入っていたのだから、文字通り劇的に改善されたと言ってもいい。

「あなたが《大霊穴》の復旧を手伝ってくれて助かりました。おかげでここ数週間、ゲートの界面は非常に安定しています。急に閉じるということはないでしょう」

「そりゃそうさ。激レア金属のオリハルコンまで使って魔力コンデンサを作ってやったんだ、安定しなかったら困る」

「……結局、不安定だった原因は何だったんでしょう？」

「さあ。俺がやったのも、結局は対症療法だからな。魔界に行ったらあちら側の入り口を本格的に調査して、原因を特定する。それまでは毎日の保守点検を怠らないことだ」

「それはわかってます！　カナンに貸した《次元の書》が必要なのも、保守点検要員を増やすためですし」

「ああ、なるほど。《次元の書》を読むのはお前じゃなくて、お前の部下か」

「そうですよ。私はもう内容すべてを暗記してます」

《大霊穴》は人間界と魔界、その両方で口を開けている。二つの世界から魔力を流し込み続けなければ、ゲートは消滅する……再び開くには膨大な時間が必要だ。

今のところは俺やシュティーナが指揮を執り、部下にもシフトを組ませて人間界側のメンテナンスをしているのだが、俺達が不在になればその体制が崩れてしまう。そんな時に備えて、シュティーナは部下に《次元の書》を読ませ、自分たち抜きでも安定させられるようにしておきたいのだろう。

「マニュアル化できる業務はマニュアル化し、自分が居なくなっても仕事が回るようにする、か。なんだ、ずいぶんと成長したじゃないか！　えらいぞシュティーナ」

「……ふん！　あなたのおかげです」

シュティーナがそっぽを向きながらつっけんどんにお礼を述べた。

「あなたに言われて、私も仕事に対する取り組み方を改めているんです。……一応、お礼は言っておきますよ。一応」

「それだけか？　感謝のキスとかはないのか？」

「～～ッ！　あるわけないでしょうっ！　この、バカ！」

「わ、わかったわかった。冗談だよ、悪かった……本題に入ってくれ」

頬を赤く染め、ふーふーと息を吐くシュティーナをなだめる。うーん。こいつ、サキュバスのくせに色恋沙汰に関しては本当にウブなんだな……。

「とにかく。《次元の書》を回収しようと、今朝カナンの部屋に行ったんですよ」

「はいはい。カナンの部屋へ行きました」

「行ったんですけど……」

「けど？」

「……ダンジョンに……」

シュティーナが蚊の鳴くような声で呟（つぶや）いた。

「ダンジョンになっていたんですよね……彼女の部屋……」

「…………は？」

シュティーナが小振りな杖を手に取り、《地図投影》で空中に描いたままの見取り図に近づいた。杖をひとふりすると、見取り図がフロアを横から見た、立体的なものに切り替わる。

「ここがカナンの部屋です。寝室への扉がダンジョン入り口への転送ゲートになっています」

シュティーナがカナンの部屋に杖を当てると、機械文明時代のタッチペンのように光芒がきらめいた。そしてそのまま、部屋の真横に巨大な長方形を描いていく。

「私の見立てだと……ダンジョンの大きさは……これくらい」

ぐいっと長方形を描くシュティーナ。

「いや、もう少し？　だいたいこれくらい……？」

描かれた長方形は、既に立体図の魔王城の全高と同じ程度。いや、それを越えつつある。

おいおいおい。このダンジョン、大きすぎだろ……!?

「ふうっ、これくらいですかね。《転送門》を使って、人間界のどこかに築いた地下迷宮へダイレクトに繋げているのでしょう。フロア数は、全部で三十階層くらい」

「はァー!?　さんっ、三十階層だと!?」

ありえねえ！　思わず声を荒げ、立ち上がってしまう。

「ざッけんな！　シクラスの迷宮より大きいじゃねえか！」

「だから貴方(あなた)を呼んだんです。私一人で攻略するのは大変そうですから」

シクラスの迷宮は全部で十五階層だった。俺を迎え撃つ為(ため)、カナンは全力を尽くしてあのダンジョン……という名の全自動極悪殺戮(さつりく)機構を造り上げたはずだし、実際、あれは間違いなく俺の人生史上ワースト三に入るくらいの最悪なダンジョンだった。

それが、今回は三十階層！　あの時の、倍！

こんなの攻略する気になるものか。俺は即座に回れ右し、部屋から立ち去ることを決めた。

「ちょっと！　どこへ行くんです！」

「帰るんだよ。邪魔したな」

「帰すわけないでしょう……！　《汝(なんじ)、我が命に従え。虚ろへの耽溺(たんでき)、蠱惑(こわく)の手――ヴィル・アリュア・アトラク、《魅了術(テンプテーション)》！」

「効くわけねえだろそんな術……」

シュティーナがご丁寧にフル詠唱で《魅了術(テンプテーション)》を放った。

俺もエキドナも四天王連中も、実力者はみんな無詠唱で呪文を使っているから忘れがちだが、呪文の発動には本来こういった詠唱が不可欠だ。詠唱があった方が呪文の威力は上がるし、無効化(レジスト)される確率も下がる。

要はケースバイケースだ。無詠唱で放てる呪文であっても、一撃の重さを重視してあえて詠唱を追加するケースだってある。

先日エキドナから喰(く)らった、俺の全能力を封じる《対勇者拘束呪(アンチ・レオ)》。あれなんかは一撃の重さを重視しなければならない典型的な例と言えるだろうな。

シュティーナも凡百の魔術師ではない。効き目を重視してフル詠唱で《魅了術(テンプテーション)》を放ったのだろうが……フッ、やれやれだ。そんなもんがこの俺に効くわけなかろうに。

鼻で笑う俺の足が勝手に動いた。自分の意思とは関係なく、ふらふらとシュティーナの下へ歩いていき——俺は忠実な騎士のようにシュティーナに跪(ひざまず)いた。

「ダンジョン攻略。謹んでお供させて頂きます、シュティーナ様」

「まあ。ありがとう、レオ」

シュティーナが花のような笑顔になり、跪いた俺の頬をそっと撫(な)でた。

……？

うわっ、効いてる!?

《魅了術（テンプテーション）》効いてるじゃねーか！

なんで⁉

この俺が、いくらシュティーナ相手とはいえ――あとフル詠唱ありとはいえ、《魅了術（テンプテーション）》程度をレジストできないわけがない……！　なにか仕掛けがあるはずだ！

慌てて室内に視線を滑らせる。そこで俺の目に飛び込んできたのは、まだテーブルの上で湯気を立てている飲みかけのカモミールティーと、窓際（まどぎわ）のお香だった。

「そ、そうか……お前……さっきの紅茶とお香……」

「はい」

シュティーナがにこやかに頷（うなず）いた。ああっ腹立つ！　この可愛（かわい）い笑顔がムカつく！

「どちらも魅了（チャーム）耐性を大幅に下げるものです。淫魔族（サキュバス）が本命を落とす時に使うとっておきのレシピで作られてますから、あなたでも容易（たやす）く無効化（レジスト）はできないだろうなー、と思って」

「こんのクソアマァ……！」

憤慨する俺をよそに、シュティーナが身をすり寄せてくる。

そして……まるで恋人に愛を囁（ささや）くかのように、俺の耳元でそっと囁いた。

「……だって。わたし一人だと、心細いんです……」

「うっ」

「私、しょせんはか弱い魔術師ですから。接近戦も得意ではないし、ダンジョンには怖い魔物もいっぱい居ますし。すごく……不安で」

甘い吐息が俺の耳に、うなじにかかる。俺の二の腕あたりにふにょんとした柔らかな感触があり、それがぎゅっと押し付けられた。柔らかな谷間に腕が沈みこむのを感じる。

ああ……！　こういうシチュエーションでなければ非常に嬉しいのだが！

『魅了されたら最後、ダンジョンへ拉致される』なんてシチュエーションでなければ！

「一緒に……来て、くれますよね？　レオ」

「う、うぐぐ……」

この状況は……非常に……よくない。なにせ《魅了術》は、術者を魅力的に感じれば感じるほど効果が高まっていく特性を持つからだ。

シュティーナの柔らかな身体が押し付けられるたびに、魅了効果が倍々ゲームで高まっていくのが分かる。俺は渾身の力を振り絞り、首を横に振って否定を示した。

「い、嫌だ……絶対に嫌だ。カナンのダンジョンには二度と入りたくない……」

「嬉しい……！　ありがとうレオ、あなたなら一緒に来てくれると信じていました！」

「聞けや！　行きたくねーって言ってんだよ！」

「さっ、行きましょう。私といっしょにダンジョン攻略ですよ！」

「やめろー！　やめろー！」

作戦が上手くいったことにご満悦のシュティーナは、すでに俺の陳情すべてをシャットアウトしているようだった。ゴキゲンに鼻歌までうたいながら俺を引きずっていく。

カナンの部屋は廊下に出たら階段を下りてすぐ。目と鼻の先だ。逃げ場は、ない……。

「なんでだよ……なんでこうなる……」

なんで魔王軍に入ってまで、魔王軍のダンジョン攻略しないといけないんだよ……。

## 2．いざ行かん、いかがわしいトラップダンジョン

「――見ないで下さいねレオ。絶対ですよ」

「わかってるよ」

「少しでもこっちを見たら焼き殺しますからね！」

「わかってるって！　いちいち大げさな奴だなもう……服が透けたくらいで」

「〝くらいで〟じゃなぁーいっっっ！」

魔王城ダンジョン（仮）、第七階層。

俺とシュティーナはカナンが造り出したトラップ・ルームの一つ、【衣服が透ける部屋】に閉じ込められていた。

……ウソじゃないぞ。俺の頭がおかしくなったわけでもない。

【衣服が透ける部屋】で間違いない。

正確には【大芋虫(クロウラー)を百匹倒さないと出られない部屋】というのがメインの制約(ギアス)で、服が透けるのはあくまでもオマケに過ぎないはずなのだが……シュティーナの取り乱しようを考えると、服が透ける方がメインの効果と言っていいのかもしれない。

「あ、《地烈槍(アーススパイク)》ーっ！」

「いちおう地下なんだから地属性呪文は控えめにしろよ。通路が崩れでもしたら面倒だ」

「だから！　私の方を見るなって！　言っているでしょうがーっ！」

「……む！　おかわりがきたぞ」

「きゃー！　きゃーっ！　ほ、《白氷霧(ホワイトミスト)》！　《白氷霧(ホワイトミスト)》～～ッ！」

「だあああっ！　密室で目くらましの呪文なんか使うんじゃねえ！」

シュティーナはこんな感じで悲鳴を上げ続け、普段の立ち回りがまったく出来ていない。

それどころか、苦し紛れに放った呪文が俺の妨害をしていたりさえする。

……こいつ、本当にサキュバスなんだろうか……？　俺は情けない相棒に疑いの目線を

向けながらも、襲ってきた大芋虫(クロウラー)の一匹をロング・ソードで両断し、頭上を見上げた。

「しかしカナンのやつ、よくもまあこんな代物をこさえたもんだ。一からまともに造ったら俺たちだって苦労するレベルだぞ。なあシュティーナ?」

「きゃーっ！　きゃーっ！」

聞こえていない。この部屋であいつにまともなリアクションを期待するのはやめよう。

俺達の頭上には、巨大な虹水晶(プリズムクリスタル)がまるでシャンデリアのように天井からぶらさがっている。あれこそが、シュティーナをパニックに陥らせた元凶である。

ギミックは単純だ。虹水晶(プリズムクリスタル)に向けて呪文を放つと、宝石が内部で魔力を吸収・分解し、部屋一帯に『衣服が透明になる』謎の光を放つ――ただそれだけだ。

馬鹿げていると思うだろう。

大丈夫だ。俺もそう思う。たぶん、シュティーナもそう思っている……。

この馬鹿げたギミックのお蔭(かげ)で、俺もシュティーナも（見た目は）下着姿である。下着姿と言っても結局は見た目の問題であり、部屋を出れば服は見えるようになるし、肉体にダメージがあるわけではないのだが……時折、最後の砦(とりで)である下着すら透けそうになるのは流石(さすが)にまずい！

ただでさえ狭い室内である。戦闘中にシュティーナの姿を完全に視界に入れないようにするのは、まず無理だ。今だって、呪文を放つ為にバックステップをしたところで、偶然にもシュティーナの背後に回る形になってしまった。

薄いブルーと白を基調とした、上下揃(そろ)いの清楚(せいそ)な下着。そこにうっすらと虹色の怪光線がまとわりつき、下着全体がときおり蜃気楼(しんきろう)のようにゆらぎ、半透明になる。

　各所にあしらわれたフリルにはアクセントとして少量の銀糸が使われているらしく、これがまたシュティーナの柔らかな尻や胸の曲線を絶妙に際立(きわだ)たせている。おそらく裁縫士にオーダーメイドしたのだろうが……いやあ、いい仕事するなあ……。

「……なにしげしげと人のハダカを見てるんですか――っ！」

「仕方ねーだろ！　お前が魅了(チャーム)を解かないせいでついつい見ちゃうんだよ！　魅了(チャーム)状態じゃなければもうちょい上手くやってるわ！　さっさと解除しろ！」

「ダーメーでーすー。魅了(チャーム)を解いたら、あなたその瞬間にダッシュで逃げ出すでしょう」

「当たり前だ」

「じゃあダメです。絶対に解除しません！」

「なら見るぞ。お前の裸を。じっくりと」

「それもダメです。絶対に許しません」

「クソがァ！　《爆雷柱(サンダーピラー)》！」

俺の言葉に応じ、三角形を描くように三つの光点が地面に設置された。大芋虫(クロウラー)が中心点に踏み込んだ瞬間を見計らい、魔力を解放。

「――《解放(リリース)》！」

バヂバヂバヂッ！

轟音(ごうおん)をあげる巨大な雷電の柱が屹立(きつりつ)し、芋虫を一瞬で灰へと変える。雷電は威力を失わず、そのまま天井からぶら下がる虹水晶(プリズムクリスタル)までも一息に呑み込んだ。

《爆雷柱(サンダーピラー)》。手動起爆ゆえにクリーンヒットさせるのが難しいぶん、単純威力ならば以前シュティーナが使った《雷電嵐舞(プラズマストーム)》や《黒曜雷陣(オブシダンケージ)》にも匹敵する中級呪文だ。

あわよくば芋虫といっしょに虹水晶(プリズムクリスタル)も破壊できるかなー？　と思って放ったのだが……。

「あっ、ダメだこれ」

荒れ狂う電撃の隙間から、ほぼ無傷の虹水晶(プリズムクリスタル)がちらりと見えた。さすがに多少のダメージは入ったようだが、破壊には程遠い。

「悪いシュティーナ、あれ壊すの無理だわ！」

「無理だわ、じゃなぁーい！」

《爆雷柱(サンダーピラー)》の魔力をまるごと吸収した虹水晶(プリズムクリスタル)が再び脱衣光線を放った。

かろうじて輪郭が残っていたシュティーナのローブが今度こそ完全に消滅した。ローブの下にまとったインナーも同様だ。

今の彼女は完全に下着一枚であり、更に言えばその下着もほぼ消えかかっている。

おお……なんという眼福！　カナンありがとう、今だけはお礼を言っておくぞ！

「もー！　いやーっ！」

「こりゃ、さっさと芋虫どもを退治した方が良さそうだな……！」

……当たり前だが、本来の虹水晶（プリズムクリスタル）にこんないかがわしい効果はついていない。

虹水晶（プリズムクリスタル）は文字通り、乱反射した光が虹のような模様を作り出す宝石だ。装飾品としても触媒としても人気が高いが、結局は『フツーに出回っているフツーの宝石』である。

となるとこれはもう、カナンのやつが虹水晶（プリズムクリスタル）に改良を加えたと考えるしかない。水晶に放たれた呪文を吸収してエネルギー源とし、部屋全体に《不可視（インビジブル）》の効果を持つ特殊フィールドを発生させているのだろう。

《不可視（インビジブル）》の対象を衣服だけに絞ることと引き換えに、俺たちのような格上の魔術師にもレジストされないようにする。肉体的なダメージをまったく与えないことと引き換えに、術の持続時間を大幅に高めている。

俺の《爆雷柱（サンダーピラー）》に耐えるほどの異常な耐久性は、おそらく魔力の一部を《再生（リジェネレイト）》に回しているのだろう。かなり強力な再生効果が付与してあると見た。

「……いやいやいや。とんでもない技術だぞこれ⁉　道具作製（アイテムクリエイト）と魔力付与（エンチャント）と呪文調整（カスタマイズ）の複合だと？　カナンのやつ、そんなに凄（すご）い呪術師（カースメイカー）だったのか……⁉」

「なにをブツブツ言ってるんですかっ！　いいから戦ってっ、戦ってくださいっ！　《変装（ディスガイズ）》ッ！　《変装（ディスガイズ）》～ッ！」

「だからそれは無駄だって！」

　確かに最初は、いまシュティーナがやっているように《変装（ディスガイズ）》や《転身（メタモルフォーゼ）》あたりで衣服を生み出せばいいのではないかと思っていたのだが、それは全く無駄な試みだった。その手の呪文を唱えると、部屋のあちこちに埋まっている《解呪（ディスペル）》の呪符が発動し、生み出した衣服を即座に消去するという念の入りようなのだ。

　衣服は生み出せず、水晶も破壊できない。

　こうなるともう大芋虫（クロウラー）どもを倒し切るしかないのだが……その芋虫も部屋の隅っこの通路からチマチマ小分けになって出てくるので、また時間がかかる！

　ああ、カナン……お前、このトラップ一つにどれだけ無駄な労力をかけてるんだよ！

　こんなバカみたいな部屋を造る暇があるなら、もっと他に色々用意できただろ！

　もっと殺傷力のあるトラップとか……もっと致命的な制約（ギアス）とか……！

俺は偉いので、心底呆れながらも大芋虫を淡々と処理し続けているわけだが、まるで役に立っていないのがシュティーナだ。

先程から部屋の隅っこにうずくまり、両手で身体を隠し……いや、まったく隠しきれてないのだが……ひたすら悲鳴をあげ続けている。このエロギミック、彼女に対しては絶大な効果を発揮しているようだった。

「シュティーナァ！　ずっと言おう言おうと思ってたけど、一応お前サキュバスだろ！　男の前で全裸に剝かれても全く気にしない種族じゃねーのかよ！」

「気ーにーしーまーすー！　私は慎み深いサキュバスなんですっ、他のふしだらなサキュバスとは違うんですっ！」

『フシューッ！』

「ああもうっ、邪魔だお前ら！」

横合いから次の大芋虫が飛びかかってくる。巨体を生かした突進を横っ飛びで躱し、地面に手をつき、呪文を発動。

「《凍結波》！」

小規模な氷の嵐が吹き荒れる。大芋虫数匹がまとめて氷漬けになり、即死した。

本来、《凍結波》は攻撃呪文ではない。凍結効果で敵の足を鈍らせたり、凍傷を負わせたりするだけの初級呪文にすぎない――のだが、《賢者の石》の力を持つ俺が使えば、ざっとこんなものである！

術者のレベルが高ければ、初級呪文でも致命的なダメージを与えることが出来る。そういうことだ。……まあ単純に敵が弱すぎただけという可能性もあるが、そこは置いておこう。

「これで終わり……か？」

「そのはず……そうであってください……」

ガコン！

半ば懇願するようなシュティーナの声に応じるように、石造りの床が割れ、次のフロアへの階段が顔を覗かせた。

ああよかった、これでやっとこのふざけた空間から解放される……。

「はやくはやく！　レオはやく！　はやく次のフロアにっ！」

「わかってる！　危ないから押すなって！」

グイグイと背中を押され、石で出来た階段を下りる。二段、三段……。

階段の半ばあたりまで進んだところでようやくエロ光線が届かなくなり、俺たちの衣服が元に戻った。俺の両肩に手を置いたままシュティーナが大きなため息をつき、ぐったりと俺の背中に寄りかかった。

「なんなんですかこのダンジョン……。誰が何のために造ったんですかこんなもの……」

「少なくとも、造ったのはお前の弟子だろ……」

呪術師(カースメイカー)カナン。

またの名を〝迷宮高弟(メイズメイカー)〟のカナン。

己の本拠地であるシクラス大迷宮をはじめ、かつて魔王軍が要塞として使っていた数多くの極悪ダンジョンを設計・構築した、迷宮造りと道具作製(アイテムクリエイト)の達人である。

得意の呪術を様々なアイテムに込め、狭い地下迷宮(ダンジョン)という逃げ場のない場所で発動させる……対処が非常に難しく、そして理にかなった戦術だ。

そんな〝迷宮高弟(メイズメイカー)〟の造ったダンジョンだと言うから、今回もどんな極悪トラップが待ち受けているのかと覚悟を決めていたのだが、いざ入ってみたら拍子抜けだ。やれ【服が透ける部屋】だの、【じゃんけんに勝たないと先に進めないが、負けると服を一枚脱がないといけない部屋】だの、口に出すのも馬鹿馬鹿しいギミックばかりが揃っている。

ただ、そんなギミックも羞恥心の強いシュティーナに対しては十分すぎる効果があったらしい。立て続けにエロトラップの餌食(えじき)になり、半分涙目になりかかっている。

「なあ、やっぱ俺の戦法で行こうぜ。バカ正直に正面から挑まなくても、床なり壁なりをブッ壊して最深部まで一気に下りちまえばいいんだよ」

「ですから、それはダメですって」

俺としては助け舟を出してやったつもりなのだが、シュティーナは毅然(きぜん)とした態度でそれを否定した。どうもこいつにはこいつなりの美学があるらしく、ダンジョンの破壊だけは頑として首を縦に振ってくれず、それどころか積極的にトラップを発動させようとするのだ。

先程の虹水晶(プリズムクリスタル)にしてもそうである。『あの水晶、なんか怪しいから呪文は撃つなよ』の〝なんか怪しい〟あたりを口に出した時には、既にシュティーナの《火炎球(ファイアーボール)》が虹水晶(プリズムクリスタル)に炸裂(さくれつ)していた。

「カナンの師として、弟子が心血注いで造りあげたダンジョンを破壊するなんてことはできません。ギミック一つ一つのクオリティを吟味し、採点してあげなくては、あの子が可哀想(かわいそう)でしょう」

「はいはい、そうですか……私が悪うございました」

こういう時、シュティーナが無詠唱で呪文を放てる実力者だという点が逆に足かせになってくる。なにせ詠唱なしの即時発動だから、味方であっても攻撃を止めようがないのだ。お供している俺としてはいい迷惑である。

「――しっかし、分からないな」

「何がです？」

足元を照らす《光球(ライティング)》を更新するシュティーナが、俺のぼやきに反応して首を傾(かし)げた。

「このダンジョンだよ。シクラスの時と比べて、どうにもクソゲー度が足りない」

「クソゲ……？」

「途中で投げ出したくなるような理不尽さが足りない、ってことだ」

「はあ。そうでしょうか……？」

そう言って一瞬だけ考え込む。先程の虹水晶(プリズムクリスタル)部屋を思い出したのか、シュティーナがぞくりと身体を震わせ、両腕で身体を覆った。

「いや、いやいやっ！　そんなことはありません。このダンジョン、十分に理不尽ですよ！　さっきの衣服透過光線とか、どう見たって悪意の塊だったでしょう⁉」

「ああいうのは結局〝嫌がらせ〟でしかないだろ？　確かに悪意は感じたが、ただそれだけ。対処しなかったとしても命に別状はない――非常にヌルい罠(トラップ)だ」

「……むう。確かにそうですね」

「だからおかしいんだよな。本来、ダンジョンっていうのは外敵を迷わせ、迎え撃ち、仕留めるための機構なのに……シクラスの時のような殺意がまるで足りない」

俺の話を聞き、エロトラップで鈍っていたシュティーナの思考も少し元に戻ったらしい。

このダンジョンがいかに歪（いびつ）か、ここに来て彼女も気づき始めたようだった。

「殺意……ですか。あの子、何を考えてこんなダンジョンを造ったんでしょうね？」

「さあ。最初は素材集めのためだと思ってたんだが」

魔術師がダンジョンを造る目的は様々だ。

シクラスの時のように『強敵を迎え撃つ為（ため）の要塞』として迷宮を構築することもあれば、貴重な魔導書や魔石を安全に保管しておくための貯蔵庫として使うこともある。

あとは、効率の良（い）い素材集め。

ヒトや獣の死骸――もうちょい具体的に言うと、骨や皮や血液――には、死んだ後も強い思念が残っていることが多い。黒魔術や呪術の触媒としてはこの上なく最適だ。

一部の呪術師（カースメイカー）はそういった〝素材〟を効率よく集めるため、人里離れた地にダンジョンを造り、わざとお宝の噂（うわさ）を流している。噂に惹（ひ）かれて集まってきた欲深い冒険者をダンジョンに迎え入れ、新鮮な素材をゲットするわけだ。

カナンのような上位の呪術師（カースメイカー）であっても、術の行使に大量の触媒を必要とするのは変わらない。だからこそ俺も、殺意に満ちた『素材＆触媒集めダンジョン』の線を警戒していたのだが……。

「カナンの部屋くらいしか入り口が見当たらない以上、素材狙いというわけではなさそうですね。迷い込んだ人間の亡骸が転がっているわけでもないですし」

「そうなんだよなあ」

ここに来るまで、俺たち以外の人間には遭遇していない。トラップの殺傷力が低いことからも、素材集めが目的でないことだけは明白だった。

「お前、あいつのお師匠様だろ？　このダンジョンを造った理由とか推測できたりしないわけ？　あるいは、お前が課題を出したとか。〝エッチなトラップをたくさん造りなさい〟みたいな」

「そんな課題を出すわけないでしょう！　張っ倒しますよ！」

怒鳴りつけたあと、シュティーナは腕組みをしてひとしきり唸り、

「……カナンは一途で真面目な子ですから、そんなに回りくどい理由があるとも思えません。このダンジョンを造った、シンプルで明確な理由があるはず……例えば、ほら。新しいトラップの試験場が欲しかったー、とか」

「ふうん……」

「それなら、殺傷力の低い変なトラップばかりなのも何となく分かります。ですよね？」

「まあ、な。それなら、ユニークなトラップの数々も納得が……いくか……？」

「……うーん」

どうも釈然としないまま頷く。シュティーナ自身も自分の説にいまいち納得いっていないのか、しきりに首を傾げている。

なぜか城の中に入り口があるダンジョン。

やたらと殺傷力が低く、シュティーナにばかり特効が入るエロトラップ。

造ったのはシュティーナの弟子で、そいつは相手の行動を縛るギアスの使い手で……。

うーん、うーん。どうも何かがひっかかるのだが、考えてもなかなか答えが出ない。

「――レオ、なにをぼーっとしてるんです。着きましたよ！」

「ん」

というか、考えているうちに次のフロアへ繋がる大広間に着いてしまった。階段を守護する四体の蜥蜴竜がこちらを見つけ、俺たちを取り囲むように駆けてくる。

さきほどの大芋虫よりは多少手強いが、竜族の中では最下級に近い小型の魔獣だ。シュティーナが一歩下がって杖を構え、俺も腰の剣を抜いた。

「まあいいか。造った理由がなんであれ、最下層まで行くことに変わりはないんだ」

「ええ、サクサクっと片付けてしまいましょう。このぶんだと、我々が手こずるような敵が出てくることはまず無いでしょうしね」

――そう。そうだ。正直に言おう。

この時、俺たちは油断していた。思考を放棄してしまっていた。

何が出てきても大丈夫だろうと、勝手にたかをくくっていた。

迷宮の最下層にあんな恐ろしいものが待ち受けているだなんて……俺もシュティーナも、想像すらしていなかったのだ。

## 3．最下層に眠るもの

呪術師（カースメイカー）カナン。

フルネーム不明。性別は女、種族は淫魔（サキュバス）。

魔術の師は同じ淫魔（サキュバス）、〝全能なる魔〟のシュティーナ。

その呪術の才能を認められ、何冊かの魔導書（グリモア）を師から貸与されている。

勇者レオに敗北し、現在は魔界の王都スヴァネティアで療養中。

好きなものは、制約魔術（ギアス・スペル）。

それから――。

―


結論から言うと、ダンジョン自体はそう手こずるものではなかった。

そりゃあそうだろう。地上最強の勇者と魔王軍四天王の一人が手を組んだのだから、大概のトラップはなんとかなる。むしろ、なんとかならない方がおかしい。

……ただ、数多く設置されたエロトラップにだけは苦戦を強いられた。

第七階層で遭遇した虹水晶(プリズムクリスタル)以外にも、実に多くのトラップがあった。【くすぐり用マジックハンドの群】だとか【いかがわしい幻を見せる催眠ガス】だとか【服だけ溶かす強酸スライム】とか、そういったものだ。

命の危険を覚えるような致命的なトラップにはただの一度も遭遇せず、ただただ思春期の青年が考えたようなエロトラップの突破数ばかりが増えていく形となった。

そうして、ようやく辿(たど)り着いた魔王城ダンジョン(仮)の最下層。

そこには――俺たちの見立て通り、かなり豪華な居住空間が広がっていた。

「これはまた……豪華だな」

馬車がすれ違えそうなくらい広い廊下。そこに敷かれた、ふかふかの赤い絨毯。

広々としたホールは《光球》の呪文を封じた魔石で明るく照らし出され、中央には澄んだ水を吐き出し続ける大きな噴水がある。噴水脇から伸びる大階段を下りた先に、おそらく居住区や書斎があるのだろう。

地下ダンジョンの最深部、というと狭くて息苦しそうなイメージがあるが、まるで王宮か何かのようだった。

「なあシュティーナ。お前の気持ちは分かるぜ。俺だって驚いてる」

「……」

それはそれとして、先程から魔将軍殿の顔色が悪い。

優しく声をかけてみるが、反応はない。黙りこくったままだ。

どこか具合でも悪いのかな……？　俺はつとめて明るい口調を維持することにした。

「いや、仕方ないと思うよ。誰だってこの状況は驚くし、ショック受けるよな。わかるわかる。でもほら、〝逆境が人を強くする〟って言うだろ？　こういう時こそ前向きに――」

「レオ」

床に視線を落としたままのシュティーナが氷のような冷たさで言った。

「お願いですから、少し黙っていてください。これ以上あなたの笑顔を見ていると、《次元の書》捜しよりもあなたの抹殺を優先してしまいそうです」

シュティーナの持つ魔杖の先端から紫電が迸った。

針のような細さのそれが、ジュッと音を立てて足元の赤い絨毯を焼き焦がす。どこに控えていたのか、すぐさまメイド数名が飛んできて絨毯の修繕を開始した。

メイド……そう、メイドだ。

これだけ広いと日常生活も大変なのだろう。この居住区にはメイド姿の使い魔が百体近く放たれており、彼女たちがカナンの日常のお世話をしているようだった。

このメイド達、本来は守衛としての機能も備えているのだろうが、このフロアに入ってすぐに《完全偽装》の呪文で認識阻害フィールドを展開したせいか、攻撃されることはない。

彼女たちからは、俺とシュティーナの姿はご主人のカナンそっくりに見えていることだろう。すれ違ったメイドの一人がうやうやしく頭を下げ、シュティーナに声をかけた。

「おかえりなさいませ、ご主人さま。お風呂になさいますか。お食事になさいますか」

「うっ」

思わず口ごもるシュティーナ。その脇腹を小突き、こそこそと耳打ちする。

（おい、聞かれてるぞ。《完全偽装》中とはいえ、何か答えた方がいいんじゃないか？）

（わかっています！　あなたは静かにしてなさい！）

ごほんとシュティーナが咳払いする。

そしておもむろにカナンの口調を真似、メイドに向かって答えた。

「そっ……そういうのは別にいいわ。ねえ、あたしの部屋どっちだったかしら」

「三番目の角を右です、カナン様」

「ありがとう。しっ……仕事、がんばってね」

「はい、カナン様」

深々と頭を下げ、使い魔のメイドさんが去っていく。《完全偽装》で認識操作をしているのだから口調を真似る必要もないのだが、念には念を入れたのだろう。真面目なやつだ。

廊下を行き交うメイドさんは非常に多く、声をかけられる頻度も高い。そのたびにシュティーナがカナンの声真似をして対応していく。

俺にはもう、その姿が面白くて面白くてたまらなかった。

「いやーやばいな。さすがに面白すぎるだろう、この状況」

「……何がですか。いったい、これのどこが面白いと？」

「どこがってお前……そりゃあ、言わなくてもわかるだろ」

俺は懸命に笑いを堪えながら、廊下の掃き掃除を頑張っているシュティーナそっくりのメイドさんを指差し、言った。

「カナンの使い魔が全部お前そっくりの格好してるなんて、こんな愉快な状況、いったいどこの誰が想像した？　誰も想像できねえだろ！　ふはっ、ふはははははは！」

「黙りなさいレオ。口を、閉じなさい」

「しかも、メイド姿だぞ！　四天王シュティーナ様のメイド姿！　ふはははははは！」

「黙りなさい！　だーまーりーなーさーいー！」

ああ、笑いすぎて腹が痛い。シュティーナがギリギリと歯ぎしりしながら地団駄を踏んだ。

そろそろネタばらしをしていい頃だと思う。

そうだ。このフロアに放たれている無数の使い魔は、その全員が彼女の……魔将軍シュティーナの姿を模していたのだ。

軽くウェーブのかかった美しい金髪。愁いを帯びた切れ長の目。淫魔(サキュバス)特有の尖(とが)った耳に、メイド服の上からでもわかる豊かな胸。

紛れもなくシュティーナ本人だ。おおかた、魔力人形(オートマタ)に変身呪文をかけて姿を似せているのだろう。

そんな偽(にせ)シュティーナ軍団が、胸元と背中が大きく開いた扇情的なミニスカートメイド服に身を包み、うやうやしく礼をし、普段ならまず口にしないような台詞(セリフ)を口にする。

「おかえりなさいませご主人さま。お風呂になさいますか、お食事になさいますか」

「おかえりなさいませご主人さま。シュティーナはご主人さまのお帰りをお待ちしておりました」

「うはははは！　ぶはははははははは！」

「あーっ！　うるっさぁぁぁい！」

シュティーナがついにキレた。怒鳴り散らし、《次元の書》が保管されているであろうカナンの私室めがけてずんずんと進んでいく。

「おい待てよ！　一応ダンジョンの中なんだ、一人じゃ危険だぞ！」

「やかましい！」

シュティーナの背中を追いかけながら、俺は内心肝を冷やしていた。

彼女の剣幕に、ではない。

彼女そっくりの魔力人形(オートマタ)を何体も作り出したカナンの執念に、だ。

『変身呪文』……見た目を変える、あるいは欺く呪文というのは数多い。

オニキス時代に俺が愛用していた《転身(メタモルフォーゼ)》をはじめ、ビギナー用から熟練者向けまで様々な呪文が存在する。そしてそのいずれも、成功を左右するのは想像力と妄想力だ。

頭のなかに変身後のイメージを強く強く描かないと、変身術は満足に発動すらしない。『オニキス』のような、中に誰が入っているかも分からないフルアーマー姿ならともかく、実在する他人そっくりに化けるというのは、俺ですら骨が折れる。

実際にやってみれば分かる。誰でもいいから、親しい人間を一人思い浮かべてほしい。そいつはどんな喋り方をするだろう。口癖はあるか？　声の高さはどれくらいだ？　どんな髪形をしていたか、しっかり思い出せるだろうか？　肌の色や、目の色は？

クオリティを追い求めていけばキリがない。そういったものを全てトレースできてはじめて、『他人そっくりに化ける』ということが可能になるのだ。

……わかるだろうか？

変身呪文というのはそれだけ高度な術で——だというのにカナンのやつは、百体近い魔力人形すべてに完璧な変身呪文を付与している。

寸分の狂いもなくシュティーナを投影しきっている。狂気的なクオリティだ。

それはつまり、カナンはシュティーナのことを徹底的に観察しているということだ。

いついかなる時もシュティーナのことを想っているということだ。

これらの要素が意味するところは、ただ一つ。……それは、

「——この部屋ですね！」

「え？」

ふと気がつくと、俺たち二人はカナンの書斎の前までやってきていた。

部屋の扉には通常の鍵に加えて魔術的なロックが三重にかかっていたようだが、シュティーナが詠唱無しで発動させた《完全解錠》の呪文により、一瞬で解除されている。

いやー素晴らしい。《完全解錠》の無詠唱化はかなり難易度が高いのだが、まるで息をするかのように軽くやってのける。さすがは魔将軍と言ったところ……。

……って、感心している場合ではない！

俺の予想が間違っていなければ、こいつをカナンの部屋に入れるのは絶対にマズい！

「やめろシュティーナ！　中に入るな！」

「なんですレオ。何をそんなに慌てて、て…………」

ああ、しまった。《完全解錠》に感心していたせいで、制止がワンテンポ遅れた。

時既に遅し。慌てて声をかけた時には、既にシュティーナは無防備に書斎の中へと足を踏み入れており――そのまま凍りついていた。

ああ、手遅れだったか。俺も慌てて室内に飛び込む。

「……レオ。これは……」

「だから待てと言ったのに……」

カナンの書斎。無数の本棚が並ぶ、石造りの広々とした部屋。

そこに広がっていたのは、俺が予想した通りの——いや、予想していたよりもだいぶ酷(ひど)い光景だった。

壁に、天井に、机の上に。部屋の空きスペースすべてを埋め尽くす勢いで、所狭しとシュティーナの写真が飾られていたのだ。

写真と言っても、科学文明時代のものとは少し異なるので、説明しておこう。

《転写(ストックプリント)》。小型の魔眼が見た映像を他の物質に転写する、映像記録用の術。それを使って作り出したあらゆる絵を、現代では写真と呼んでいる。

絵画よりも遥(はる)かにリアルな、まるで本人がそこに居るかのような一枚。

真の姿を写すから、写真。永い時が流れても、人のネーミングセンスは変わらない。

「しっかしすげェな。これ、貼ってある分だけでも二百枚はあるぞ……？」

あっちの壁に貼られているのは、凛々(りり)しく呪文を唱えるシュティーナの写真。

こっちの壁には、のんびりと紅茶を飲むシュティーナの写真。

本を読んでいるところ、うたたねをしているところ、笑っているところ怒っているところ……うおっ、すげえ！　入浴中のきわどい写真まである！

シュティーナが杖(つえ)に体重をかけ、ぐらりと傾きかけた。

「わ……私の弟子が、盗撮……盗撮を……」

「落ち着けシュティーナ、まだ傷は浅いぞ。お風呂の写真はそれ一枚だけだ」

「なんの慰めにもなってなぁぁいっ！」

「うーん、よく撮れてるなあ。記念に一枚持って帰っ……」

ぞくり。

写真を順番に眺めていき、カナンのものと思わしき小さな作業机に視線を移した時――

俺は思わず固まってしまった。

シュティーナも何かを察したらしい。出来る限り作業机が目に入らないようにしながら、そそくさと俺の後ろへ隠れる。

「ちょ、ちょっと？　レオ？」

「……」

「なんです？　何があったんです？　怖いから黙らないでください！」

「見てみろ。そこの……机の上」

シュティーナがそろそろと俺の背後から顔を覗かせ、俺の指差す方を見る。

作業机の上には――ひどく見覚えのある光景が、堆い写真の山となって積まれていた。

「これ、は……！」

「ああ、間違いない。……ついさっきまでのお前の姿だ」

虹水晶(プリズムクリスタル)が放つ怪光線を受け、下着姿で部屋の隅っこにうずくまる姿。

くすぐり触手トラップにひっかかり、白い太腿(ふともも)を露(あら)わにしている姿。

じゃんけんトラップに五連敗し、紫のローブを涙目で脱いでいる姿。

ここに来る途中、トラップにひっかかってシュティーナが見せてくれたありとあらゆる痴態が、大量の写真という形で作業机の上に載(の)っていた。

カメラアングルから察するに、ダンジョンの壁や天井といったあらゆる場所に《転写(ストックプリント)》用の魔眼が埋め込まれていたのだろう。これまでのありとあらゆる映像は全自動で記録され、この書斎へ送られていたというわけだ。シュティーナが力なく呻(うめ)いた。

「あの子が……私の姿を模したメイド人形を作っていたのは」

「……お前のことが大好きなんだろうな、たぶん」

「あの子が、制約魔術(ギアス・スペル)の腕を一生懸命磨いていたのは……」

「お前を言いなりにするチャンスを狙っていたんだろうな。たぶん」

「……で、では」

シュティーナが口ごもる。

そしてもう一度、下着姿にひん剝(む)かれた自分の写真に目をやった。

「……あの子が、このふざけたダンジョンを造った、目的は………」

うん。まあ、決まってるよな……。

「何かしらの理由をつけて、お前を連れ込むつもりだったんだろうな。こういう写真を撮りまくるために……」

「うぐぅううう～～～」

シュティーナが奇声をあげながら、潰れたカエルのように床に突っ伏した。

うーん、なるほど。師匠に抱く一途な恋心……というやつか。

実に麗しい師弟愛である。少なくとも、この場ではそういうことにしておこう。

……しっかし、まいったな！　こんな部屋、正直言って今すぐにでも出ていきたいところなのだが、お目当ての《次元の書》はまだ見つかっていない。

立っているだけで正気を失いそうなこの部屋の中から、一冊の本を捜し出せと言うのか？

《次元の書》が見つかるのが先か、俺とシュティーナの精神が参ってしまうのが先か、かなり不安になってきたぞ……。

## 4. 教訓：同僚のプライベートには踏み込まないようにしよう

――呪術師（カースメイカー）カナンは、他者の行動を操る制約魔術（ギアス・スペル）を得意とするサキュバスである。

同時に、彼女は魔界随一の魔術師であるシュティーナの弟子でもあり、その地位に恥じぬだけの努力を重ねてきた『高位魔術師（ハイ・ウィザード）』でもある。

高位魔術師（ハイ・ウィザード）の称号は、伊達（だて）ではない。なにせ、勇者である俺を手こずらせるほどのダンジョンを構築できるのだ。

それだけの魔力があれば、大抵の男はギアスで操り人形に出来る。淫魔（サキュバス）本来の活動――つまり、異性とアレコレして魔力を吸い取る事に関しては、一切困らないはずだ。

だが。

もし、カナンの意中の人が師匠のシュティーナだったらどうだろうか？

こうなると話が変わってくる。当然だが、師から魔力を吸い取るなんて無礼を働くわけにはいかない。力ずくで挑むにしても、魔術師としての格が違いすぎる。

カナンが相当厳重なロックをかけていたにもかかわらず、シュティーナはこの書斎のカギを無詠唱で解錠していた。そこだけ見てもカナンとシュティーナの力量差は歴然だ。

格上の相手にギアスは通じにくい。仮にカナンが力ずくで師匠から魔力を奪うことを決め、全力でギアスを発動させたとしても、ギアスの大半をシュティーナに無効化されるのがオチだろう。

今回のダンジョン探索にしてもそうだ。俺達が苦戦したのは、ギアスとは関係のないエロトラップだけ。それも、大半は『弟子の為を思って』シュティーナが意図的にギミックを発動させたケースばかりだ。

彼女が本気で挑めば、ここまでの探索行はもっと順調だったに違いない。

……順調だったよね？　シュティーナの名誉のため、ここではそうだったことにしておく。

ともかく、カナンが力ずくでシュティーナに勝つのは困難だ。

こうなると、カナンに残されたのは『素直に自分の想いをシュティーナに告白し、合法的に魔力を吸わせて貰う』というルートだが、これは相当に厳しい。

うぶなシュティーナのことだ。もし告白がうまくいかなかった場合、師弟関係がギクシャクしてしまうのは火を見るよりも明らかである。

最悪の場合は師弟関係が解消され、敬愛するシュティーナの側にいられなくなる可能性すら出てくる……女性としても魔術師としてもシュティーナのことを敬愛しているカナンにとって、それだけは絶対に避けたいところだろう。素直に告白するという道もこれで潰えた。

師匠と結ばれたい。

だが、難しい。

迷った末、カナンはダンジョンの中で偽物の師匠に囲まれて暮らす生活を選んだのだ。

たとえまがい物でも、棲家に戻れば愛する人——の姿をした使い魔——が出迎えてくれて、愛する人と一緒に過ごせる。

まあ、おおむね幸せな生活と言えたはずだ。おおむね。

それはそれとして、やはり本物のシュティーナと一緒になりたい気持ちは変わらない。

となれば、やることは決まっている。全力でギアスの腕を磨くしかない。

愛する師匠を意のままに操れる日を目指して猛特訓し、己の呪術に磨きをかける。

その一方で、師匠の痴態を撮影するためのダンジョン構築も怠らない。何らかの理由にかこつけて師匠を招待したいから、ダンジョンの入り口は魔王城の自室に設定する……と。

「……こわっ！」

思わず身震いしてしまった。怖ぇーよサキュバス！

サキュバスやインキュバスといった淫魔族は生まれつき貞操観念が低いぶん、一度好きになった『本命』に対してはとことん一途になると言われている。確かに、俺が過去に出会った淫魔族(サキュバス)にはそういう奴(やつ)もちょこちょこ見受けられた。

だが……カナンのこれは、一途とかそういうレベルを超えている！

人間社会なら即座に憲兵を呼ぶか、すぐさま引っ越しの荷造りに入っているところだ！

そんな、本来なら憲兵を呼ぶ権利があるはずのシュティーナが杖をついてよろよろと立ち上がった。首を何度も横に振り、弱々しく口にする。

「これは……何かの間違いです」

第一声がそれだった。

「たまたま。そう、たまたまです。使い魔たちが私の姿を模しているのも、書斎の壁一面に私の写真が貼られているのも、たまたま彼女が師匠の私を研究していただけ。そうに違いありません」

ぶつぶつと呟(つぶや)くシュティーナの目は、ちょっとアブない感じになりつつある。

……さすがに可哀想(かわいそう)になってきたぞ。ここは話を合わせてあげたほうがいいな……。

「そ、そうだな。普段のちょっとした動作から学べることって、あんがい多いもんな」

「ええ、ええ。食生活は魔力作りの基礎ですし、半身浴しながらの瞑想(メディテーション)は魔術師にとっての日課のようなもの。私に気取られずに盗撮することで、カナンはそのあたりのノウハウを目で盗もうとしたのでしょう」

「そうそう、それそれ。いやほんと、お前の弟子は偉いなあ」

「偉いですよカナン、研究熱心なのは……とても……良いことです」

ようやく精神の平衡を取り戻せたらしい。シュティーナの目が、若干ではあるが正気を取り戻した。そして、ギクシャクと大股で歩き出す。

「よしっ、魔導書を見つけてさっさと帰りますよ！　本棚を片っ端から捜しましょう！」

「お、おう。えー、なんだっけ？　《次元の書》だったよな？」

「そうです。綺麗な虹色の表紙が目印で、――ひゃわあああああっ!?」

――ガラガラッ、ガタン！

凄まじい騒音が室内に響いた。ろくに足元も確認せずに歩き出したシュティーナが段差につまずき、勢い良く本棚に突っ込んだのだ。

ばらばらと転がり落ちてくる書物の下で、涙目になったシュティーナが呻いた。

「いたたた……うう、なんですか、もう……」

「なんですかじゃねーよ！　散らかってるんだし、足元くらい確認して歩けっての」

「ごめんなさい……あいたっ」

やや遅れて落ちてきた一冊がシュティーナの頭を直撃し、俺たちの目の前に落下した。

高級感のある装丁の――紫色の表紙をした本。

落ちた拍子にぱらりとページがめくれる。

まるで本そのものに意思があり、『私を読んで』とでも言っているようだった。それを見た瞬間、俺の背筋に強烈な悪寒が走った。

（……これは、だめだ）

俺の直感が、本能的な警告を発する。

この本を読んではいけない。先ほど机の上に積まれていた写真など、これに比べれば可愛いものだ。これは間違いなく、読めば正気を失う類の、禁断の書だ。

「……レオ……」

「わかってる。触れるなよ。絶対触れるなよ……」

シュティーナも俺と同じなのだろう。本の前でピタリと静止し、動かない。

……禁断の書は、ただ危険だからという理由で禁断指定されるわけではない。

記されている内容があまりに魅力的すぎて――多くの力と多くの災い、その両方をもたらすがゆえの〝禁断〟なのだ。

そして間の悪いことに……俺とシュティーナは魔術師である。

魔術師とは、抑えきれぬ探究心を持つ者。

魔素（マナ）と精霊（エレメンタル）が織りなす、世界の神秘を探究するもの。

読んではいけない。

だが、読んでみたい。

俺たちは、魔術師としての好奇心に負けた。俺とシュティーナ、どちらからともなく本に手を伸ばし、中が見えるようしっかりと本を開き——たまらず、声をあげる。

「う、おお……！」

やはりだ。俺の直感は間違っていなかった。

これは確かに、禁断の書だ。……ある意味で。

「こ、れ、は……！」

開いたページの左半分には、着替え中のシュティーナの写真が載っており——右半分のページにはカナンのものと思（おぼ）しき文字で、次のように記されていた。

——シュティーナ様観察日記 Vol.251

——朝の7時。お師匠様がいつも通りの時間に起床されました。

今日の寝間着は桃色のネグリジェです。実にお似合いで、かわいらしい。ああ、あのネグリジェになってお師匠様の寝汗を吸えたら、どんなにか素晴らしいでしょうに。

――13時。お師匠様が少し遅めの昼食を摂られました。

光栄なことに私も一緒です。お師匠様は食事マナーも完璧で、魚をきれいに食べられない自分がちょっと恥ずかしい。お師匠様の弟子としてどこに出ても恥ずかしくないよう、明日からテーブルマナーも学ばなくてはいけないですね。

食事中、お師匠様は終始浮かない顔をされていました。

エキドナ様とともに人間界へやってきて半年。最近は勇者レオとかいうクソ虫が魔王軍へ歯向かっているらしく、お師匠様も頭を悩まされているようです。

お師匠様の貴重な思考時間を浪費させるとは、実に許しがたい。

そのうちレオは私が始末しようと思います。どこかの町に……そうですね、先日見つけたシクラスの町などがいいかもしれない。あそこに極悪ダンジョンを築き、勇者レオをおびき寄せて、殺す。うん、これです！　決まり！

それはそれとして、お師匠様に新しいカモミールティーを差し入れると、まるで少女のように無垢な笑顔を向けて下さいました。ああ……尊い。お嫁さんにしたい。もちろん私がお嫁さんでも一向に構いません。お師匠様を絶対に幸せにする自信があります！

シュティーナお師匠様は凛々しい美人として知られていますが、そちらの面ばかり評価するのは素人ですね。時にドキッとするほど幼い顔を見せることがあって、そちらこそがお師匠様の素顔だと私は考えています。

――20時。お師匠様が湯浴みに向かわれました。

石工師のゴブリンに多額のチップを渡し、天井の石材を《遠見魔眼》をエンチャントしたものとすり替えておいたのですが、これが上手くいったようです。つまり……つっ、つまり、本日からはお師匠様の、あのシュティーナ様が入浴されるお姿を、じっくりと！　生で！　拝見することが可能！　と！　いうこと！

これはすごい！　あらゆる部分がよく見えます！　お師匠様は裸体もお美しいです！

――本日の総括。

シュティーナお師匠様、カナンは貴方様をお慕いしております。

私と同じサキュバスでありながら、男に全く興味を抱かず、黙々と魔術の研鑽に励むストイックなお姿。幼い頃からずっとずっとずっとずっと憧れております。こうして弟子になれたのも何か運命的なアレがあるものだと信じています。魔界の総人口は……何人でしたっけ？　まあどうでもいいんですけど、とにかくその有象無象の中から私を弟子として選びあげて下さったことそのものが私とシュティーナお師匠様が結ばれる未来の暗示だと思っています。あっ、誤解しないで頂きたいのですけど私が敬愛しているのはお師匠様の魔術師としての側面だけではありません。ひとりの女性、ひとりのサキュバスとしてもお師匠様を尊敬しています。お師匠様は素晴らしいです。大人の女性の色気と、時折見せる子供っぽい態度の絶妙なバランス。攻めキャラかと思えば受けキャラにも回れる万能さ。くびれた腰、柔らかなバスト、よく手入れされた髪や爪……すべてが私の理想の女性像です。私には手の届かない魔界の偶像アイドル。ああ、叶わぬ想いだとは分かっていますが、それでもいつかあなたと結ばれたい……カナンはあなたの全てを愛しています。好きです！　だいすき！　あのお師匠様、よかったらお姉さまって呼ばせていただけないでしょうか？　いいですよねそれくらい許してくれますよね！　お姉さまお姉さまお姉さま！

「お……おう……」

「……」

ページの後半はもはや観察日記の体をなしておらず、『お師匠様好きです』あるいは『お姉さま大好きです』の羅列になっている。更にその先は判別不可能なミミズ文字がひたすら続いていた。

考えたくもないのだが……おそらくは、他のページにもコレに近い内容が延々と綴られているに違いない。怖すぎる。

なにげなく周囲を見回すと、鳥肌が立った。よく見たらこれ、書斎の本棚に並んでいる本の半分以上は、バージョン違いの観察日記じゃないか！

シュティーナ様観察日記 Vol.185、Vol.101、Vol.33。

シュティーナ様言行録 Vol.8、15……27。

シュティーナ様写真集（ベスト版）。

シュティーナ様写真集（お風呂編）。

怖っ。サキュバス、怖いなー……。

……なんか、カナンちゃん、ごめんね。

君のお師匠様の命令とはいえ、君が人間界にいない間に、だいじな書斎に土足で上がり込んじゃって……本当にごめん。

この部屋のことは全部忘れるから、許してくれ。許してください……。

「……」

シュティーナは床に座り込み、ページをめくる姿勢のまま動こうとしない。

俺は細心の注意を払いつつ、恐る恐る声をかけた。

「シュティーナ」

「……」

「シュティーナ……さん？」

再度声をかける。

返答は、ない。

「その、だな……嫌われるよりは、遥かにマシだと思うんだ。そうだよな？　弟子からこんなに慕われるっていうのは、けっして悪いことじゃない」

シュティーナはこちらを振り向こうともしない。

俺は慎重に……慎重に言葉を選びながら、その背中に声をかけ続けた。

「それにほら、魔界はどうか知らないけど、人間界の法律では女性同士の結婚は合法なんだ。知ってた？　知らなかっただろ？　ははは……。そう、同性婚なんて今や常識なんだ。あっ、もちろん盗撮は違法だから、そこは怒っていいと思うぞ！」

「……」

「だいいち考えても見ろ。こんなだだっ広いダンジョンを造れる呪術師、世界中を探したってそうは居ない。お前はスゲー弟子を育てたんだよ！　自信を持ってほしい！　だから元気を……シュティーナ。シュティーナ？」

「……」

「……気絶してる……」

あまりのショックからか、魔将軍は座り込んだまま完全に気絶していた。

肩を軽くゆすると、彼女の手からシュティーナ様観察日記 Vol.251 がぽろりと床に落ち、本人もまた、本と一緒に床に倒れ込んだ。


――その後、かろうじて《次元の書》は見つかったものの、シュティーナがこの書斎のことを話題にあげることはなく。

彼女が一日でもはやくこの痛ましい事件を忘れられるよう、俺はシュティーナとの会話にいっそう気を遣う羽目になったのだった。


――


――が。

ダンジョン事件が一応の解決を見たにもかかわらず、俺の心の中にはずっと引っかかっていることがあった。

それは最初から……シュティーナの部屋でダンジョンの大きさを説明された時からずっと気になっていたことだ。ダンジョンの最深部まで行けば何かわかるだろうとタカをくっていたのだが、むしろ余計に謎が深まったと言っていい。

「――カナンは、シクラスで俺に敗れた」

深夜。コツコツと自室を歩き回りながら、一人でぶつぶつと考え込む。

なにも探偵を気取っているわけではない。これは科学文明時代のプログラマー達が考えた『ラバーダッキング』と呼ばれる由緒正しきテクニックである。

その名の通り、ゴム製のアヒルのおもちゃに話しかけていく過程で問題が整理されていくという手法なのだが、これがなかなかどうしてバカにできないのだ。

「殺すと禍根が残りそうだったから、ほどほどのところで見逃してやって……カナンは、魔王城へ逃げ帰った。ここまではいい。問題ない」

大きな問題に直面しているときほど、考えを整理する時間はなくなっていく。

焦りのあまり、問題の本質が何なのか自分でもわからなくなってしまう。

そんな時に役立つのがラバーダッキングだ。誰かに説明する、という形を取れば、『あれ？　ここ、なんだかうまく説明できないぞ？』という部分を発見することができる。

そここそが切除すべき病巣そのもの。問題の本質、というわけだ。

「問題なのは、ダンジョンの深さだ。シクラスのダンジョンは全部で十五階層。今回のダンジョンは三十階層もある。……いつ造ったんだ？　こんなもの……」

俺がさっきから気にしているのは、今回のダンジョンの大きさだった。

地下三十階層にも至る巨大迷宮。

深すぎる。

あまりにも規模が大きすぎるのだ。

ダンジョンの規模は、ダンジョンマスターの力量をダイレクトに反映する。

カナンが全力を注いだシクラスのダンジョンですら十五階層が限度だったのに、その倍の大きさのダンジョンをそう簡単に造れるわけがない。そこがどうも引っかかっていた。

「仮説その一。シクラスの時は手を抜いていた、という可能性」

これはない。

俺がシクラス最深部に乗り込んだ時、カナンは文字通りの全力でぶつかってきた。

見逃してやる、と言ってもなかなか諦めないものだから、本当に死ぬ直前まで痛めつけるしかなかったくらいだ。まさに鬼気迫る勢いだった。

当時はなぜこんなに……と思っていたのだが、ダンジョンに潜った今なら分かる。

あいつは、とにかくシュティーナのことが好きなのだ。それこそ冗談抜きに、お師匠様のためなら死ねる！　というくらいに。

そして、シュティーナの一番弟子というところに強い自負を持っているのだ。

大好きなお師匠様の名を汚すわけにはいかない。レオに敗れ、見逃されて、すごすご魔界へ帰るなんて絶対にありえない。

そんなカナンが戦いで手を抜くとは考えにくい。仮説その一はこれで否定された。

「……手抜きではない。じゃあ、こういうのはどうだ？」

単純な話。自分の魔力を倍以上にしてしまえば、シクラスの倍のダンジョンは造れる。

「仮説その二。魔王城に逃げ帰った後、修業で魔力を倍以上に高めた、という可能性」

これも正直、現実味は薄い。多少修業したくらいで、魔力が二倍以上になる超絶レベルアップを果たせるとは到底思えないからだ。

魔力、腕力、体力、学力。どれをとっても重要なのは日々の積み重ねだ。階段をのぼるようにして、少しずつ少しずつ鍛え上げていくしかない。

しかも魔王城に残っている記録によれば、カナンは俺に敗れた一週間後に《大霊穴》を通って魔界へと帰っていったらしい。

俺との戦いで瀕死の重傷を負い、その状態で修業して凄まじい成長を果たし、自室ダンジョンを大幅に改装して、魔界へ帰る――これを一週間でこなすのは、無理だろう。

「仮説、その三」

……うーん。

さすがに、これは無いと思うんだが……。

「……カナンは俺に敗れたあと、自室ダンジョンで《賢者の石》クラスの魔力源を手に入れた。いや、ここはいっそ、本物の《賢者の石》を入手したということにしてみよう」

この時点で都合が良すぎるのだが、まあ、仮説は仮説だ。可能性が一%でもあるなら、とりあえず考えてみるだけの価値はある。

「さて。《賢者の石》の力で超絶レベルアップを果たしたカナンは、自分の力を試すついでに自室ダンジョンを現在の形に大規模拡張した。しかし《賢者の石》には思わぬ制約（ギアス）があり、魔王城を出て行かなければならなくなってしまった」

……思わぬ制約（ギアス）って、どんなんだろうな。『魔王アレルギーになる』とか？

この場合、《大霊穴》の監視係は適当な呪文で欺いたのだろう。《魅了術（テンプテーション）》で洗脳してもいいし、《鏡空蟬（ミラーイメージ）》で喚（よ）び出した分身を使ってもいい。魔界へ帰ったと見せかけて人間界に残るのは、それほど難しいことではない。

「俺への復讐（ふくしゅう）に燃えるカナンは、力と引き換えに制約（ギアス）を受け入れた。今は人間界のどこかに潜み、逆襲の機会を窺（うかが）っている——だから魔王城のどこにもいないし、俺が正式に魔王軍入りしたことも知らない。と」

この場合、『カナンは今どこに居るのか？』という問題が出てくるのだが、どこにいても大した違いは無いだろうと思えた。

理由は簡単だ。《賢者の石》でカナンが超絶レベルアップしているとしても、本気で俺を倒そうとするなら、自分が一番得意な戦法で挑んでくるはずだからだ。

カナンの一番得意な戦法。

つまり、超絶極悪殺人ダンジョンの構築。

彼女は人間界のどこか……山奥なり地底なりに巨大なダンジョンを造っているに違いない。そして、十分な準備が出来たところで俺をおびき寄せ、始末するつもりだろう。

「……えっ、マジ？」

もしこの仮説が合ってたら、俺、またあいつが造ったガチ殺意ダンジョンに潜らないといけないってことじゃん……嫌だよそんなの……。

うん、わかった。

やめよう！

この話は、やめ！　終わり！

「そもそも可能性が低すぎるわな。《賢者の石》で超絶レベルアップだと……？　明日起きたらリリが俺の好みドストライクの大人のお姉さんになってる方がまだ現実的だ」

俺は考えを打ち切り、ベッドに潜り込んだ。

結局答えは出ないままだったが、たぶん俺の考え過ぎなのだろう。カナンは今頃フツーに魔界に戻って、ベッドの上で療養生活を送っているに違いない。

……そうとも。

《賢者の石》が。俺の兄弟の心臓が、そんなにポンポン転がっててたまるものか。

そんなことを思いながら、その日は眠りについた。

# 第二章　濃厚！　ガリバタ醤油（しょうゆ）ソースのドラゴンステーキ

## 1. 良い仕事は良い食事から

〝飢え〟は、ほぼすべての生命に共通する現象である。

生命維持のための原始的な欲求であり、同時に弱点でもある。

どんな強者（つわもの）も飢えには逆らえない。

シュティーナ、リリ、メルネス、エドヴァルト。常人を遥（はる）かに凌（しの）ぐ力を持つ四天王はもちろん、あの魔王エキドナですら、食事を摂（と）らないことには十全な力を発揮できない。

――俺？

俺は人間を模した生体兵器だから、ある程度の無理は利（き）く。具体的には三日くらい飲まず食わずでも全然大丈夫だ。

だが、それはあくまで肉体面の話。【成長】の特性を持つ俺の精神は、今や普通の人間とほぼ同じものに育ってしまったから、メシを食わないとストレスの影響で色々な問題が出てくる。つまるところ、メシ事情に関しては俺も他の奴（やつ）らと大差ないというわけだ。

腹が減っては戦はできぬ。

誰も彼もメシを食わなきゃ生きていけない。

前置きが長くなってしまったが、俺がいま直面しているのは極めてシンプルな問題だ。

つまり、

「うあーん！　お肉食べたいよ～～～！　あたし、もう豆はやだよ～～～！」

「リリ、食事中に大声を出すな。お行儀が悪いぞ」

「うわーん！」

こういう問題である。

目の前で喚(わめ)いている娘は幹部の一人——兵站(へいたん)業務を担当する四天王、獣将軍リリ。

見た目こそほぼ人間だが、頭頂部からちょこんと飛び出た狼(おおかみ)の耳が目を引く。人間に近い獣人、いわゆる半獣人(デミ・ビーストマン)というやつだ。

そんなリリが、両手に持ったフォークとスプーンをぶんぶんと上下に振りながら再度喚いた。

「レオにいちゃーん！　あたし、お肉が食べたいよー！」

「いい子だから今日は豆で我慢しろ。明日……いや、明後日(あさって)は肉の日だから。な？」

「やだー！　やーだー！」

「ほらリリ、おいしいぞ～？　豆スープだろ、豆サラダだろ、チリコンカンだろ？　お豆さんだって〝リリちゃん、ボクを食べてよ！〟って言ってるぞ。ほらほら」

「うわーんわーん！」

「……ダメだな、これは」

ここは魔王城の俺の部屋、兼・執務室。

俺とリリで兵站業務に関するランチミーティングを開いていたのだが、見ての通りリリが食事のメニューに対するちょっとした不満を述べはじめ、いつの間にやら本格的な火がついてしまった状態である。

おかげで、俺は自分の食事もそこそこに駄犬娘を宥めている真っ最中だ。

「わかったわかった、明後日は俺のぶんのステーキも譲ってやるから」

「いま！　いま食べたいよー！　ねえ、にいちゃんのパワーでなんとかならないの？」

「こればっかはなあ……もう半年も経てば、食事事情も改善される予定なんだが」

「待てないよ～～～！」

「待てないよなあ」

「ぐすんぐすん……はぐはぐ」

泣き喚きながらもしっかりと豆のスープを平らげているあたり、こいつの食欲は大したものだと感心してしまう。

……いや感心している場合ではない。リリの反応がコミカルだから忘れてしまいそうになるが、〝食〟は組織全体のモチベーションに関わってくる、かなり深刻な問題だ。

——確かに、勇者レオとエキドナは和解した。

俺が正式に魔王軍入りした結果、様々な業務に堂々と関われるようになり、それによって劇的に業務フローが改善された仕事も多い。

反面、一朝一夕では解決できない問題も、当然ある。

それが魔王軍の物資難、食糧難だった。

なにせ、魔王軍の食料自給率は極めて低いのだ。魔王城は人間界の中央、険しいセシャト山脈のド真ん中に位置している。

標高の高い山々に囲まれているこの城、防御陣地としてはこの上なく優秀なのだが、その代償として農業や牧畜には全くと言っていいほどに向いていない。

もちろん、餓死するほどではない。ラルゴ諸島の竜人族と協力関係を結んでいるから新鮮な野菜や魚はたくさん手に入るし、《大霊穴》で魔界との補給ラインも繋がっている。

だが、ラルゴからの物資はやや健康志向で……率直に言ってしまえば、肉類がそれほど豊富ではない。育ち盛りのリリが物足りなさを覚えるのも仕方がないというものだ。

魔界からの補給は、ラルゴとは比較にならないくらいに偏りがある。

やたらと苦味の強いニンジンもどきだとか、火を噴くくらい辛い木の実だとか、酸味の強いクラーケンの脚だとか。実に半数以上がクセのある食材なのだ。

一応、魔界と人間界で共通している数少ない食べ物もある。

それが今日の昼食にもなっている、豆だ。

魔界の痩せた地でも豆は育つ、ということなのだろう。魔界産の豆は人間界のものと何の違いもなく、実においしい。

豆を食ってるだけで人間死にはしない、と昔の詩人が言っていた。事実、美味しいし栄養も豊富だし、それはそれで良いことなのだが……さすがに豆ばかりでは飽きてくるわけで……。

魔界のどっかに住んでる農家さんが丹精込めて育てたであろう豆をバクバク平らげながら、リリがすがるように言った。

「半年まてば、ふつうのお肉がいっぱい食べられるようになるの？」

「まあ、な。今はその根回しをしているところだ」

「ねまわし」

「肉をいっぱい仕入れられるような準備をしている」

「今はいっぱい仕入れられないの？」

「無理だなー。そもそもお前、わかってるか？　俺達は魔王軍だぞ？」

「うんむ？」

「魔界からやってきて、人間界にケンカを売った侵略者だ。エキドナが不殺主義だったことを考慮しても、人間たちとは深いふか～い溝があるんだよ」

「ほほー……？」

わかっているのかいないのか、リリが曖昧な顔で頷いた。いや、この顔は絶対に分かっていない顔だが、まあいいや。

人間たちの町から魔王城への輸入ルートを作るのは簡単な話ではない。

当然といえば当然の話である。たとえ公平な売買であったとしても、つい先日まで戦争していた相手にわざわざ食料やら何やらを売ってやる道理なんぞあるわけがないし、なにより権力者たちが許さない。

戦争が終わった今、各国の権力者達は戦争で疲弊した国力を立て直そうと必死なはずだ。魔王軍が力をつけて再び侵略を開始するのは、なんとしても避けたいところだろう。

おかげで、俺達と取引をしてくれるのは、ラルゴ諸島の竜人族や中立商業都市ジャイヤなどの（奇特な）自治体くらい。それ以外はまるでダメだ。

仕方がないので、今は商業に長けた軍団員のゴブリンたちを変装させ、旅の商人として人間界のほうぼうへ派遣している状態だ。

彼らが各地の町に根付き、旅商人ではなく『地元の商人』として活動しはじめるまでに三ヶ月。その商人たちが魔王軍への安定した補給ラインに育つまで、もう三ヶ月。しめて約半年。これが現在進行中の、『おいしいお肉をいっぱい食べる為にまずは各地に根を張ろうプロジェクト』の全貌だった。

……うん、わかってるよ。わかってる。

正直言って、気長すぎる。もうちょい近道はないものだろうか？　と思うのだが、急がば回れというか、これがマジで一番確実な手段なのだ。

せめて俺の人脈を使えればもうちょい事情も変わってくると思うのだが、俺も今や人間界では『お尋ね者の元勇者』である。

以前ならともかく、この状況下で人脈を大々的に活かすのは、なかなか難しい……。

「半年かあ～」

「半年だなぁ～……」

たかが半年、されど半年。気の遠くなるような話だ。

豆とマンドラゴラのサラダを小皿に取り分けてやりながら、さすがの俺もリリと一緒にぼやいてしまった。

「はあ……今すぐどっかのデカい国とパイプができて、取引も出来るようになって、ついでに肉もたっぷり食えるような大口の仕事、どっかに転がってねーかな……」

「そういう仕事、ないの？」

「あったら悩んでいないし、お前もぴーぴー泣いていないよ」

「そっかぁ。むつかしいねえ」

腹が満たされたら満足したのか、リリはいつの間にか普段の調子に戻っている。

サラダをガツガツとたいらげ、手に持ったフォークを空になったボウルにぽいっと投げ入れると、そのまま勢い良く俺のベッドに飛び乗った。

「おいしかったー！　ごちそうさまでした！」

「おい待て、いつも言ってるだろ！　自分で使った食器はちゃんと片付けろ！」

「はーい！　あとでやります！」

「今やれ！　それと、食ったあとすぐに寝るな。牛になるぞ！」

「だいじょぶだいじょぶ！　あたし牛じゃなくて……狼、だし……」

そのままタオルケットに包（くる）まって体を丸め、くーくーと寝息を立て始める。

「なに一つとして大丈夫じゃねえだろ、もう……」

さっきまで泣いていたのに現金なものだ。もしかしてこいつ、肉だろうが豆だろうが、腹に入りさえすれば何でもいいんじゃないか……？

二人分の皿を片付け、俺も仕事に戻ろうとしたその時だ。

ごんごん、と派手なノックが部屋に響いた。

「おーいレオ殿、いるか？」

「ん。入っていいぞー」

ドアをくぐるようにして、大剣を背負った巨漢がのっそりと姿を現す。

こちらもリリと同様、よく知った顔だ。四天王の一人——竜将軍エドヴァルト。

「おう、メシ時にすまんな。ちと邪魔するぞ」

「なんだエドヴァルト、なんか用か？　言っておくが、お前と一緒に本屋へ行くのは二度とごめんだからな。たとえ大金を積まれても絶対に行かん」

竜将軍エドヴァルト。以前は部下に対して少々厳しすぎるところがあったが、とある一件を経てからは随分と丸くなった男だ。

いや、最近は丸くなりすぎてしまった。先日なんかは、

『兵士たちに娯楽用の書物を差し入れたい。レオ殿も一緒に本を選んでほしい』

なんて言うから買い物についていってやったのだが、このバカ、よりによってエキドナ

とシュティーナそっくりのモデルを使った、いかがわしい写真集を兵士たちに差し入れようとしたのだ！

たしかに、エキドナとシュティーナの見た目は……見た目だけは……美しい。

そこは認めよう。彼女たちのあられもない姿が、エドヴァルトの配下に多い男性兵士たちの士気高揚に繋がるのも、まあ、分かる。

分かるが、それにしたって四天王自らいかがわしい本を買いに行くのはヤバいだろ！

そんな買い物に俺を付き合わせるんじゃない！

しかも最悪なのは、その買い物中にエキドナとシュティーナ本人に遭遇してしまったことだ。本を見た二人は烈火の如く怒り狂い、危うくエドヴァルトもろとも殺されるところだった。あんな目に遭うのは二度とごめんだ。

「すまんすまん、俺も先日の一件は反省しておる。今日は別件だから、そこは安心してくれ」

「そりゃよかったな。……で？　その別件ってのは、何だ？」

「いやな。今日のメシは豆だったろう？　昨日は魚で、その前はまた豆だ」

「そうだな」

「正直な話……いいかげん、肉を腹いっぱい食いたいとは思わんか？」

こ……こいつもかよ！

リリといいエドヴァルトといい、どいつもこいつも肉、肉、肉！　肉星人かお前ら！

とはいえ、その気持ちは分かる。よく分かる。

俺は深く頷いて、エドヴァルトの言葉に心の底からの同意を示した。

「ああ、食いたい。食いたいよ。肉じゃがとか生姜焼きとか豚バラ大根とか、もー腹いっぱい食べたいって常に思ってる」

「そうかそうか！　うむ、やはり俺の目に狂いはなかったな。レオ殿なら同意してくれると思っておったわ」

「いやでも、実際問題、無理だろ。安定した取引先を確保できないことには、大量の肉を確保するのはそーとーに難しいぞ」

「うん？」

エドヴァルトが怪訝な顔をした。それを見て、こちらも同じ顔になる。

「取引？　レオ殿、なんの話をしているのだ？」

「そういう話だろ？　肉を食いたい。でもまともな肉をたくさん手に入れたかったら、時間をかけて人間たちとの信頼関係を築き、交易ルートを確保するしかない」

「うむ、それはそうだな」

「なんだよ。分かってるじゃんか」

「ではレオ殿、逆に聞くがな。時間をかける以外の方法といったら、何があると思う？」

「……ん？　そうだなー……」

テーブルの上を拭きながらぼんやりと考える。

ああ、こんな話ししてたら余計に肉が食いたくなってきた。考えがまとまらん……。

「……今すぐどっかのデカい国とパイプができて、取引も出来るようになって、ついでに肉もたっぷり食える。そんな奇跡みたいな仕事が今すぐ転がってきてくれれば、なにもかもが一発で解決するだろうな。まあそんな美味い話、あるワケがないんだが」

「おお！　さすがレオ殿、鋭いな！」

エドヴァルトがぽんと手を叩き、

「実はな、丁度よくそういう仕事を見つけたのだ。俺一人では少々骨が折れるゆえ、レオ殿を誘いに来たという次第よ」

「ほれ見ろ。現実は厳しいんだ。そんな都合の良い話があるわけ…………………」

俺が勢い良くエドヴァルトの方を振り向いたのと、すぴすぴ呑気な寝息を立てていたリリが光のごとき速さでベッドから飛び起きたのは、全くの同時だった。

「え？」

「どうだ。俺と一緒に、ひと仕事こなしてみる気はないか？」

「あ……あるのか⁉　そんな美味しい仕事が？　マジで⁉」

「お肉！」

「ウッソだろお前！」

「お肉――‼」

リリがちぎれんばかりに尻尾を振り、目を輝かせ、俺と並んでエドヴァルトに詰め寄る。

丸太のような腕を組んで仁王立ちする竜将軍は、そんな俺たちを見てにんまりと笑った。

「――南のイーリス王国に《黒化》したドラゴンの群れが出た。旅の冒険者になりすまし、そいつらを狩りに行こうではないか！」

## 2．通りすがりの最強冒険者

――イーリス王国領、フィノイの町。

良質な魔石が多く採れるこの町は、昔から鉱山を狙った様々な勢力に狙われてきました。

たとえば、魔術の触媒として多くの魔石を必要とする魔術師。

たとえば、そんな魔術師に魔石を売りつけようとする、野盗の一団。

あるいは、魔石に惹かれてやってきた野良の合成獣。

そんな連中から人々を守るべく、町を見下ろす丘に築かれたのがこの砦。ヴィーデン砦です。

僕……ヨハン・アーメントが十六歳になり、王国弓兵になって、最初に配属された砦。

入隊から半年。厳しくも優しい隊長や先輩たちに囲まれ、砦の一員として慣れてきて、

フィノイの町の人たちとも顔なじみになった……そんな時でした。

――僕のホームであるヴィーデン砦は、今まさに無数のワイバーンに取り囲まれ、陥落しようとしていました。

「隊長、矢が通りません！　こんなの応戦するだけ無駄です！」

「駄目だヨハン、攻撃を続けろ！　この砦に引きつけておかないと、このクソトカゲ全部がいっせいに町の方へ飛んでいくぞ！」

いま僕とグスタフ隊長が立てこもっているのは、城壁の上に築かれた見張り小屋だ。頑丈な石造りになっていて、おかげでワイバーン達の鋭い鉤爪から僕らを守ってくれている。

でもそれだけだ。ワイバーンたちが頭上を乱舞している今、一歩でも見張り小屋の外に出たら間違いなく死ぬ。言ってみれば、猛禽類の前でネズミがうろちょろするようなもの

で……事実、砦中央の主館へ助けを呼びに行こうとした先輩は、小屋から飛び出してすぐに無残な姿になってしまった。

それでも諦めずに応戦する僕らをからかうかのように、黒いワイバーン達は城壁の一部や中庭に降り立ち、我が物顔であたりをうろついている。

ワイバーンの巨体では室内にまでは入れないようだから、さっさと僕らに興味をなくしてどっかに行ってくれれば助かるのだけれど——それは隊長が言うように、僕らが守るべきフィノイの町がこいつらに蹂躙されることを意味している。

結果として僕たちは、さして効果があるとも思えない、それどころかろくに命中すらしない矢を放ち、ワイバーン達の気を惹き続ける以外に取る手段がなかった。

弓も矢も、ストックが潤沢にあることだけが救いだ。たまらず弱音を吐きそうになるのを堪え、隊長に聞く。

「町の人達は、大丈夫なんでしょうか」

「これだけ派手に砦が襲われているんだ。既に危険を察知して逃げてる……はずだ。でなきゃ、めっぽう腕の立つ冒険者が偶然立ち寄って町を守ってるとか、そういう奇跡を期待するほかない」

「王都から派遣された討伐隊の皆さんは……」

「やられちまったんだろうよ！　くそっ、王宮騎士サマ直属の大部隊だぞ？　マジで全滅しちまったのか……!?」

竜種は知性が高い。人間は弱い存在だが、手を出せば手痛いしっぺ返しを喰らうことを、彼らはよく知っている。

竜種の中で下級に属するワイバーンであっても同じことだ。滅多なことがない限り、彼らが人間に危害を加えることはない。

ただ、時折そういうセオリーが通じないことがある。

今回のように黒化した竜が、それだ。なんらかの呪いなのか、突然変異なのか、それとも繁殖期のように定期的にやってくるものなのか――全身が黒く染まった竜は極めて狂暴になり、人里も襲うようになる。

そんな黒いワイバーンがこの近くで目撃されたのが、今から一月ほど前。

それも一匹ではなく、何匹も。この砦より更に先、町外れにある山に棲み着いたらしい。ときおり街道沿いまで出て来るようになったワイバーンを討伐するため、幾度となく王国騎士が派遣され……ついに数日前、山のどこかにある『龍の巣』を潰すため、大規模な討伐隊が山へ送られた。

指揮官の王宮騎士様。そして、僕のような下っ端とは比べ物にならないほど精強そうな兵士と魔術師で編成された、総勢十八名の大部隊。

これでワイバーンどもも終わりだろう、ここらもようやく平和になるぞ！　全員がそう安堵し、討伐部隊を労う宴の準備をして帰りを待ったのです。

……しかし。一日経っても二日経っても、討伐隊の皆さんがこの砦へ戻ることはなく。

三日目の日の出と共にやってきたのは、黒いワイバーンの大群で――。

「嘘だろ……隠れろヨハン！　そこの棚か樽の下に入れ！」

僅かなあいだ物思いにふけっていた僕を現実に引き戻したのは、窓の外をうかがっていた隊長の鋭い号令だった。

何があったかもわからないが、一刻を争う事態だということはわかった。命令通り、僕は積み重なった樽の隙間に潜り込み、

――ガラガラガラガラガラ！

「うわあああああっ⁉」

潜り込んだのと、ほぼ同時！

凄まじい轟音と共に、天井をぶち破って何かが落ちてきた。もうもうと立ち込める土煙

の中で、落ちてきたものが何なのかを確認する——巨大な岩だ！

天井にはぽっかりと大穴が空き、そこから青い空が、そして羽ばたくワイバーンたちが見えた。そこでようやく、さきほど隊長が何を見たのか、僕も理解することができた。

どこから持ってきたのか——黒化してもなお、獲物を殺す為の知恵は豊富なのか。

ワイバーンたちはみな、鉤爪でがっしりと岩を摑んでいた。そしてそれを、上空から次々と投下しているのだ！

二つ、三つ。……四つ。

続けざまに小ぶりな岩が落とされ、堅牢だった石造りの天井がどんどん崩れていく。僕と同じようにかろうじて難を逃れたのであろう隊長の声が、瓦礫の向こうから聞こえた。

「ここにいても潰されて死ぬだけだ。ヨハン、俺が囮になる。主館まで逃げろ！」

「……それは……！」

一瞬、この命令を聞き入れるべきかどうか、僕はおおいに迷った。

小屋の天井は既に八割ほどが崩れ落ちている。こうしている間にも次の岩が降ってくるかもしれない。そうすれば、まず確実に死ぬだろう。

そうなる前に頑丈な主館に逃げろというグスタフ隊長の指示は、正しい。

（でも……だからって、隊長を置いて逃げるのが兵士として正しい姿なんだろうか？）

たまらず自問自答する。

兵士なら、ここに残って死ぬまで戦うべきではないか。あるいは僕が囮になり、経験豊富な隊長に生き延びてもらうべきではないか……。

不意に、僕に向かって鍵が投げつけられた。瓦礫の隙間から隊長がこちらへ放ったのだ。

「安心しろ、俺だって死ぬつもりはねえ。そいつは主館の地下、第三武器庫の鍵だ」

「第三？　それって確か、隊長しか鍵を持ってないっていう……」

「あそこには貴重な呪符が保管されてるからな。ありったけの呪符を使えば、ワイバーンどもを撃退することくらい出来るだろ。本来は申請やら何やら面倒な手続きを踏まんといけないんだが、今は緊急時だ。使っちまえ！」

「……しかし……」

「さっさと行け！　次の岩が落ちてきたら終わりだぞ！」

「……わかりました！」

僕は、命令を聞くことにした。

ただ隊長を囮にして逃げるのではない。必ず武器庫までたどり着き、隊長がやられる前に助け出す。そのために、今はここから逃げるしかない！

「必ず戻ってきます。ですから、隊長も無理しないでくださいよ！」

「おう。お前も気をつけろよ」

主館にあるのは武器庫だけではない。僕らが見張り小屋に閉じ込められているように、主館に閉じ込められて身動きが取れない先輩たちもいるはずだ。彼らと合流すればワイバーンたちを追い払う策が見つかるかもしれない。

剣の腕も弓の腕も隊長には及ばない僕だけど、身軽さだけは自信がある。伝令として主館へ走っていくなら、僕のほうがきっと適任のはずだ……！

僕はそう考え、隊長が号令を出すまでの僅かな間、周囲の状況をつぶさに確認した。

ワイバーンの数は、十二、十三、十四。正門の大砲（カルバリン）は無事。

見張り小屋も、ここ以外はどこもやられていない。中の先輩たちは無事なはずだ。……よし！

「いいかヨハン、三、二、一だ。三、二、一で俺が《火炎球（ファイアーボール）》の呪符を使う。空中で爆発させて目くらましにするから、それと同時に全力で走れ！　城壁じゃなく、階段を下りて中庭を通れよ！」

「はい！」

「行くぞ。三、二、一――――《解放（リリース）》！」

掛け声とともに呪符に込められた魔力が解放され、《火炎球（ファイアーボール）》が放たれた。

灼熱（しゃくねつ）した光の球が飛んでいき、轟音を立てて爆発する。余裕の顔で城壁に留まっていたワイバーンたちが慌てて飛び立つのが見えた。

「いまだ、行けッ！」

「はい！」

意を決して小屋から飛び出す。あとはひたすらに駆けるだけだ。

中庭に通じる階段が崩れていたらどうしよう。もしそうなったら、危険な城壁の上を行くしかない……そんな不安があったのだが、幸いなことに石階段は無事だった。

中庭は平坦（へいたん）な地形だ。幾つかの木が生えている以外は満足に身を隠す場所もないが、逆に言えば一直線に走りやすい。僕は迷うことなく中庭まで一気に駆け下りた。

階段を下りきると同時に、二発目の《火炎球（ファイアーボール）》が炸裂（さくれつ）する音が聞こえた。隊長は全部で三枚の呪符を持ってると以前言っていたから、もうちょっとは気を引いてくれるはずだ。

ワイバーン達に見つかる確率を少しでも下げるため、木々の合間を縫うように走る。主館の正面扉までは、あと二十メートルほど。

（……遠い……！）

いつもはちょっと狭くすら感じられる中庭が、とてつもなく広く感じる。

たった二十メートルが、無限とも思えるほどに遠い！

「はあっ、はあ……！」

それでも、走り続ければ前には進む。

ついに木々が途切れ、開けた場所に出た。あとはいよいよ扉まで走るだけだ。

残り十メートル。五メートル――。

「……あ」

そこで、僕の動きが止まった。

止まりたくて止まったわけではない。止まらざるを得なかった。

黒い影が――唸り声をあげる黒いワイバーンが、僕の目の前に降り立ったからだ。

『グルル……！』

「う、あ……！」

リーダー格なのだろう、他の個体より少し体格が大きく、翼もごつい。

ぎょろりとしたトカゲのような黄色い目が、真っ直ぐにこちらを見据えている。

主館への扉は――よりにもよってこいつの真後ろだ。

そのリーダー格が大きく羽ばたき、一瞬だけ砦の塀より高いところへ飛び上がった。

むろん、見逃してくれたわけではない。次の瞬間には……猛烈な勢いで僕の方へ急降下してくる。鋭い鉤爪を、死神の鎌のように輝かせて。

──たぶん、こいつはずっと待っていたのだ。

仲間が岩を投下し、見張り小屋を破壊するのを。這い出てきた獲物が中庭を通るのを、ずっと。扉まであと五メートル。泥の中にいるように時間の流れが遅くなった。

(弓矢で応戦するか……?)

いや、矢を放つのはおろか、矢を番えることすら間に合わないだろう。せいぜい背中の矢筒から矢を引き抜くので精一杯だ。

(なら、走るか)

走って、いつも先輩たちが重い重いと愚痴を垂れていた鉄扉を一人で開けて、中に逃げ込んで……駄目だ、間に合うわけがない。

残酷な現実が待っていた。どうやったって僕が急降下攻撃を食らうのは、もう間違いない。

二秒後か三秒後には──僕はあの鉤爪に貫かれて死んでいる。

三発目の《火炎球》が視界の端で炸裂した。これで隊長の持っている呪符も品切れだ。遠からず、隊長も僕と同じ運命をたどることになるのだろう。

状況を冷静に認識し終わったところで、不思議と『怖い』という感情は湧いてこなかった。

（悔しいな。ああ、くそ。こんなところで）

ただただ、悔しかった。力のなさが。

何も出来ず、背後の町を守ることもなく、ここで死ぬことが。

結局ワイバーンのエサになって死ぬのなら、せめて隊長と一緒に戦って死ねばよかった。

少なくとも、こんな風に何の役にも立たずに死ぬよりはずっとマシだったはずだ。

これでは犠牲になる隊長にも申し訳が立たない。父や母だって、息子が先立ったと知ればきっと悲しむだろう。

（すみません隊長。ごめんなさい、父さん、母さん……）

僕は心の中で謝罪しながら、ただただ死の運命を受け入れるばかりだった。

ぎらりと光るワイバーンの鉤爪が間近に迫り——思わず目を閉じてしまう。

——覚悟していた痛みは、しかし、いつまで経っても襲ってこなかった。

「まあ、そうなるだろうな」

かわりに、すぐ近くで声がした。

若い男性の声だ。

隊長ではないし、どの先輩とも違う。聞き覚えのない声。

「黒化したドラゴンは群れをなし、強いやつを頭に据える。黒化した真龍（ウィルム）がいるなら、しもべのワイバーンも当然いるってわけだ。……おい少年、ケガはないか？」

「……え……」

こわごわと目を開けると、そこには長剣を手にした見知らぬ青年が立っていた。

黒い髪。そして純人間にしては珍しい、魔族のような赤い瞳。

冒険者か何かだろうか？　剣士であることは間違いないのだろうけど、それにしては最低限のレザーアーマーすら身につけていない。

「あ、あの……それ、あなたが……？」

「おう」

驚くべきは、彼の足元にワイバーンの死骸が転がっていたことだ。

それは間違いなく、さっきまで僕を襲おうとしていたやつだった。両の翼は根本から断ち切られ、すっぱりと綺麗（きれい）な断面を見せる首が、少し離れた木の根元に転がっている。

これを、この人が？

剣一本で？

信じられない。僕は無様に尻もちをついたまま、彼を見上げ、訊（たず）ねた。

「あなたは……」

「オニキス。通りすがりの冒険者だ」

お礼より先に質問をぶつけてきた僕を責めることもなく、彼――オニキスさんは安心させるように言い、歯を見せてニカッと笑った。

「今日は――おいしいドラゴンステーキを食べにきた」

3. 初心者でも安心！ オニキス先生のワイバーン狩り講座

「ふもとの町……フィノイだっけ？ フィノイの方にもはぐれワイバーンが二、三匹ほど現れててな。そっちを片付けてたら来るのがちと遅くなった。すまん」

黒髪の青年――オニキスさんはそう僕に詫び、頭上を警戒した。

「しかし数が多いなー。すぐに片付けるけど、油断するなよ？ 一応ドラゴンだし」

「片付ける？ あ……あなた一人でですか？」

「いや、仲間もいる。俺のほかに残り二人――伏せろ！」

「うわっ!?」

ふいにオニキスさんに押し倒され、僕は硬い石畳に転がった。

先程まで僕の背中があったところを何かが掠めていったのは、まさにその直後だった。新手のワイバーンが、油断した僕を狙って急降下攻撃を仕掛けてきたのだ。

それはそうだ！　リーダー格が倒されたとはいえ、まだ周囲には十匹以上のワイバーンが飛び回っている。むしろリーダーが倒されたことで激昂していてもおかしくない！

「エド、一匹行ったぞ！」

「おう！」

しかし、そのワイバーンが再び大空へ戻ることはなかった。

城壁のド真ん中、いちばん目立つところに立っていた赤髪の大男が、鉄板を重ね合わせたかのような無骨な大剣を軽々と振るい、飛び上がる直前のワイバーンを叩き斬ったのだ。

中庭から見上げる形だからわかりにくいが、既に男の足元には二、三匹ほどのワイバーン――絶命している――が転がっているようで、僕は大いに目を丸くした。

ベテランの兵士が数人がかりでかかってようやく一匹倒せるかどうかのワイバーンを、どうやったらこんなに早く始末できるのか……！

「はっはっはァ！　どうしたどうした、そんなものか！」

大男が大声で挑発するたび、怒り狂ったワイバーン達が一斉に襲いかかる。

「ぬるいわ！　そんな生ぬるい攻撃では、俺に片膝をつかせることすら出来んぞ！」

集中攻撃を受けてなお、大男は負傷するどころか怯む様子すらない。むしろ一撃を受けるごとに気力がみなぎり、斬撃の鋭さが増していくようにすら見えた。

「リリ！　ああ違う、アリョーシャ！」

大男がよく通る声を張り上げ、急降下してきた別のワイバーンの腹に大剣を突き刺した。苦悶の声をあげるワイバーンに構わず、大男が剣を振り子のように大きくスイングする。

「いいかげんこっちが手狭になってきた。トドメはお前に譲るぞ！」

「へいよー！」

男が思い切り剣を振ると、突き刺さっていた瀕死のワイバーンがすっぽ抜け、放物線を描いて城門の方へと勢いよく飛んでいった。

オニキスさんが開けたのだろうか？　強固な城門はいつの間にか開け放たれており、その前で獲物を待ち構える、小柄な影が見える。

なるほど、あれがオニキスさんのもう一人の仲間――って、ええ!?

「ちょっ、ちょちょちょちょっ、オニキスさん！」

「あん？　あんま頭上げると危ないぞ」

「そうじゃなくて！　あ、あの子は……まだ子供じゃないですか！」

「大丈夫だって。あいつ、めちゃくちゃに強いから」

城門前に居るのは、僕よりもだいぶ幼い女の子だった！

手には砦（とりで）の訓練用武器として使われていた鉄製のメイス。メイスは原形を留（とど）めぬほどぐにゃぐにゃにひしゃげており、満足に武器の役目を果たしているとは思えない。

アリョーシャと呼ばれたその子も、武器が使い物にならないのに気づいたようだ。メイスをぽいと放り投げ、小刻みにステップを踏んでファイティングポーズを取る。……素手だ。

「危ない！」

「ああ、危ない。ワイバーンの方が……」

横に立つオニキスさんがどこか呆（あき）れたようにつぶやき、

「——っせーい！」

アリョーシャさんが跳躍した。

右手を振りかぶり、ワイバーンの頭部を思い切り……素手で……殴りつける！

それだけだった。その一撃で終わった。

まるで戦槌（ウォーハンマー）の一撃でも食らったかのようにワイバーンが地面へ叩きつけられ、ぴくぴくと痙攣（けいれん）し、ついには痙攣すらしなくなる。死んだらしい。

……いやいやいや！

嘘だろ……？　素手だよ、素手！

素手でワイバーンを倒す人間がどこにいるんだよ！

「そんな馬鹿な……!?」

「だから言っただろ。大丈夫だって」

絶句する僕の横で、オニキスさんはどこ吹く風だ。

確かに……確かに頭部はワイバーンの数少ない弱点の一つだと言われている。物凄い力で頭を殴られたら、さすがのワイバーンも耐えられないだろう。理屈としては、わかる。

だからって、素手!?

ありえないだろ！

「だいぶ減ってきたなー。一時はどうなるかと思ったが、いや、よかったよかった」

オニキスさんが呑気な口調と共に剣を振るうと、離れた場所を低空飛行していたワイバーンが片翼を斬り飛ばされ、勢い良くごろごろと地面に転がった。

呪文を使った様子はない。となると、まさか今のって、斬撃で生み出した衝撃波か何かで攻撃したのか？　人間業じゃないぞ……!?

あっという間だ。本当にあっという間にワイバーンが次々と撃破されていき、かろうじて生き残った個体もどこかへ飛び去っていく。安全が確保されたのを確認し、主館や他の見張り小屋から先輩たちがそろそろと出てきた。

「ヨハン、これは……」

「隊長！」

「命拾いしたってのは分かるが、どうなってる？」

よろめきながら階段を下りてきた隊長に、しかしオニキスさんが鋭く言った。

「ここの指揮官か？　まだ安心するなよ。メインディッシュが来る」

「なんだと？　ワイバーンだけじゃないのか⁉」

オニキスさんは眉をひそめる隊長に向かって肩をすくめ、

「あいつらは下っ端だ。親玉は、黒化した真龍。多分この砦で戦うことになるから、はやく生き残りの部下を集めて下の町に避難しろ。道中は俺が守ってやる」

「あたし！　あたしも守るのー！　忘れないで！」

「俺と、アリョーシャが守る」

「――倒す？　真龍を、三人で⁉　冗談でしょう⁉」

助けて貰った恩も忘れ、思わず口が動いてしまった。

今の戦いぶりからすると、たしかにこの人達は強いんだろう。

それはわかるけど、それにしたってワイバーンと真龍では強さが桁違いだ！

これまで戦っていたワイバーンは、ドラゴンの中では比較的小型な、空をメインテリトリーとする種だ。前肢そのものが翼になっているから、なんとかして一度地上に叩き落としてしまえば、ドラゴンとしては然程の脅威でもない……と言われている。

それに対して真龍というのは、地上でも空でも驚異的な力を誇る最強クラスのドラゴンだ。がっしりとした四つの脚でしっかりと地面に立ち、大きな翼を持つ。尾の一撃は城壁を容易に粉砕し、吐息はそれ自体が高位の攻撃呪文に匹敵する――。

もし姿を思い浮かべるのが難しいなら、一般的に『ドラゴン』と呼ばれる巨大な魔獣を思い浮かべればいい。それが真龍だ。

「わ、分かってますか？　真龍討伐は、本来なら国が総力をあげて行う一大事ですよ！」

「そうだな。真龍に比べればワイバーン退治なんてオマケみたいなもんだ。つまり今回、イーリス王国は俺たち三人に大きな借りを作ることになるわけだ……ほれ見ろ、来たぞ！」

――ドン！

ガラガラガラ！

オニキスさんが言い終わるより早く、僕らの背後で凄まじい轟音がした。

とっさに振り向くと、城壁の一部が破壊されてがらがらと崩れ落ちていくのが見えた。上から何かが落ちてきたらしい。

最初は、先ほどと同じように頭上のワイバーンが岩を落としたのかと思ったけれど、そうではないことがすぐに分かった。凄まじいまでの巨体が、ぬっと姿を現したのだ。

「あ……あ」

それは、全身が黒かった。

鋭い牙があった。地鳴りのような唸り声が内臓を揺さぶった。

砦の主館に匹敵する巨軀だ。翼はそれだけでワイバーン数匹ぶんの大きさがあり、がっしりとした四つの脚がバキバキと音を立てて瓦礫を踏み砕いた。

――ドン！

轟音と共に城壁がまた粉砕された。それが『攻撃』ではなく『邪魔な瓦礫をどけるため、尻尾を軽く振り回しただけ』なのだと分かって、思わず戦慄する。

「こ、これが……」

「……真龍……！」

真龍。

最強クラスのドラゴンが、城壁を破壊して砦の中に侵入してきた……！

『ルルル……グググルルルル！』

「言葉も失ったか、同胞よ。その威容、さぞかし名のあるドラゴンであったろうに……黒化の呪いというのは、なんとも残酷だな」

いつの間にか僕の横にやってきていた赤髪の大男が、悲痛とも憂愁とも知れない声で静かに告げた。

「見るに偲(しの)びん。肩に背負った大剣を軽々と一回転させ、ひたり、と真龍(ウィルム)の眉間へ向ける。

「見るに偲びん。狩らせてもらうぞ」

『――ルオオオオオオン！』

大男の言葉に応じるように、真龍(ウィルム)が吠(ほ)えた。

「ひっ……！」

思わずしゃがみ込み、耳を押さえてしまう。鼓膜が破れそうなほどの、凄まじい音！

隊長や先輩たちも同じだ。気をしっかり持たなければ、この咆哮(ほうこう)だけでも戦闘不能に陥りかねないほどの衝撃だった。ただただ、オニキスさん達だけが平然としている。

「エド、ここはお前に任せる。いいな？」

「任された。オニキス殿とアリョーシャはそやつらを守ってくれ」

「がんばってねー！」

「ま、まさか……一人で相手をするつもりですか⁉」

信じられないことだ。エドと呼ばれた剣士は、単独で真龍(ウィルム)を倒すつもりらしい。しかも残りの二人、オニキスさんとアリョーシャさんは、特にそれを気にする様子もない。まるでそれが当たり前であるかのように振る舞っている……！

「デカいのはあいつに任せよっと。おい隊長さん、生き残りは全員集めたか？」

「あ、ああ。これで全員だが……」

「なら、急いでここから離れるぞ！　あのドラゴンはここで倒す。巻き添えを食って死にたくなければ、一秒でも早くここから離れた方がいい」

「いや、いやいや……待て。そうじゃない、そうじゃないだろう！」

　負傷し、隊長の肩を借りている先輩の一人がもっともな疑問を口にした。

「相手は真龍(ウィルム)だぞ！　確かにアンタらは強いかもしれんが、剣士一人に真龍(ウィルム)を狩らせるなんざ、無茶にも程がある！　なんの援護も無しに勝てると思ってるのか⁉」

　正論だった。

　ワイバーンが可愛(かわい)く見えてくるほどの巨体。あれはもうドラゴンというより、動く災害みたいなものだ。剣一本でどうにかできるわけがない。

誰もがそう思ったのだが、オニキスさんの答えは予想外のものだった。

「二十一匹、だそうだ」

「なに？」

「エド……が、これまで倒してきた、黒化した真龍の数だよ」

僕らを先導する足を止めず、オニキスさんが静かに言う。

「あいつは竜人族でな。竜人族っていうのは人の因子が混ざっているせいか、竜種の中でも黒化することが滅多にない。その竜人族いちの実力者として、あいつは黒化した同族――凶暴化して、二度と元に戻らなくなったドラゴンを処刑する役目を担っているんだ」

「しょ……処刑、だと？　ドラゴンを……？」

「いわゆる〝竜殺し〟だからな、あいつは。エドの心配をするなら、まず自分の心配をした方がいいと思うぜ。ほら」

「――迎撃準備ッ！　ワイバーン四匹だ、こっちに来る！」

オニキスさんが空を指差すのとほぼ同時に、先輩の一人が声をあげた。

やってくるのは四匹のワイバーンだ。ゆっくりと高度を下げ、距離を詰めながら……間違いなく、こちらに狙いをつけている！

僕らがいま歩いているのは、砦のある丘から町へと繋がる下り坂だ。街道として整備されているから広々としてはいるが、そのぶん隠れる場所は少ない。応戦するしかない。

全員に緊張が走り、めいめい武器を構えて応戦の体勢を取る。

僕も矢筒から矢を引き抜き、弓に番（つが）えようとした――のだが。

「馬鹿だなー、素直に逃げりゃあ見逃してやるのに。悪い、ちょっとそれ借りるよ」

「あっ」

横手から伸びたオニキスさんの手が、さっと僕の弓を取り上げた。

元はスリでもやっていたのだろうかと思うくらい鮮やかな手際（てぎわ）だった。

「よし、オマケだ。武器も色々揃（そろ）ってるし、ワイバーンの楽な倒し方を教えてやろう！」

「はっ？」

「まず、弓」

オニキスさんが無造作に矢を番え、一番低い位置を飛んでいたワイバーンを射る。

「よく見ておけ。狙うのは、ここだ」

鋭い音と共に放たれた矢は、ワイバーンの弱点と呼ばれている翼膜でも、狙いやすい腹部でもなく、ワイバーンの首のすぐ横を抜けていった。

――外れた。

そう思った直後、カツン、と頼りない音がして、翼の先端に矢が当たった。

そして、

『——ギッ——！』

「え……!?」

どういう手品か。ワイバーンの羽ばたきが急に止まり、真っ逆さまに墜落した！

落下地点まで計算したのだろうか。アリョーシャさんのちょうど目の前に、無防備なワイバーンがべしゃりと落ちてくる。

「アリョーシャ、やれ！」

「へい！」

どこから持ってきたのだろう。アリョーシャさんが鈍器を……いや、丸太だ。丸太を振り上げた。ぐしゃりと音がして、潰されたワイバーンが絶命する。

……確かにこの砦付近には木が多いし、少し離れたところに木こり小屋もあるけど、そういう問題ではない。丸太を鈍器にする人間って、そうそういないだろ……。

「タンスの角に小指をぶつけると痛いよな」

呆然としている僕に弓を返しながら、オニキスさんがこともなげに言った。

「ワイバーンも同じだ。翼の先端に強い衝撃を受けると、その衝撃が全身を伝い、一時的な気絶状態に陥る。的が小さいから、狙うのはちょいとコツがいるけどな」

「あ、あの……軍学校では、弓矢でワイバーンと戦う時は翼膜をねらえ、と……」

「部位が大きくて一番狙いやすいから、だろうな。翼膜、結構頑丈なんだぜ？　大穴でも空けない限り飛行能力は失われないし、弾力があるから矢が弾かれることもある……。なあアンタ、ちょっとその槍、貸してくれるか？」

「あ、ああ……」

言いながらオニキスさんは、先輩から借りた槍をヒュンヒュンと振り回した。

頭上で二回転、身体の横でもう一回転。

ゆらり、と半身に構えたその姿は、まるで熟練の槍術士のようだ。

ああ……でも、本気なのか？　このオニキスとかいう男、まさか、僕らに授業するついでみたいな感覚でワイバーンを倒してしまうつもりなのか⁉

ワイバーンって、そんな練習用のカカシみたいな魔獣じゃないんだぞ……⁉

「槍でワイバーンと戦う場合。これは一番簡単だから、あとで皆にも教えてやれ」

オニキスさんが空を見上げると、二匹のワイバーンが同時に降下してくるところだった。

狙いは――間違いなく、オニキスさんとアリョーシャさんだ。

さすが知能の高い竜種、この二人さえ殺せば僕らは終わりだと分かっているらしい。僕らなど眼中にないという勢いで、まっすぐ二人に向かって飛び込んでくる。

「獲物を見つけたワイバーンは、あんな感じに狙いを定めて急降下してくる。鋭い鉤爪で獲物を仕留めるためにな。つまり——」

迫りくる鉤爪を冷静に見据えながら、オニキスさんがふいに片膝をつき、身を沈めた。

「つまり、こうだ!」

そして、勢い良く槍を突き出す。

突き出された槍は、正確にワイバーンの胸部を貫いた。穂先がそのまま背中まで突き抜ける。

即死とはいかなかったようだが、相当な重傷だ。よたよたと地面を這うように逃げようとするワイバーンの頭目掛け、オニキスさんがそのまま槍を投擲する。即死だ。

もう一匹は——ああ、もうだめだ。アリョーシャさんの投石を頭に喰らい、ふらふらと落ちてきたところに丸太アタックを食らっている。あれもやられただろう。

「こんな感じだな。タワーシールドとかがあると、もっと良い。盾に隠れながら身を沈め、タイミングよく槍を斜め上へ突き出す——あとはおもいっきり加速のついたワイバーンが、向こうから勝手に串刺しになってくれるって寸法だ」

「タイミング良くって言われても……何か、わかりやすい目安みたいなのはないのか?」

「んー」

引き抜いた槍を先輩に返しながら、オニキスさんがちょっとだけ考える素振りをみせた。

「耳に頼るのが一番いいな。あいつらは攻撃の直前、三度にわけて甲高い擦過音を出す。そうすることで仲間と空中衝突することを避けてるんだ。乱戦だと流石にうるさくて聞こえないだろうが、そういう状況だとワイバーンもうまいこと地上攻撃できないからな。お互い様だ」

……こんなこと軍学校では教わらなかったし、戦闘教本にも書いていない。

普通に戦っていたら、戦闘中にワイバーンが発する擦過音なんてまず気がつかないだろう。事実、ここまで僕は何度もワイバーンに襲われたけど、自分の身を守るのに精一杯で、攻撃の前兆に気を配るなんてことはまず不可能だった。

いったいどれほど……どれほどの経験を積めば、こんなレベルに至れるのだろう？

「さて、ラストだ。弓、槍の次は──呪文！」

残り一匹。仲間をやられて怒りに燃えているのか、最後のワイバーンが複雑な軌道を描いてジグザグにこちらへ降下してくる。オニキスさんが右手をわきわきと動かした。

「呪文に限っては翼膜を狙うのが有効だ。翼膜は単純な物理防御に優れるぶん、魔術にはけっこう弱くてな──《火炎球（ファイアーボール）》！」

オニキスさんが呪文を放った。……なんの詠唱もなしに！

魔術師ギルドの定めるところでは、『一時間以内に最低一つ以上の呪文を無詠唱で発動できること』が、中級魔術師への昇格条件になっていると聞いたことがある。

中級魔術師になれば弟子も持てるし、自分の工房の所有許可も下りる。だから魔術師はこぞって試験を受けたがるのだが、昇格試験に通る人は少ない。無詠唱はそれだけ難しいらしいのだ。

オニキスさんはそんな芸当を軽々とやってのけた。

つまりこの人は剣も槍も弓も達人レベルに扱えて、同時に弟子を持てるレベルの魔術師でもある、ということになる。

もう、なんなんだよ！　なんでこんな人が冒険者なんかやってるんだ⁉

そんなに強いなら、もっとこう……騎士団長とかギルドの長とか、なんでもいいけど、とにかくそういう地位に就いてくださいよ！　然るべき地位に！

放たれた《火炎球》がワイバーンに直撃した。隊長の使った呪符よりも遥かに巨大な爆発が起き、空一面が真っ赤に染まる。

ワイバーンとはだいぶ距離があったにもかかわらず、押し寄せる熱風がちりちりと僕の頬を焦がした。もう少し近かったら火傷していたかもしれない。

こうなると、直撃したワイバーンの方もただで済むわけがない。

全身が炭化したワイバーン……だったもの……が街道わきの木陰に力なく落ちた。

「ざっとこんなもんだな。今はなんとなくノリで《火炎球(ファイアーボール)》を使ったが、ドラゴンに炎の呪文はいまいち効き目が悪い。電撃系か氷結系のほうがいいと思う」

「いや、あの……」

「ん？」

「……いえ。すみません、なんでもないです」

……これって、翼膜狙いとかそういう問題ではないんじゃないか？

効き目の悪い炎系の呪文でこの有様(ありさま)。これは単純にオニキスさんの魔力が高すぎて、どこを狙ってもワイバーンが即死するという、それだけの話なのでは……？

黒焦げになったワイバーンの死骸を見てそう言おうと思ったが、やめた。

呪文で戦うなら翼膜。オニキスさんが言うのだから、それで間違いないのだろう。うん。

「よーし、終わりだ！　砦の戦いが本格化しないうちに、町まで走るぞ！」

「あ、あの！　その前に一つ！」

「ん？」

僕の声を聞き、先頭を行こうとしたオニキスさんが立ち止まった。

――おそらくこの場の誰もが、オニキスさん一行に対して同じ疑問を抱いていたと思う。

そして、誰もがそれを言い出せなかった。彼らの力はあまりにも人間離れしていて、まるでおとぎ話に出てくる英雄のようだったからだ。

それでも、誰かが聞かなければならない。それがたまたま僕だった、というだけの話だ。

「あなた達は……」

僕は、ずっとずっと気になっていた質問を口にした。

「あなた達は、何者なんですか？」

オニキスさんとアリョーシャさんが顔を見合わせた。

そして、なんとも言えない表情でこちらを向き、小さく笑った。

「ドラゴンステーキを食いに来ただけの、冒険者だよ」

「です！」

## 4. 正体

「――――もう行っちゃうんですか？」

「ああ。悪かったなヨハン君、砦ぶっ壊しちゃって。隊長さんにも謝っといてくれ」

「とんでもない。オニキスさん達がいなかったら、間違いなく全滅してましたから」

ワイバーン軍団の襲撃から半日。

僕はオニキスさんたちと一緒に、砦……の跡地というか、残骸というか、そういうところに立っていた。王都からやってきた騎士様たちと一緒に現場検証を行うためだ。

結局、王都からの増援が来たのは陽が傾きはじめた頃だった。

そしてその頃には、すべての決着がついていた。

ワイバーンは一匹残らず掃討され、砦での一騎打ちはエドさんに軍配が上がった。

僕らが街道伝いに丘を下り、ちょうど町まで下りたあたりで砦で大爆発が起きて——おそらく、真龍（ウィルム）のブレスが炸裂（さくれつ）したんだと思う——だというのに、エドさんは多少火傷をした程度だったのだから、あの人がどれだけ頑丈か分かろうと言うものだ。

その火傷も長くて数日ほどで完治してしまうらしい。意味不明なタフネスだよ……。

「オーライオーライ。よーし、いいぞアリョーシャ。そいつもゲートに放り込め！」

「はーい！」

オニキスさん達はドラゴンの死骸すべてを引き取ると申し出てくれた。確かにドラゴンの肉や骨は高値で売れるし、そういう俗っぽいところは冒険者らしい。

今はオニキスさんが発動したバカでかい《転送門（ワープポータル）》が地面に口を開けており、アリョーシャさんが死骸をぽいぽいと放り込んでいるところだ。

「てやーっ！」

ワイバーンは小柄なものでも馬数頭分の重さがあるはずだが、彼女はそれを片手で持ち上げている。慣れというのは恐ろしいものだ……彼女の怪力に驚く人はもういない。

王都から派遣され、現地の検分をしている騎士様もそのうちの一人だった。アリョーシャさんの動きを平然と眺めながら、オニキスさんと話しこんでいる。

「検分は完了した。冒険者オニキス、貴公らが真龍を討伐したのは間違いないらしい」

騎士様は左手のガントレットだけを外し、調査結果が記された紙をぺらぺらとめくる。

「真龍に残された無数の傷は、剣士エドの使う大剣のものと一致。ワイバーン討伐に関してはヨハンをはじめとする生き残った兵の証言のほか、町の住人たちもお前たちに助けられたと言っている……いや、実際、大したものだ、町と砦の両方を守ってしまうとは」

「だろ？　どうだい、ご褒美に金貨ひと袋くらいは頂けるものなのかな？」

「バカを言うな！　金貨なんぞで済むものか」

騎士様が後ろを振り向いた。視線の先には、黒い山。

いや、違う。

山と見紛うばかりの巨体を持つ、黒い真龍――その亡骸が鎮座している。

「本来なら、王国の全兵力を総動員しないといけないはずの真龍を倒してしまったのだ。この功績があれば、国王からじきじきに騎士の位を頂くことも夢ではないだろう」

「へえーっ、騎士！　そりゃあすごい！」

オニキスさんが大仰に驚き、

「でも俺たちは冒険者だぜ？　イーリスに長く留まるつもりはないぞ？」

「そこは問題ない。少数ではあるが、騎士の称号を授かった名誉冒険者というのは過去にも何人か存在する。食料品や寝床の提供、物資売買の支援をはじめ、普通の冒険者からは想像もできんほどの恩恵を受けられるから、間違いなく旅の助けになるだろう」

「それは嬉しいな。最近は不況続きでさ、おいしいメシにありつけなくて困ってたんだ。そういうことなら、近いうちに王都に顔を出すことにするよ。必ず」

「それがよかろう。なにせ、貴公らの噂は既に近隣の町にまで広まりはじめている。突如現れたドラゴンスレイヤー三人。まるで勇者か英雄か、という扱いだ」

「勇者？」

オニキスさんの頬が僅かに引きつり、笑みがぎこちないものになった。

「何かおかしいか？　危険を顧みず多くの人々を救った貴公らはまぎれもない勇者だ！

そんな一行がふらりと姿を消してしまったら、それこそ大騒ぎになりかねん」

「ははは……勇者か。勇者ねえ。はは……そりゃあ、よかった。身に余る光栄だ」

えらく複雑そうにオニキスさんが笑った。

それを見た騎士様が小さく肩をすくめ、ごついアーメットヘルムの中の表情が透けて見えるような呆(あき)れた声になる。

「……まったく、実に不思議な奴(やつ)らだ。三人でドラゴンの群れを壊滅させた、というからどんな猛者(もさ)かと思ってやってくれば、リーダーのお前はこうやってへらへらと笑っているし、アリョーシャなんかはまだ子供。まともなのは剣士のエド一人だけと来たものだ」

「人は見かけによらない、って言うだろ？ こっちはこっちで色々頑張ってきたのさ」

オニキスさんがパチリと指を鳴らす。《転送門(ワープポータル)》がいっそう光を増し、強く明滅し――ずるり、ずるりと真龍(ウィルム)の巨体を呑み込んでいった。

「――こうしてすべてが終わってしまえば、誰がドラゴンを倒したかなんて分からない」

そう言うオニキスさんの横顔は、どこかちょっとだけ寂しそうだった。

「誰にも知られることなく埋もれてしまった大偉業や、偉大なる才能。そういうのが世界には山のように眠っているんだ。見た目で判断できるのなんて、ほんの一部だけ。上(うわ)っ面(つら)だけさ」

「そうだな」

騎士様がうんうんと頷き、

「お前の言う通りだ。数々の大偉業を成した〝あの〟勇者レオも、その見た目はお前のような、ごくごく普通の青年そのものだったと言われている。見てくれで人を判断するのは良くないことだと、私は今日改めて思い知らされたよ。自戒しよう」

「……ウン。ソレガイイトオモウヨ」

「なんださっきから。何か変なことでも言ったか、私は？」

「別に。なんでもないでーす」

ぐぐっと伸びをしてそっぽを向くオニキスさん。

アリョーシャさんとエドさんもそうだが、結局、この人たちは最後までこんな調子だ。真龍を倒すという偉業を成し遂げたのに、まるで子供のお使いを済ませたかのような軽さなのだから、わけがわからない。

とはいえ、冒険者というのはそういうものなんだろう。

これだけの腕がありながら一箇所にとどまらず、自由に世界を旅し、危険に身を投じる——国家への忠誠とか、出世するとか、そういうのには興味のない人種なのかもしれない。

イーリスの外に出たことすらない僕には想像もできない人生だ。

エドさんとアリョーシャさんは既に帰り支度をはじめており、ずいぶんと上機嫌だ。もはや騎士様の話が耳に入っているのかどうかすら怪しい。

「いやいやー、わざわざイーリスまで出向いた甲斐があったな。これでたらふく、嫌になるまで肉を食えるというものよ。なあアリョーシャ？」

「ねー！　来てよかったねー！」

「ドラゴン肉の調理法は色々あるが、やはり旨いのはステーキであろうな。良い肉は、ただ焼くだけでも十分に旨い。塩コショウすら要らん！　あとでたっぷりご馳走してやるから、楽しみにしておくがいい！」

「わーいわーい！　ステーキだー！　やったー！」

……ほんっとーに自由な人たちだなぁ……。

というか、エドさんって竜人族じゃなかったっけ？　共食いにならないのだろうか……。

（――それにしても）

ふと我に返り、思わず深いため息をついてしまう。

それにしても、今日は本当に衝撃的な日だった。砦が襲われ、何度も死にかけ、そして命を救われた。

野生動物のようにしなやかなアリョーシャさんの体術。

ドラゴンのような力強さの籠もったエドさんの剣技。

豊富な経験に裏打ちされたオニキスさんの戦術、戦法。

……そして、強敵相手に一歩も怯まない胆力。勇気。僕がこれまで知らなかった、真の強さというものを見せつけられた気がする。

これまで安易に使っていた『強い』という言葉を、そしてその言葉が持つ意味を、僕はもう一度考え直す必要があるだろう。人生観そのものが変わった気さえした。

「――さて。では、私はこれにて失礼する。貴公らが望むならフィノイの町に宿を確保できるが、どうする？　宿の主人もぜひ泊まっていってくれと言っていたぞ」

「うあっちゃー……泊まるのは無理かなあ。ドラゴンステーキの下拵え、じゃなくて、このあとも色々と用事が残ってるんだ。宿の人にはすまないと伝えておいてくれ」

「そうか、ならば無理強いはせん。道中くれぐれも気をつけてな」

「ああ。ありがとう」

夕暮れも過ぎ、あたりが暗くなりはじめる。王都から派遣された騎士様たちがめいめい砦跡から去っていき――。

「あ、あの！　オニキスさん、エドさん、アリョーシャさん！」

「ん？」

――オニキスさん達もまた同様に立ち去ろうとしていたので、僕は慌てて引き止めた。

そう、僕にはどうしても彼らに聞かなきゃいけないことがあった。今まで出会った誰よりも強いこの人達に、聞いておかないといけないことが。

僕が聞こうとしていることは、彼らからするとひどくつまらない話かもしれない。

でも多分、こんな質問を出来るチャンスは、僕の人生で二度と訪れないだろう。だからこそ、このチャンスを絶対に逃してはいけない……逃したくなかった。

「どうしたヨハン君。まだ、何か？」

「違うんです。最初からずうっと、気になっていたことがあって――」

三人が一斉にこちらを振り向いた。その顔を見て、僕は思わずぎょっとする。

夕闇の中では分かりにくいが、彼らは皆怪訝（けげん）そうな……そして、妙な緊張感のある顔をしていたからだ。

うっ……な、なにか誤解をさせてしまったんだろうか？

ワイバーンを相手にしていた時でも、ここまで一触即発な空気ではなかったはずだ。僕は慌てて本題に入った。

「どっ、どうしたら皆さんみたいに強くなれるでしょうか！　教えてください！」

「……なんだ。そんなことか」

三人が深いため息をつき、大きく安堵した。

「小僧。お前、そんなことを聞くためにずっと残っておったのか」

「それは、そうですよ。死ぬところだったんですから」

「強くなりたいか。なぜだ？　死ぬのが怖いからか？」

こういう質問に応じるのはオニキスさんだと思っていたけど、意外なことに、真っ先に食いついてきたのがエドさんだった。彼からの問いに、僕は小さく首を振る。

「違います。あ、いや、もちろん死ぬのは怖いですけど……ワイバーンに殺されかけた時、僕は思ったんです。〝怖い〟ではなく――〝悔しい〟って」

「悔しい？」

「だって、そうじゃないですか。自分の力がもっとあれば、砦も、仲間も、もちろん自分自身だって守れたはずなんですから。

こんなところで犬死したくない。悔しい。力がほしい……そう思ったんです。

そこに颯爽と現れたのが、皆さんでした。オニキスさんもアリョーシャさんもエドさんも、僕がこれまでの人生で出会ったどの兵士、どの騎士様よりも強かった。

だから聞きたいんです。どうしたら皆さんのように強くなれるのかを」

「ふむ」

エドさんが唸った。そしてのしのしと僕の方へやってきて、僕の倍くらいはありそうなごつい手で、がっしりと僕の腕を掴む。

「うわっ⁉」

「細いな」

今度は僕の肩を、腰をバシバシと叩く。

「うわっ、けほっ」

「うむ。やはり細い」

僕は革鎧の上から更にスケイルメイルを着込んでいるけど、二重の鎧を貫通して骨にまで響くような衝撃があった。思わずむせ返りそうになるのをなんとかこらえる。

「骨格そのものが華奢だ。戦いに向いた体格かどうかと言われれば、向かん。弓兵か、斥候か、伝令か。いずれにせよお前は、身軽さを活かした兵種でしか活躍できんだろう」

「……それは、強くはなれないってことですか？」

「違う。自分が凡人であることを自覚するのが、強さへの第一歩なのだと言っている」

エドさんが語気を強め、

「死ぬ気で努力した凡人は強いぞ。自分が弱いことを自覚しているからこそ、その弱点をカバーする為に己を徹底的に鍛えていく。心・技・体を鍛えきった凡人は、なんの努力もしなかった天才を凌駕する」

「そう、なんですか？」

「そうだ。なにも武芸に限った話ではないぞ？　事務仕事であっても、芸術であっても、なんでも同じだ。いつの世も努力したやつが強くなる――血の滲むような努力をしたやつは、必ずそのぶんの力を手に入れられるものよ」

「……おいエド。それ、つまりは〝とにかくめちゃくちゃ努力しろ〟ってことか？」

「これ以外のやり方を知らんからな。ははは」

「脳筋め……なんでも力押しで解決しやがる……」

呆れるオニキスさんをよそに、エドさんがカラカラと笑った。

なんというか、不思議な気持ちだ。

だって、オニキスさん一行の中でいちばん強そうで才能に恵まれていそうな人こそ、他でもないエドさんだったからだ。

身体が大きい。力が強そう。背負った大剣は威圧感があり、鋭い眼光はただそれだけで山猫や熊だって追い払えそうな力を宿している。

この人は〝強さ〟という才能に恵まれた、戦いの天才なんだろう。そう思っていた。

そんな天才の口から『努力』という泥臭い言葉が出てくることそのものが、とても不思議だった。

「でもでも」

口を挟んできたのはアリョーシャさんだ。いつの間に入り込んだのか、エドさんと僕の間から猫のようにぴょこりと顔を出し、首をかしげる。

「いっぱい頑張った凡人と、いっぱい頑張った天才なら、天才の方が勝つんじゃない？ ヨハンはそれでいいの？」

「おお……お前、今のエドの話ちゃんと理解してたのか。偉いなあ」

「んもー！ にいちゃん、あたしのことバカにしてるでしょ！」

アリョーシャさんがオニキスさんに食ってかかる。

うん。彼女の言うこともまた、間違いなく真実なのだろう。努力した量が同じなら、天才はいつだって凡人を上回る。

「それでいいんです。僕はなにも、世界最強になりたいってわけじゃないですから」

「ほうほう？」

「適材適所、って言葉があるじゃないですか。凡人には凡人の、天才には天才の仕事がある。もしアリョーシャさんの言う『いっぱい努力した天才さん』がいたら、僕は『いっぱい努力した凡人』としてその人をサポートしたい。そういう強さが欲しいんです」

「……おお」

アリョーシャさんがまんまるに目を見開き、ぱちぱちと拍手した。僕を賞賛するように アリョーシャさんのシッポがぴょこぴょこ動く。

ああ、そうか。純人間に近い見た目だから忘れてたけど、この子は獣人だった。

あのインチキくさい腕力も、もしかしたら種族特有のものなのかもしれないな……。

「そうね！　みんなで分担して得意なお仕事するのが、いちばんだもんねー」

「はい」

「そこに気がつくなんて、偉い！　えらいねー！　よしよし！」

「ちょっ、やめっ……やめてください」

「えらいえらーい！」

「わははは。アリョーシャ、そんくらいにしておけ」

アリョーシャさんが僕の頭を撫でてくる。その様子を眺めていたエドさんが、彼女を引き剝がしてくれた。オニキスさんもその横で笑いながら、

「なーにがよしよしだ。お前だってつい最近まで分かってなかっただろ。適材適所」

「今はわかってるもん！　やってるもん、適材適所！」

「……あの、オニキスさん」

「ん？」

「できたら、でいいんですけど……オニキスさんからも、何かアドバイスを頂けませんか？」

「ええ？　俺ぇ……？」

僕にお願いされたオニキスさんが、少し困ったように頰をかいた。

「ワイバーンの倒し方は、さっき教えてやったよな。そういう戦術ではなく、心構えとか精神論を聞きたいってことか？　強くなるための」

「そうです。経験談でもなんでもいいですから」

「──経験。くはっ、経験談か！」

オニキスさんが愉快そうに笑った。

「ダメですか？」

「いや。ただちょっと、俺の経験は特殊だから……んー、そうだなー……」

この人は、正直、謎だ。

見た目はエドさんほど強そうではないし、アリョーシャさんのような獣人というわけでもない。かなり地味な……誤解を恐れずに言えば、凡人っぽく見える人だと思う。

でも、強い。

それは間違いない。

色々な武器を扱うスキルがあり、魔術にも精通している。

これはきっと弛まぬ努力の成果だろう。何年も訓練を重ねてきたに違いない。

的確な状況判断力があり、周囲の人を動かす指揮能力がある。

これは豊富な経験に裏打ちされたものだろう。世界中を旅することで様々なトラブルと遭遇し、それを一つ一つ解決してきたに違いない。

――豊富な経験。弛まぬ努力。

このオニキスという人物は、〝努力をし続けた凡人〟の究極系と言えるのかもしれない。

そんな失礼なことを考えながら、僕は辛抱強く彼からのアドバイスを待った。

「そうだな……強くなりすぎても、あんまいいことないよ」

しばらく考え込んだあと。

オニキスさんの第一声が、それだった。

「名前が売れすぎて命を狙われたり、住む場所を追われたり。強くなる過程でついてきた責任、義務。そういった重荷に押しつぶされて、身動きが取れなくなることだってある」

「そうなんですか？」

「よくわからないよな。力がない時は力を渇望するのに、強くなればなるだけ面倒くさいしがらみも増えていく。手に入れた力が、かえって鬱陶しくなる時すらあるんだ」

「……じゃあ、強くならない方が幸せなんでしょうか？」

「いや。そこは自分のやりたいようにやればいいと思うよ」

オニキスさんが首を振った。

「力が無いなら無いで、今のヨハン君みたいな葛藤に襲われるんだ。強くても弱くても人生には面倒事がつきまとうんだから、本心の赴くままにやりたいことをやればいい。強くなった後のしがらみとか、責任問題とか、そういうのは後でゆっくり悩めばいいよ」

「やりたいことを、やる……ですか」

「あ、でもな！」

びしり、とオニキスさんの指がつきつけられる。

「自分一人でなんでも背負い込むのだけは、やめろよ！　強くなりたいなら、一緒に歩いていける仲間を作るべきだ。悩みを相談できる仲間を」

「アリョーシャさんや、エドさんのような？」

「そうだ。俺もこいつらにはいっぱい助けて貰ってる。自分のやりたいことがわからなくなって、進むべき道に迷ったら、まずは仲間に相談しろ。それだけは絶っ対に忘れるな。わかったな！」

「は、はい！」

「結構。俺のアドバイスは、それだけだ」

オニキスさんが満足そうに頷いた。

彼の言葉……とりわけ最後のアドバイスには、妙な迫力と説得力があった。いつも飄々としているオニキスさんだけど、その裏で幾つもの困難を乗り越えてきたのだろう。

「――じゃ、今度こそ俺たちは行く。元気でな、ヨハン君」

「はい！　皆さん、お元気で！」

「達者でな。次に会う時までにどれだけ強くなっているか、楽しみにしているぞ。小僧」

「またねー！　ばいばーい！」

オニキスさんがルーンストーンを一粒放ると、扉ほどの大きさの《転送門》が空中に口を開けた。青白くきらきらと光るそのゲートは、どこに通じているのかわからない。

ゲートに踏み込む直前。

「あ！」

アリョーシャさんが思い出したように振り向き、ぴょんぴょんと跳ねて僕に手を振った。

「そうだ！　ヨハン、ヨハーン！」

「はい？」

「あたしたちねえ、いつもはセシャト山脈のお城にいるから！　あそびにきたくなったら、いつでも来てね！　歓迎するから！」

「へ？」

「ばっ……！」

「レオにいちゃんが来てから、お城もへーワ主義になったの。だから人間が来てもだいじょ……」

「やめろバカ！」

げしっと尻を蹴り飛ばされ、アリョーシャさんが青く輝くポータルに消えた。

……ぼくの耳がおかしくなったのか？

唐突すぎて、彼女がいま何を言ったのか、僕にはよくわからなかった。いや、分かることは分かるのだが、脳が理解を拒んでいる。

セシャト山脈の城……？

それってあの、魔王エキドナの城があるところじゃないのか？

あの地は遠い昔、魔王ベリアルという凶悪な魔王が降り立ったとされる忌み地だ。険しい山々に囲まれ、貿易ルートとしても居住地としても利便性が悪い。

あんなところに城を構える酔狂な奴は、いないはずだ。

魔王くらいしか。

「あのバカ……」

「ハッハ、最後の最後で困ったものだな」

頭を抱えるオニキスさんをよそに、エドさんが我関せずと笑いながらポータルをくぐった。その大きな背中を見送りながら、ハッと思い出す。

エド。――竜人族のエド。

そうだ、魔王軍四天王の一人は竜人族だったはず。噂(うわさ)によれば常に真っ向勝負を好み、強者(つわもの)との戦いを生きがいとする大剣使いらしい。

その名は、確か…………竜将軍、エドヴァルト…………。

それだけじゃない。四天王には獣人もいたはずだ。名前はアリョーシャではなかったと思うけど、まだ幼い女の子で、見た目にそぐわない怪力を……。

「あ、あの。オニキスさん」

「あー……」

オニキスさんがぽりぽりと頭をかき、どうしたものかと言うように目をそらした。

そして、この人。オニキス。

「……いま、アリョーシャさんは言いましたよね。レオにいちゃん、って」

とある男が魔王城に向かった、という噂を聞いたことがある。

それは、世界を救った男だ。

人類最強と言われる男だ。

あらゆる武芸に秀(ひい)で、どこのギルドでも頭領(マスター)を務めることができ……そしてとうとう、たった一人で魔王エキドナすら倒してしまった、伝説の勇者。

勇者、レオ。

人類に愛想(あいそ)を尽かして魔族の側についたと言われる、最強にして最悪の反逆者。

「もしあなたが――オニキスさんが、あの勇者レオだとしたら――」

「待ってくれ」

唐突に、オニキスさんが頭を下げた。

「信じてくれヨハン君。俺達は敵じゃない。色々と事情はあって、今は身の上を明かせないんだが……時が来たら必ず、真実を話すと約束する。それまでは、ただの冒険者オニキス。そういうことにしておいてくれないか」

「まっ、待って下さい！　大丈夫、大丈夫ですから、顔をあげてください！」

「頼む」

慌てて否定するが、それでもオニキスさんは頭を下げたままだ。

彼に言われるまでもなく、僕の心は決まっていた。

そうだ。信じるも信じないもあるものか。オニキスさん達の正体が何であろうと、命をかけて僕らを助けてくれたことに変わりはない。『強くなりたい』という僕の悩みに、真剣に向き合ってくれたことに変わりはないんだから。

そんな人達を疑ったら、それこそ父や母に怒られてしまう。

「あなた方はいい人です。敵であるわけがない。僕は、そう信じています」

「……そうか」

「そうですよ。だから顔をあげてください。命の恩人に頭を下げられたら……逆に、僕のほうが困っちゃいます」

「ははは。それもそうだな。一理ある」

オニキスさんがようやく顔を上げた。

そして若干逡巡（しゅんじゅん）のof ち、右手を差し伸べてくる。

「ありがとうな。ヨハンくん」

信頼の握手。

僕はオニキスさんの両手を取り、しっかりと握りしめる。

「こちらこそ。ありがとうございます、オニキスさん」

「会えたのが君でよかった。じゃあ……また会う時、があるかは分からんが、元気でな」

「はい。そちらもお元気で」

これで、今度こそ会話は終わりだった。

小さく手を振り、オニキスさんが青白いゲートに呑(の)み込まれる。

《転送門(ワープポータル)》の輝きが次第に弱くなっていき、青い輪郭を残して消滅した。その輪郭も、何度か瞬(また)きする頃には小さな光の粒子となり、ほどけ、宙に散る。

「――終わっちゃったなあ」

夜の闇が訪れた。

空には星と、月明かり。

かつて砦(とりで)だった瓦礫(がれき)の向こうがわ、街道を下りていった丘のふもとに、フィノイの町のあたたかな明かりが見える。

酒場の喧騒(けんそう)。

通りを行き交う商人。

騎士様の乗る馬、大騒ぎする子どもたち。

オニキスさん達が守ってくれた、平和な暮らしだ。

――頑張ろう。あの人達のように強くなろう。

そう思いながら、僕は駆けていった。

## 5. 濃厚！　ガリバタ醤油のドラゴンステーキ

魔王城の大庭園、特設ステージ。

声量を何倍にも増幅させる魔道具（マジックアイテム）、《拡声球》を持ったひどくファンキーな格好のゴブリンがステージ上に歩み出た。無数の兵士たちの視線が集中する。

「――ヘイヘイヘイ！　魔王城のみんなお待ちどう！　ちゃんと腹はすかせてきたかい？　月に一度のお楽しみトークショー、今回は〝勇者と竜将軍のお料理ショー〟だぜ！　盛り上がっていこうイェー！」

（万雷のごとき拍手）

「司会進行はこの俺！　小粋なトークが俺の武器！　ゴブリン族きっての元・天才詐欺師にして、現・魔王軍会計部主任……ダグ・ガリクスだ！　今回のゲストはこちらの方々だぜ、《光球（ライティング）》オン！」

パチン！

《光球（ライティング）》の呪文がエンチャントされた魔石が輝き、ステージ奥のソファ席を照らし出す。

ソファには、ゆったりと腰掛ける女性が二名。そのうちの一人、赤いドレスに身を包んだ美しい少女が立ち上がり、静かな……しかしよく通る声で言った。

「――エキドナだ。みな、我の言葉を聞くがよい」

しん、と周囲が静まり返る。

組織の長として――彼女なりに頑張って、厳かな雰囲気を出そうとしているのがよくわかった。だが、彼女もまた豆料理ばかりの食生活に飽き飽きしていたのだろう。すぐに辛抱たまらんとばかりに満面の笑顔になり、《拡声球》無しで声を張り上げた。

というか、威厳のある姿よりこちらのほうが彼女の〝素〟なのだろう。魔王エキドナはノリノリで兵士たちに告げた。

「うおおおー！　肉だー！　久々に肉が食えるぞー！」

大きく拳を突き上げ、ガッツポーズを決める。

「しかも！　今回は、正真正銘のドラゴンステーキだ！　真龍（ウィルム）の肉だぞ！　魔界でもめっっっっっ……たに食べられない高級料理だ！　それもこれも、全てはレオとエドヴァルトとリリ、この三人の活躍あればこそ。三人を讃（たた）えよ！　盛大な拍手を送れ！」

盛大な歓声と拍手が沸き起こり、ゴブリンが満足そうに頷いた。

「拍手が小さぁぁぁい！　もっとだ！　もっと讃えよ！」

――万雷のごとき拍手！

「あの……ダグ？　このノリ、いつまでやるんです？」

「そういうイベントですから我慢してくださいよ、シュティーナ様。兵士たちも盛り上がってるし、いいじゃないですか」

「よくありません。魔王様にはもっと威厳を持っていただかないといけないのに、すぐ庶民目線に戻ってしまうんだから……」

「庶民目線、大いに結構ではないですか。そこがエキドナ様の良いところですよ。……時に、メルネス様はどちらです？　あの方も特別ゲストとしてお呼びしたはずですが」

「彼は辞退しました。仕事があって忙しいそうです」

「Oops。まあ、仕方ないですねェ。それじゃ、こっからは厨房にバトンタッチするとしましょう。厨房のレオ先生ー！」

「はい、はい」

俺は庭園中央に造られた特設料理場でタマネギを刻みながら、やる気のない返事をした。

ああ、やっとこっちに主導権が回ってきた。ダグのやつに喋らせるとずっとこのノリになるんだよな……面白いことは面白いのだが、テンションが高すぎて時々ついていけない時もある。メルネスは来なくて正解だったかもしれない。

誤解しないでほしいのだが、俺たちだって何の理由もなくこんなオモシロショーをやっているわけではない。

単純に——魔王城には、少ないのだ。娯楽が。

魔王城は険しい山の中腹に建っている。自然の要塞と言えば聞こえはいいが、城の周辺は殺風景な岩場が広がるばかりで、何もない。娯楽といえばメシ、それからおしゃべりがメインなのだ。

『せっかくドラゴン料理を作るんだし、兵士たちの息抜きも兼ねて、特設ステージでお料理ショーでも開いてはどうか』

そんな俺の提案をエキドナは二つ返事で承諾してくれ、急遽（きゅうきょ）こういうイベントを開くこととなった。実際、兵士たちは大いに喜んでるみたいだし、とりあえずは良しとしよう。

「よいしょーっと！」

「おう、ご苦労さん」

リリがカゴに入れた山盛りの肉を持ってきて、どすんと俺の横に置いた。ざっと見ただけでも軽く四十人分はありそうな量だ。

「にいちゃん、これで足りる？　まだまだ？」

「んー、人数が人数だからなあ……悪いんだが、もう二、三往復してくれ」

「野菜は？　野菜はどうすればいいかな？」

「野菜はエドヴァルトの担当だ。あっちに回せ」

「はーい！」

なお、今回の料理人は俺とエドヴァルト。倉庫から食材を運んでくるのはリリの仕事である。

なにせ魔王城のほぼ全員に肉を振る舞うのである。リリの仕事は結構な重労働なのだが、最後の最後で口を滑らせたお仕置きだ。

……いや、本当に危ないところだった。ヨハン君がお人よしだから良かったものの、そうでなかったら『ドラゴンを倒した名誉冒険者として王国の上層部とコネをつくる』という計画がすべて台無しになるところだったのだ。

次に隠密(おんみつ)行動をする時があったら、リリは置いていこう。絶対に置いていこう。

「しかしエドヴァルト、正直ちょっと驚いたよ」

「うん？　なんの話だ？」

「まさかお前が料理できたなんてな。てっきり食べるほう専門だと思ってた」

「はっはっは。俺はほれ、酒が好きなのでな。つまみを自作しているうちに、いつの間にか料理のスキルも上がっておった。それだけの話よ」

「あー……。酒飲みは料理上手って言葉があるけど、それは四天王でも同じってことか」

娘のジェリエッタが作ってくれたのだろう。エドヴァルトのごつい身体を包むのは、いつもの鎧ではなく革製のエプロンで、しかもかわいいドラゴンのアップリケがついている。

それがまた彼の見た目をよりいっそう面白くしていた。

そんなオモシロ料理おじさんがゴキゴキと首を鳴らし、刻み終わった野菜を横にどける。

「――で、ここからどうするのだ？　肉料理の選択肢は無限に近いが、ドラゴン肉の旨さを引き出せるようなレシピというと、そう多くはあるまい。兵士の数を考えると、大勢にサッと振る舞える料理を作らねばならんぞ」

「じゃ、まずはオーソドックスに行くか。第一弾は――〝至高のドラゴンステーキ〟だ！」


――

◆至高のドラゴンステーキ◆

・ドラゴンの肉
・食用油　ほんの少し

1. 肉を筋切りする。
2. ミディアムレアに焼く。
3. できあがり！

―

《火精霊(サラマンダー)》に働きかけ、炉に火を入れる。油は既に薄くなじませてあるから、あとは切った肉を鉄板に載(の)せて焼くだけだ。

本来は肉の両面に塩コショウを馴染(なじ)ませたりするのだが、それもしない。特大鉄板でワイバーンの肉を焼き始めると、案の定、観客席の兵士たちから大ブーイングがあがった。

「――おい勇者テメェコラァ！」

「ふつーに焼いてるだけじゃねえか！」

「下味すらつけてねえ！　やる気あんのか！」

「引っ込め！　エドヴァルト将軍に全部任せろ！」

予想通りの反応である。フッ、実におろかな連中だ……本当のドラゴン肉を食ったことがないんだな。今、お前らの常識を変えてやろう！

焼きあがったステーキを次々と大皿に載せながら、エドヴァルトが兵士たちを諫(いさ)めた。

「まあ待てお前ら！　騙されたと思って、まずは一度食ってみてくれ。本当に美味いから」

「……将軍がそう言うなら……」

しぶしぶ、と言った顔で、兵士たちがステージ前のどでかい皿へ寄ってきた。大皿の上には焼き立てのステーキ。当然、今もハイペースで量産中である。

あるものはナイフとフォークで、あるものはお箸で。またあるものは、焼きたてのステーキを素手で持って、そのまま肉にかぶりつき――。

「……!?」

どよめきが起こった。

「う――――旨い！」

「なんだこりゃあ！　味付けなんて何もしていなかったはずなのに、口の中に甘さが広がるぞ！」「凄まじくジューシーな肉汁だッ！　おい、肉を一口噛むごとに旨みが広がっていくぜ！」

どよめきは波紋のように広がった。さっきとは打って変わって、怒涛のように兵士たちが皿に群がり、肉の争奪戦がはじまる。

味付けすらしていないプレーン・ドラゴンステーキは、あっという間にその数を減らしていった。冷静なのはゲスト席のシュティーナとエキドナくらいだ。

「おいしい！　これは……凝縮された脂の旨みですね。良い肉はただ焼くだけでも美味(おい)しいと言いますが、これほどとは。鮮度の問題でしょうか？」

シュティーナがナイフで一口大に切ったステーキを口に運ぶ。ミディアムレアの赤い断面がまた食欲をそそるようで、すぐに二きれ目も口にした。

隣のエキドナもまた、ステーキを豪快に噛みちぎり、

「レオよ！　これは……本当に倒されて半日以上経過した肉なのか？　ついさっき捌(さば)いたばかりのような新鮮さだぞ！　したたる肉汁、程よい歯ごたえ。うむ、たまらん！」

「ああ。竜種(ドラゴン)は生命力の塊だから、肉の鮮度が全く落ちないんだよ。常温でも最低七日は新鮮さを維持できる。なんなら、生で食っても大丈夫なくらいだ」

嘘(うそ)ではない。事実、リリなんかは肉を運ぶついでにおやつ感覚で生肉をかじっている。

……まあ、コイツみたいな野生児は何食っても腹を壊したりはしないんだが、ドラゴン肉が常に新鮮さを保っているのは事実だ。普通の人間が生で食っても大丈夫である。

腐ることなく、滋養に満ち、そしてむちゃくちゃに旨い。

それこそが究極食材、ドラゴンの肉なのだ！

「素晴らしい！　おい、これで終わりではなかろう？　はやく次をよこせ！」

「仰せのままに、魔王陛下。おいリリ、次の肉もってこい！」

「むぁい！」

　リリが食べかけのステーキをくわえたまま倉庫にてってこ走っていき、肉を満載した巨大な荷車を引いてきた。うんうん、苦労した甲斐があった。肉はまだまだたっぷりあるな。

　さて。今のプレーン・ステーキで、ドラゴン肉のポテンシャルはこの場の全員に伝わったことだろう。とすれば、次は……あそこらへんかな。

　エドヴァルトも同じことを考えていたのか、俺が指示する前に食材を包丁で刻んでいる。

「さしずめ、次はここらへんだろう？　素材の味を活かしたステーキも良いが、力でねじ伏せる濃厚ソースも味わって貰わねばな」

「分かってるじゃねえか竜将軍。次は——こいつだ！」


—

◆ガリバタ醤油ソースのドラゴンステーキ◆
・ドラゴンの肉
・食用油　ほんの少し
・塩、コショウ　適量

・バター
・醤油
・にんにく
・ローズマリー
・アスパラ、パプリカ、キノコ（付け合わせ）

1. 筋切りした肉にコショウを振り、最低十五分ほど馴染ませる。塩は焼く直前に振り、かるく馴染ませる。
2. 中火で肉を焼く。両面に軽く焼き色がついたらバターを入れる。
3. 溶けたバターの池にひたすようにローズマリー、にんにくを投入。ガーリックバターを作りながら、ローズマリーにガリバタの風味を移す。醤油もこの段階で入れる。焦げやすいので、たっぷりのバターに溶かし入れるように。
4. ローズマリーをステーキの上に載せ、3をスプーンなどですくって肉にかける。付け合わせの野菜も炒め、3をなじませながら火を通す。
5. お好みの焼き加減になったらできあがり。

「——おいし————！」

リリが尻尾をピンと立て、アツアツのステーキを無我夢中で頬張りだした。

当然というか、エキドナやシュティーナのようにフォークとナイフは使っていない。素手でステーキを摑んでがじがじ齧り、手についたガーリックバター醤油ソースを美味しそうにぺろぺろと舐めている。……そろそろテーブルマナーを教えるべきかもしれん。

「あたし、こっちの方が好き！　さっきのも美味しかったけど、こっちのほうが好き！」

「ドラゴン肉のポテンシャルに負けないくらい濃厚な味付けにしたからな。以前俺がコックをやってた頃は、子供にも酒飲みにも大好評だった。美味いだろ？」

「うんうん！　おいしい！　おいふい！」

「ああっリリ将軍！　その肉は俺の……」

「おーいし——！　うわーい！」

隣の兵士が取ろうとしていた肉をリリが容赦なくかっぱらった。それだけでは足りず、まだ大皿に残っていた10ポンド以上のガリバタ醤油ソースステーキを全部一人で平らげてしまいそうな勢いだ。

……本気で、こいつにはちゃんとしたテーブルマナーを教えるべきかもしれない。

「レオ殿、これはもっと作らんとダメだな。リリに食い尽くされるぞ」

「あの食いしん坊め。エドヴァルト、そこの塩取ってくれ」

「ん」

「おう、サンキュ……んん？」

俺に塩の小瓶を手渡したのはエドヴァルトではなかった。

薄く筋肉のついた細い腕。それを肘あたりまで包む、白い手袋。

白と黒を基調にしたシックなメイド服に身を包んだ少女……いや、少年がそこに立っていた。

「……メルネス。お前何やってんだ」

「見れば分かるだろ。手が足りないっていうから、仕事を手伝ってる。いつも通り」

「いつも通りってお前……」

無影将軍メルネス。暗殺者ギルドの頭領（マスター）にして、魔王軍最速を誇る四天王の一人。

とある事情から、こいつは食堂でウェイトレスさんのバイトをはじめた。それが今でも続いているのは知っていたが、このお祭り時にも律儀（りちぎ）に給仕（きゅうじ）をやっていたらしい。

将軍なんだから、こういう時くらいエキドナ達と同じゲスト席に行けばいいんじゃないかと思うんだが……ひな壇の上で目立つのは性に合わないんだろうな。そっとしておこう。

「で、どうしたんだよメルネス。量が物足りないか？」

「その逆」

メルネスがふるふると首を振った。

「分厚くてごっついステーキばっかりで、困る。もっと気軽につまめる料理はないの？」

「気軽につまめる料理ね。ふーむ」

「料理を配るついでに、他のやつの反応も探ってみた。サキュバスやインプなんかは少食な連中も多いから、もう少し手軽なものが欲しいみたいだよ」

言われてみればもっともな話だ。皆が腹いっぱい食えるようボリュームばかりを重視していたが、分厚いステーキをぺろりと平らげられる者ばかりではないだろう。

つまり、ボリューム控えめで、これまでとはちょっと方向性が違って、ついでにメルネスが仕事しながら軽くつまめるようなレシピ……よし、じゃあこれだ！

――
◆ドラゴン肉と山の幸の串焼き◆

・ドラゴンの肉
・長ネギ
・にんにく
・玉ねぎ
・赤トウガラシ
（A）醬油
（A）砂糖
（A）料理酒
（A）みりん
（A）おろしにんにく、おろしショウガ

1. （A）を混ぜてタレを作る。
2. あらかじめ、ブツ切りにしたドラゴン肉をタレに漬け込んでおく。
3. タレが染み込んだ肉と、一口大に切った玉ねぎ・赤トウガラシ・長ネギ・にんにく。これらを串に刺し、回しながら焼く。

4. 少し焦げ目がついてきたらハケで全体にタレを塗り、再度焼く。
5. タレが焼ける香ばしい匂いがしてきたら出来上がり。

——


「……串焼き？」

「おう。どうだ？　これならささっとつまめるし、あとで部屋に持ち帰るのも楽だろ。なんなら、今日の夜食用にいくつか包んでやってもいいぞ」

「うん。頼んだ」

おやまあ、珍しく素直にメルネスが頷いている。表情からは分からないが、こいつがこういう反応をするってことは相当に気に入ってくれたのだろう。

いや、料理を気に入ったのはメルネスだけではない。ゲスト席のエキドナとシュティーナはワインを傾けて談笑し、兵士たちは久々の肉料理に夢中になり、リリは一人で兵士三十人分くらいの肉を平らげ、空になった皿を積み上げている。

……いやー、よかった。事を荒立てないよう、わざわざ冒険者のフリまでして下界へ降りていった甲斐があったというものだ。

俺は『メルネスお持ち帰り用（リリ、ぜったいにさわるな）』と書かれた紙箱に串焼きを入れつつ、ずっと気になっていたことを隣のエドヴァルトに聞いてみることにした。

「しかしエドヴァルト。ヨハン君じゃないが、俺もずっと気になっていたことがあるんだよ。食いながらでいいから教えてくれるか？」

「ん？　なんだ？」

エプロンを外し、自分用の特大ステーキを盛り付けていたエドヴァルトが首を捻る。

「お前、竜人族だよな。つまりは竜種だ」

「うむ」

「共食いにならないわけ？　これ」

「……はっはっは！　ああ、なるほど。確かにそこは気になるだろうな」

エドヴァルトが呵々と笑った。少しだけ声のトーンが真面目なものになる。

「そもそもだ。俺がドラゴンスレイヤーをやっておるのも、倒したドラゴンを食うのも、すべてはしきたり。竜人族のしきたりよ」

「しきたり？」

「まず前提としてだが……竜種はみな古代から伝わる〝神のドラゴン〟を信じている。ラルゴに来たことがあるなら、レオ殿も知っておるかもしれんな。どうだ？」

「あー。地龍ミドガルズオルム、黒龍ニーズヘッグ、そして黄金竜ファヴニール——だっけ？」

「うむ」

懐かしい名前だな、と自分で言っていて思う。

ニーズヘッグ、ファヴニール、そしてミドガルズオルム……あるいはヨルムンガンド。三千年前、科学文明時代の『北欧神話』で伝説のドラゴンだ。文明の移り変わりと共に神話や宗教も徐々に変化していったが、変わらないものもあるらしい。

そんな旧文明の残滓が他ならぬエドヴァルトの口から出てきて、俺はひそかな喜びを感じた。

「黒龍ニーズヘッグの悪しき囁きに魅入られたドラゴンは、やがて肉も鱗も黒化し、暴走を続ける黒龍となる。今回のようにな」

「それと同種食いと、何の関係がある？」

「死者の魂はみな等しく世界樹ユグドラシルの元へと送られる、というのが竜族の考え方だ。ドラゴンであろうと人であろうとな。彼らはフヴェルゲルミルの泉を通り、次の生を受ける。だが、ニーズヘッグの囁きに耳を貸してしまった者だけは、そのサイクルから外れてしまうのだ。彼らの魂はユグドラシルへ行けない。死後も現世に残り続け――世界の終わりが来るまで、その魂が救済されることはない」

「……ははあ、なるほどな。読めてきたぞ」

俺は串焼きを一本持ち上げ、ほどよく焼けたドラゴンの肉を……エドヴァルトが斬り伏せた真龍の肉を見た。

全身が黒く染まり、正気を失った黒龍。

竜族の宗教観が本当ならば、こいつはユグドラシルには行けないのだろう。このままなら。

「つまりこれは浄化の儀式ってわけだな。堕落した〝彷徨える魂〟とやらを、輪廻転生のサイクルへ戻す為の」

「そうだ。黒化したドラゴンの肉を食べ、己の血肉と一体化させるのだ。いつか俺やレオ殿が死ねば、食われた黒龍たちも我々と共にユグドラシルへと往けるだろう」

「本当かよ？　眉唾ものだな」

「ははは、まったくだ。すべては神官どもが唱える古臭い教義で、俺も本当かどうかは知らん。だが……そういう救いがあると考えれば、堕ちた同族を処刑するのもいくぶん気が楽になる」

「まあ、な。何かしらの救いは、あってもいいよな」

「うむ。だから俺は、倒した龍の肉は必ず食うようにしている。それが同族を殺す者の責務であると、そう信じている」

エドヴァルトは若い頃から竜人族の中でも一番の使い手だったと言う。竜殺し……ドラゴンスレイヤーを命ぜられたのも、その腕あってのことだろう。

俺は正直、宗教には興味がない。ただ、この教えによってこいつが同族殺しの呵責から少しでも楽になれているのなら、それで良いのかもしれないと思った。

エドヴァルトが酒瓶を傾け、自分と俺のグラスにエールを注ぐ。

そしてフォークとナイフを手に取る——前に、両手を胸の前で合わせ、静かに告げた。

「ゆえに、食う前に俺はこう言うのよ。その生命を〝いただきます〟とな」

「うん、そうだな。俺も言っとこう……いただきます」

「いただきます」

夜は更け、宴は進む。

食糧問題的にも、それ以外にも、大きな収穫のあった一件だった。

―

「——実はだな」

深夜。

宴が終わり、皆が寝静まった頃。俺はダンジョンから戻ってきた夜と同じように、自室をコツコツと歩き回りながら思案を重ねていた。

ただし、今回は一人ではない。シュティーナも一緒だ。

「話がややこしくなるから黙っていたが、ドラゴンの黒化には明確な原因があるんだ」

「え、そうなんですか?」

「そもそも人間界のドラゴンには二種類あるんだ。ひとつは魔界からやってきて人間界に定着した、オリジナルのドラゴン。もうひとつは三千年前、オリジナルを模して開発された、生体兵器としてのドラゴン——ドラグナーズと呼ばれる疑似ドラゴンだ」

「……呆(あき)れた。人間界の魔術師たちは、つくづくとんでもないモノを作り出しますね」

「それだけ必死だったのさ」

ドラグナーズは俺たちDHシリーズほど強い力を宿してはいない。

ただ、胚(はい)の段階から強力な魔力を付与されたその肉体は、オリジナルのドラゴンに匹敵するほどの生命力を備えている。その生命力こそが黒化の原因でもあった。

「三千年前の戦争が終わった後、一部のドラグナーズがオリジナルと交わり、子孫を残した。要するに、いま人間界にいるドラゴンの半分くらいは混血種なんだ」

「良いことですね。魔界では混血は大いに推奨されているんですよ。複数の種族の因子が混ざり合うことで、突然変異的に驚異的な力を手に入れる個体が出てきますから」

「そこが問題なのさ。オリジナルの強力な魔力と、生体兵器の強力な生命力……その二つが合わさった結果、突然変異で黒化・暴走する個体が出てくるんだよ。たまにな」

「……ふむ。魔術師としても学者としても、非常に興味深い話ではありますけど」

シュティーナが眼鏡の位置を軽く直し、小さく息を吐いた。

「確かに、黒化のメカニズムを聞いたところで何か状況が変わるわけではないですね。そもそも黒化ワイバーンはもう撃退してしまったそうですし」

「そうだな。だから、特に話すつもりはなかった」

「じゃあ、なぜこんな話を私に？　それも、こんな夜中にこっそりと」

「俺の予想が正しければ……今回の黒龍大発生には、呪術師(カースメイカー)カナンが関わってる可能性があるからだ。だからまず、あいつの師匠であるお前に相談するべきだと思った」

がたり！

音を立ててシュティーナが椅子から立ち上がった。

ダンジョンを踏破したことで、弟子の一件は完全に片付いたと思っていたのだろう。まさかここでカナンの名前が出てくるとは想像もしていなかったようだった。

「……どういうことですか⁉ カナンはあなたにやられた怪我を治すため魔界で療養中のはずです。そんなあの子が、黒龍の発生に関わっていると……⁉」

「ああ」

ちょっと長い話になるだろう。俺は窓際にあるソファに腰掛け、シュティーナにも向かいのソファに座るよう目で促した。

「先日入ったカナンのダンジョン。師匠のお前から見て何か妙だとは思わなかったか？」

「……と言うと？」

「シクラスのダンジョンは十五階層だった。俺を倒す為に全力を注いだシクラスのダンジョンですら、十五階層が限界だったんだ。……わかるか？」

「……なるほど。つまりあなたは、こう言いたいのですか」

シュティーナが少し前のめりになり、じっと俺の目を見た。

「――〝本来の〟カナンの力量では、三十階層ものダンジョンを造れるわけがない」

「そうだ。俺はそこがずっと引っかかってた」

「そうですね。私も、今回のダンジョンはあの子の力量を大きく超えていると思いました。階層の深さに限らず、色々なところが」

「虹水晶とか？」

「……え、ええ。そうです。あれは分かりやすかったですね」

ほぼ全裸にひん剝(む)かれたことを思い出したのか、シュティーナの顔が少しだけ赤くなった。

「よくよく考えると、レオの《爆雷柱(サンダーピラー)》の直撃を受けて破壊されない虹水晶(プリズムクリスタル)なんて、あの子が用意できるわけがないんです。あの馬鹿げた耐久力……よほど高度な《再生(リジェネレイト)》でも付与していない限りは、実現不可能ですから」

「そうだな。そして、カナン単独ではそんなレベルの《再生(リジェネレイト)》付与はまず無理だ」

「そう、ですね。……そうなります」

「つまり、カナンは手に入れたんだよ。シクラスで俺に倒されたあと……俺から受けた傷を一瞬で癒やし、自分の魔力を何倍にも高めてくれるようなスーパーアイテムを。あのダンジョンは、そうやって力を得たあとで拡張されたんだろう。そうとしか思えん」

「スーパーアイテム……《賢者の石》のような？」

「ああ」

「……ちょっと待って下さい。先程も言いましたが、カナンは〝傷を癒やすために魔界で療養中〟のはずです。もし魔界に帰る前に彼女の傷が癒えたなら、あの子は今、どこにいるんです？」

「俺の予想では、おそらくイーリス領のどこかに潜んでいる」

「――は⁉」

「一匹二匹ならまだわかる。でも、二十四以上のワイバーンが一斉に黒化するなんて本来はありえないんだよ。巣のすぐ近くに強烈な汚染源でもない限りはな」

「……ただそこにあるだけで、ドラゴンが黒化するほどの凄まじい生命波動を発する。そんなとんでもない代物をカナンが手に入れてしまった、と？」

「そうだ」

信じられない、という顔のシュティーナに向かって頷く。

「……厄介な事に、そういう《賢者の石》が過去に一つだけ存在したんだよ」

そう言って、俺は窓の外に広がる夜空に目をやった。

……三千年前。世界を救う勇者として作られた、俺たちDHシリーズ。

生き残ったのは、俺一人だけだと思っていたんだが……。

「DHシリーズのナンバー06。無限の生命力を宿す、不死の戦闘狂――DH-06［ヴァルゴ］。もし奴が生きているのなら――あるいは、奴のコアだった《賢者の石》を、カナンが手に入れたとしたら。異常な規模のダンジョンも、ドラゴンの大量黒化も、すべて説明がつくんだ」

# 第三章　なんでお前がここにいるんだよ

ワイバーン事件の翌日。

俺はイーリス王国のはずれ、草原の中を突っ切るのどかな街道を一人で歩いていた。いつもならついてきたがるリリも、今日は一緒ではない。

……もちろん魔王城を追い出されたわけではないぞ。カナンを捜すためだ。

俺の話を聞いてすぐ、シュティーナは魔界へ使いを出した。カナンが本当に魔界で療養しているのかどうかを確かめるために。

そして——思った通りである。

魔界に、カナンの姿はなかった。

俺に敗北し、シクラスからカナンが帰ってきてから数日後。彼女が魔王城地下の《大霊穴》経由で魔界へ帰っていったのを複数の兵士たちが目撃している。『魔界に帰る直前まで、カナンは一切部屋から出てこなかった』という証言もある。

……やはり、室内のダンジョンで何かやっていたことは間違いない。《大霊穴》を使って魔界に帰ったのは、呪文で生み出したカナンの偽物(ダミー)だろう。

本物は間違いなく、地上のどこかに潜んでいる。

それもイーリス領内、先日砦を襲った黒化ワイバーンたちの巣の近くに。

「なあアンタ。ワイバーンの巣がこの近くにあるって聞いたんだが、知ってるか？」

「ワイバーン？　ああ、それなら」

すれ違った若い商人に声をかけると、少し離れたところにある山の頂を指さされた。

「あの山のてっぺんあたりだよ。半日もあれば着くはずだけど……」

「だけど？」

「やめといた方がいい。最近はワイバーン達が暴走して、誰かれ構わず近くを通る人間を襲っているらしい、って話だ。ドラゴンの黒化現象って知ってるか？　鱗が真っ黒になって、凶暴性が大幅に増して……」

「ああ、うん、知ってる。このあいだも倒したからな。黒化ドラゴン」

「え？」

「情報サンキュー！　助かったよ、とっといてくれ」

あっけにとられる商人の胸ポケットに銅貨を何枚か放り込み、先を目指す。

山か。確かに、まるまる山をくり抜けば三十階層くらいのダンジョンはすっぽり入ってしまうだろう。人里からほどよく離れているから隠れるにも都合がいい。

地下のダンジョンで幾度となく放たれた強力な生命波動が、地中の霊脈を伝ってワイバーン達にまで作用し、生命力を暴走させ、黒化現象を引き起こす……ありえる話だ。

山の近くまでたどり着いたら、とりあえず《地抉掌（ノームスリング）》の呪文で地面を掘りまくってみよう。予想が合っていれば少し掘るだけでダンジョンにぶちあたるはずだ。

「……それにしても」

ローブを鞄（かばん）につっこみながら、一直線に伸びる街道を見る。

「ほんとーに長閑（のどか）な国だな、ここは。フツーに観光で来たかったぜ」

俺の独り言に応えてくれるのは、街道わきの草原を駆け抜けていく風くらいだった。

イーリスの中でもはずれにあるこの街道は、マジで人が少ない。先程の商人のように、ときおりイーリス王都方面からやってくる行商人とすれ違うくらいだ。

いま街道を歩いているのは俺だけ。それ以外は、少し先の木陰で休んでいる旅人が一人……その程度だ。

季節は春も半ばを過ぎた頃。じりじりと強まる正午の日差しが、俺の背中を焼く。

慌てても仕方がない。俺は先客を見習って木陰に入り、自分で作ってきたおにぎりで腹ごしらえをすることにした。一方の旅人はちょうど休憩終わりだったのか、こちらと入れ違うように立ち上がり、そのまま旅に戻ろうとする。

「……ん？」

その時だ。

かちゃりと小さな音を立て、そいつの腰に括り付けられていた黒い革袋が地面に落ちた。

旅人はそれに気づく様子もなく、そのまま街道を俺とは逆方面に進もうとする。

旅人に声をかけるべきか、はたまた無視するべきか、俺はちょっとだけ悩んだ。

（……うーん。勇者レオだってバレると、騒ぎになる可能性があるんだよなー）

勇者レオ。

人類を裏切って魔王軍についた反逆者。

そんな形で指名手配されている俺だが、実際に俺をしっかり覚えているやつは結構少ない。ワイバーン騒ぎの時だって、俺の正体に至った奴はヨハン君くらいだったしな。

それでも、今はカナン捜しの真っ最中。

わざわざ隠密行動を取っている時に、余計なトラブルは起こしたくない。

考えた末、俺は外套のフードを目深に被り、《正体隠蔽》だけを使って対処することにした。

その名の通り、不可視のヴェールで全身を覆い、『顔が見えているのに認識できない』

という不思議な状態にする呪文だ。これなら万が一にもバレることはないだろう。

もっと気合いを入れて《転身(メタモルフォーゼ)》あたりを併用し、顔かたちそのものを変えてしまってもいいんだが……まあ、そこまでする必要はないだろう。相手、一般人だし。

俺は革袋を拾いあげると、歩き去ろうとする旅人の背中に声をかけた。

「失礼。落としましたよ」

「え？」

ぱっと旅人が振り向いた。女だった。

さっぱりとしたショートヘア。切れ長のぱっちりとした目に、薄く紅が引かれた唇。動きやすそうなパンツスタイルの上から、ちょっと高価そうな黄金色の外套を着込んでいる。同性からも異性からも人気の出そうな、スレンダーな美人だった。

旅荷物が入ったボロボロの黒い鞄だけがやたらと浮いているが、誰しもお気に入りの鞄の一つや二つあるだろう。大して気になるポイントではなかった。

「あああっ！　そ、それ……！」

ようやく自分が荷物を落としたことに気づいたのだろう。俺が差し出した黒い革袋を見るや否(いな)や、女がぎょっとしたように叫んだ。

「はい、お返しします。軽いものや貴重品が入った袋は、腰ではなく胸やお腹(なか)近くに括り付けるといいですよ。それなら落ちた時もすぐ気づきますからね」

「そう……ですか。あり……ありっ、ありがとう、ございます」

よほど大事なものなのだろう。何度もつっかえながら女が礼を言った。

ほっそりとした白い手が伸び、半ばひったくるような勢いで革袋を掴む。荷物鞄をほっぽりだし、懐へぐいぐいと革袋がしまい込まれた。

「ん……？」

女の鞄が地面に落ちた拍子に、ちらりと中身が見えた。

この女……本業は呪術師なのだろうか？　鞄の中には呪術書らしい本が何冊か入っており、血が滴る動物の生肉や鴉の羽、魔力の籠もった紅玉などが乱雑に詰め込まれている。

……ふむ？

おい。待てよ？

そそくさと立ち去ろうとする女を見、俺はひとつカマをかけてみることにした。

「じゃ、じゃああたし、先を急ぐので。これで」

「──ええ、お気をつけて！　でも、この先の町には立ち寄らない方がいいですよ」

「え？　なんで？」

「いやね。ここに来る途中で聞いた話なんですけど」

耳打ちするためそっと女に近寄る。

トークで気を惹きながら《幽縛鎖》を発動。不可視の鎖を女の足に絡みつけ、逃走を防止する。

「……この先の町に、あの魔王軍四天王、魔将軍シュティーナが現れたそうなんですよ」

「はあああっ!? お師……シュティーナ、様、が!?」

「ええ。なんでも血眼になって誰かを捜しているそうで、占領した町の人間を片っ端から捕まえ、拷問したり、喰ったり、殺したりしてるそうなんです。酷いものでしょう」

女がかなり複雑そうな顔をした。

「……そ……そうね。うん。すごく怖いし、酷いと思うわ。忠告ありがとう」

「どういたしまして。でも、まあ――」

既に女の化けの皮は剝がれかかっている。どこからどう見ても正体はアイツに違いないのだが、一応、念には念を入れておいた方がいいだろう。

念には念を。

つまり、これでチェックメイトということだ。

「考えてみると、そんなに心配する必要はないのかもしれませんね。しょせん魔王軍なんて、勇者レオ様一人に倒された雑魚の寄せ集めなんですから」

「……………………は？」

ぴきり、と女の顔がひきつった。

「一山いくらの雑魚の集団。その雑魚を率いる、お山の大将。どーせシュティーナとやらも大したヤツじゃないんでしょうけど、いちおう用心して――」

「ぬぁぁぁぁんですってぇぇぇぇ！」

女が吠（ほ）えた。

そして俺の襟首を両手で掴み、がくんがくんと揺さぶった。

「ああああんた！　おっ、お師匠様のことをそれ以上悪く言ってみなさい！　百ぺん殺してからその魂をミミズに閉じ込めて使い魔として永久にこき使ってやるんだから！」

「お師匠様？」

「そうよ！　あっ、あたし……あたしこそ、魔将軍シュティーナ様の一番弟子！　魔王軍の呪術師（カースメイカー）にして高位魔術師（ハイ・ウィザード）！　人呼んで〝迷宮高弟（メイズメイカー）〟の呪術師（カースメイカー）カナンよ！」

ぷちっ。

偉そうに名乗るカナンを見た瞬間に、俺の中で何かが切れた。

「いい？　お師匠様は偉大な方なの、レオみたいなクソ虫とは格が違うの！　アンタみたいな小汚い旅人が気軽に名前を口にしていいお方じゃないのよ！　分かったら――」

「やっっっぱりカナンじゃねーかテメェエエエ！」

「……ぴゃあああー⁉」

突如豹変(ひょうへん)した俺を見て、旅人――いやもういいか。カナンが飛び上がった。

《正体隠蔽(ゴーストフェイス)》を解除し、外套をかなぐり捨てる。ぎょっとした視線が向けられた。

慌てて後ずさったカナンが《幽縛鎖(ホロウチェイン)》にからめとられ、ずてんと尻もちをついた。尻もちをついたままの姿勢で両手を使い、ずりずりと後ろに下がる。

「れ……れっ、レレレレレレ」

「そォーだ、そのレオだよ！　カナンお前この野郎、城にも顔を見せずにこんなとこをブラブラブラブラほっつき歩きやがって！　捜すのがスッゲー大変だったじゃねえか！」

「なぁんでアンタがあたしを捜してるのよーっ⁉」

言い返しながら、《解呪(ディスペル)》で鎖を消去したカナンが立ち上がる。

さすがにこれ以上正体を隠すつもりはないらしい。紫色の光が舞い散り、彼女が偽装に使っていたと思わしき数々の呪文が解除された。

服装を変える《変装(ディスガイズ)》。幻の装飾品や化粧で着飾る《装飾光(ドレスアップ)》。俺と同じ《正体隠蔽(ゴーストフェイス)》に、顔つきや髪の毛の長さをいじっていた《転身(メタモルフォーゼ)》。魔術の使えない一般人を装(よそお)うための《魔力封印(マナシール)》。

それらがいっぺんに解除され、カナンの姿が変わる。いや、戻る。

「やっぱり、慣れない変装なんてするべきじゃなかったわ。結局すぐバレるんじゃない……！」

「いい変装だったと思うぞ。お前の迂闊な行動がなかったら見破れなかったかもしれん」

実際、カナンの変装術は大したものだった。今思うとボロボロの靴なんかはあからさまに怪しいのだが、中身が見えるまで俺は何の違和感も抱かなかった。いや、『抱けなかった』。

つまり、俺の認識を操作する《完全偽装》あたりも併用している可能性が高いということだ。流石はシュティーナの弟子、といったところか。

いま俺の目の前に立っているのは、旅人ではなかった。

全身を覆う黒いローブ。片目を隠すように伸びた、ウェーブのかかった長く黒い髪。

その奥で落ち着き無くきょろきょろと動く目に、色気のない痩せた身体。

俺のよく知る呪術師カナンの姿だ。これで、俺の疑念は確信へと変わった。

「やはりだ。お前、なにか手に入れたな？　自分の魔力を爆上げするチート級アイテムを」

「……チート……？　な、なに？　いきなり、何の話？」

「とぼけるな。俺とお前、魔術師としての格なら圧倒的に俺が上だ。俺に見抜かれないレベルにまで精度を高めた《正体隠蔽(ゴーストフェイス)》や《転身(メタモルフォーゼ)》なんて、お前の力量で使えるはずがない」

口ごもったカナンに一歩近づき、更に追い込みをかけていく。

「あと、魔王城のお前の部屋から繋(つな)がるダンジョンだ。全部で三十階層。あれもおかしい」

「え！　入ったの⁉」

「入った。面白いギミックだった」

「ああああああ……！　さ、最悪……！」

「シクラスを遥(はる)かに超える規模のダンジョン。一瞬でも俺を欺くほどの変装——すべてが分不相応なんだよ！　今のお前の力は、どう見たって過剰すぎる！」

「う……」

また一歩、距離を詰める。後退したカナンの背中が木の幹にどすんとぶつかった。

「……お前、俺に倒された後に何かを手に入れただろう。《賢者の石》クラスの魔力源を。そいつの力を使って一人で俺を倒し、お師匠様に認めてもらう……単独行動を取り続けてる理由は、おおかたそんなところだな？」

「！」

カナンがはっとした表情になる。やはり俺の推理は正しかったらしい。

まあ確かに、一人で俺を倒せばシュティーナと対等の立場になれるのは間違いないし、さらに言えば、うちに秘めていた恋心を告白することもできるだろう。俺に恨みを抱いているカナンの取りそうな行動ではある。

「やめておけ。お前が手に入れたものが俺の予想通りの代物なら、それは間違いなくお前の手に余る。……ハッキリ言ってやろう。お前、破滅するぞ」

「……破滅ですって？」

ふいに声のトーンが下がった。同時に、カナンの魔力が内側から徐々に高まっていく。

（戦うつもりか？　無駄なことしやがる）

内心、鼻で笑い飛ばす。

カナンと俺との距離は三メートルもない上、体術も魔術もレベルは俺のほうが上。こいつが《賢者の石》のパワーでスーパーレベルアップを果たしていたとしても、この距離ならばこちらが圧倒的有利だ。カナンがどう動いても、瞬時に取り押さえることができる！

「……そうよ。あたしが手に入れたこれは、とんでもない力を持ってる。たしかに……使い方を誤ったら、破滅するかもしれないわね」

そこで、俺はカナンの懐から金色の光が発されているのに気づいた。

――間違いない。さきほどカナンに手渡した、黒い革袋だ。先程までは何の力も感じられなかったのに、今では周囲の景色すら歪むほどの圧倒的な魔力を放っている。

胸元にしまった革袋に手を当てながら、どこか恍惚とした表情でカナンが言った。

「ええ、白状するわ。まだ確証はないけれど、おそらくはこれこそが《賢者の石》。あたしたち魔王軍が探し続けていたモノよ。これを魔王陛下にお渡しすれば、あたしはきっと望むままの褒美を貰えるわ」

「そうだな。地位も名誉も、何もかもだ。お前の師匠だって喜ぶだろう」

カナンが小さく頷き、俺の言葉を無言で肯定した。

「おい……？　そこまで分かっていて、なぜ魔王城を離れて勝手な行動を取っている。師匠まで欺き、自分は魔界に帰ったように見せかけて、人間界で何をしている？　お前の目的は何だ？」

「……目的ですって？　そんなの、決まってるでしょ……！」

それまでバツが悪そうに俯いていたカナンが、ぎらぎらと光る目をこちらに向けた。

「あたしの目的は、あんたと戦うこと！　そして、あんたを倒すことよッ！」

――ぶわり！

カナンの魔力が膨れ上がり、一気に解き放たれた。

「なッ……!?」

魔力圧だけで突風が巻き起こり、周囲の石はおろか小ぶりな岩までが吹き飛ぶ。木がミシミシと悲鳴をあげ、半ばからへし折れた。小規模な嵐が召喚されたかのようだった。

「……馬鹿な！　お前、本当にカナンか!?」

ありえない！

この力、どう見たって四天王に匹敵するレベルだぞ！

もうここまでくると疑いようがない。今のカナンの力は、以前戦った時の何倍……あるいは何十倍にも膨れ上がっている！

しかも間の悪いことに、街道の遥か彼方から旅商人の一団がこちらへ近づいてくるのが見えた。まだ距離はあるが、もしここでカナンとドンパチはじめたら確実に彼らを巻き込むことになるだろう。しかも今のカナンは以前と違い、手加減できるような相手ではない
……！

どうするべきか答えをはじき出す前に、カナンが後ろへ飛びのいた。

「今日のところは見逃してあげるわ。《賢者の石》とも、本気のあんたを打ち倒すって約束しているから。民間人を気にして全力で戦えないあんたを倒すのは、こちらとしても不

本意よ」

「なに……!?　約束だと？　《賢者の石》はお前になんと言っている!?」

「じゃあね。どうやって魔王様に取り入ったのか知らないけれど、あんたを殺せば魔王様の目も覚めることでしょう。残り僅かな人生を、せいぜい楽しんでいなさい！」

「おい！　質問に答えろ、カナン！」

「――《過剰加速（オーバーアクセル）》！」

カナンの発動した呪文は、ペナルティと引き換えに移動速度を超強化する呪文だった。

得られる速度はメルネスと同じかそれ以上。地面を駆ければ、ほとんど瞬間移動のようなレベルで数百メートルを瞬時に移動できる。

ペナルティは肉体への大きなダメージだ。俺も何度か使ったことがあるが、数秒使っただけでも反動で内臓やら骨やらがボロボロになる。気軽に使えるものではない。カナンは《過剰加速（オーバーアクセル）》と同時に回復呪文も発動し、その反動を相殺（そうさい）したようだった。回復呪文の金色の光に包まれたカナンが一瞬で遥か彼方へ遠ざかり――消える。

「……くそっ」

《過剰加速（オーバーアクセル）》を長時間維持するのは、まず無理だ。今すぐ追えば、まだギリギリで追いつけたかもしれない。

だが——俺は、それを分かっていながら、とうとうカナンを追うことができなかった。

最後に発動した回復呪文。

そこから、あまりに懐かしい魔力を感じ取ってしまったからだ。

「《過剰加速》の反動で受けるダメージを、超再生で強引に無効化する——か。そうだよな。お前なら、それくらい余裕だろうよ」

まだ微かに漂う魔力の残滓は、まるで香水の残り香のようだった。それをゆっくりと浴びながら、俺はカナンのバックについている黒幕の正体を確信する。

超再生をはじめとする生命操作に特化した、DHシリーズのナンバー06。

冠する十二星座は処女宮。

「……ヴァルゴ。やっぱり、お前なのか？」

間違いない。

カナンの力の源は、間違いなく俺の兄弟。DH-06［ヴァルゴ］の《賢者の石》だ。

「でも、なんでお前がここにいるんだよ」

人気のない街道。俺の独り言に応じる者は、誰もいない。

「なんでお前が、俺を殺そうとするんだ……？　ヴァルゴ……」

答えは出ない。

ざわめく風が、最後の残り香を遥か遠くへ運んでいった。

# 第三・五章　Side：カナン（1）

「――いだだだだっ！　痛い痛い痛いっ、全身ばっきばきに痛い～っ！」

勇者レオと思わぬ遭遇を果たした後。

根城に戻ったあたしは、痛みのあまり床でのたうち回っていた。

「ヴァルゴ！　あんた、いくらなんでも無茶しすぎだわ！　『俺に任せろ』なんて言うから何するのかと思えば、《過剰加速(オーバーアクセル)》ですって⁉　危うく反動で死にかけたじゃない！」

『うるせェな。切れた腱(けん)に、砕けた骨に、潰れた内臓。何から何までキレイに治してやったろうが。どこに不満があるってんだよ』

「バカ～ッ！　最終的に治るとしても、痛いもんは痛いのよーっ！」

『……はぁ。こんなんで本当にレオを倒せんのかね？』

あたしのそばに転がる宝珠(オーブ)が、小馬鹿にしたようなため息をついた。

ここはイーリス王国、フィノイの町の近くだ。正確にはフィノイ近くのミスリル鉱山の地下に造り上げた、あたしのダンジョンの最下層。

地下五十階層にまで至るこの迷宮の各所には、呪術を使ったありったけのトラップを仕掛けてある。

ここに勇者レオをおびき出して、倒す。

それがあたしと、『ヴァルゴ』を名乗るこの宝珠(オーブ)の目的だ。

「触媒補充のためとはいえ、外に出たのはまずかったわね。よりによってレオと遭遇するなんて……もう、あの山頂のポータルは使えないわ。すぐに封鎖する」

『出入り口を複数設置しといてよかったな。あと残ってるのはいくつだ？』

「二つ、かな？　フィノイの目の前に出るものと、イーリス王都近くの平原に出るもの。今後のことを考えると、もう一つか二つ設置しておきたいわね」

『今後？』

「……え。な、なにかおかしいこと言った？」

ずきんずきんと全身を支配していた痛みがようやくおさまってきた。あたしは立ち上がり、ヴァルゴを膝の上に乗せてベッドに腰掛ける。

「このダンジョンが見つかるのは時間の問題だろうけど、それでもまだしばらくの猶予があるはずよ。触媒の補充や万が一の脱出経路を考えれば出入り口は多いほうがいいと思うのだけど……お、おかしい、かしら」

『ああ……いや、確かにそうだな。お前の言う通りだ』

「で、でしょ？　もう。何かミスったかと思っちゃったじゃない」

『悪かったよ』

珍しくヴァルゴが謝り、それきり黙り込んだ。

――ヴァルゴ。意思を持ち強力な魔力を宿す、謎の宝珠（オーブ）。

三ヶ月ほど前、勇者レオに敗れて魔王城に戻った時に、あたしはこいつと出会った。城の地下にこっそり造ったダンジョン、その最深部からヴァルゴが出土したのだ。

いまだにこいつの正体はわからない。ただ、レオに言った通り、あたしはこいつが《賢者の石》なのではないかと目星をつけていた。

というより、そうでもないと説明がつかない。死にかけのあたしを治療し、自分の魔力を注ぎ込んであたしの力を何倍にも引き上げてなお、ヴァルゴからは余力を感じる。

まさしく無限のエネルギー。これが《賢者の石》でなくてなんだというのか。

ヴァルゴは何故（なぜ）かレオと戦いたがっている。力をくれるだけでも十分うれしいのだが、なによりも『目的が同じ仲間が居る』というのは素直に心強かった。

「それにしても、気になるのはレオだわ。あいつはあたしを捜しているだけじゃなく、あんたという魔力源を手に入れたことまで感づいてた」

『やっぱ王都で聞いた噂（うわさ）は本当みてえだな。レオが魔王軍に入った、っていうのは』

「…………ねえ、ヴァルゴ」

『ダメだ』

「まだ何も言ってないでしょ！」

『お師匠様にだけは俺を拾ったことを報告したい――って言うんだろ。やめとけ。城から出てもう数ヶ月は経ってるだろ。今更戻ってどうなるってんだ』

なぜあたしが魔王城ではなく、イーリス領内のこんな僻地に籠もっているのか。それにはちゃんとした理由がある。

ヴァルゴに言われたのだ。『誰にも俺の存在を知られないようにしろ』と。

あの時。ヴァルゴを拾った直後のあたしは、浮かれていた。圧倒的な力に舞い上がり、今の自分にどれほどの力があるのかを確かめようと、自宅ダンジョンの改装に夢中になってしまった。

時間にして、実に一週間近く。

お師匠様からは、常日頃から『知らない魔道具を見つけたら、すぐに私に報告するように』と仰せつかっていた。時間の経過に気づいた時は、血の気が引いた。

当然あたしは、大目玉を覚悟してお師匠様のもとへ報告にあがろうとしたのだが……そのとき聞こえてきたのが、他でもないヴァルゴの声だったのだ。

『――おい、やめろ。俺のことは誰にも言うな』

びっくりした。本当にびっくりした。

だって、それまではヴァルゴのことをただの『すごい魔力を宿した宝珠(オーブ)』としか見ていなかったから、ふっつーに枕元や机の上に置いたり、その横で着替えたりしていたのだ。

意思があると最初から分かっていたら、もうちょっと違う対応をしていたと思う。

「……ねえ、なんであんたのことをお師匠様へ報告しちゃいけないの？　何か理由があるんでしょ。いいかげん教えてくれてもいい頃だと思うのだけど」

『何度も言ってるが、俺には俺の目的がある。万が一にもお前から引き離されるわけにはいかないんだよ。それに、俺の存在が外に漏れれば、それだけレオにバレる可能性は高くなる』

「もし……万が一、お師匠様にあんたを拾ったことを報告したら、どうなるわけ？」

『お前には二度と協力しない。二度とだ。魔力も全部返してもらうし、お前が城の地下に作っていた怪しいハーレムのことも暴露してやる』

「うっ」

『そうなったらお前、アレだなァ？　一人でレオを倒して大好きなお師匠様に告白する計画は当然のようにおじゃんだし、師匠に軽蔑されて破門されちまうんじゃねェの？　ははははッ！　それでもいいならどうぞどうぞ。心置きなく報告へ行ってくださいませ、カナン様？』

「こ、こいつ……！　ほんっっっとにムカつく石ね……！」

これなのだ。とにかく『俺を拾ったことは誰にも喋るな、気取られるな』の一点張りで、交渉の余地すらない。

さすがに、魔王城の地下に造ったダンジョンでは魔王様やお師匠様と距離が近すぎる。ヴァルゴは常に強力な生命波動を発しているから、あたしが黙っていてもいずれバレてしまうだろう。

仕方がなかった。仕方なくあたしは城を出て、イーリス王国のはずれにダンジョンを造り、こうしてヴァルゴとの生活をはじめたのだ。

おかげで、外の状況はさっぱりわからない。人間たちと魔王軍との戦争も知らない間に終わっていた。城では逃亡者扱いになっているかもしれない。

「……でも、そうね。いまさら引き返せないわ。あたしとあんたでレオを倒して、手柄とともにお師匠様のもとへ凱旋する。あたしにはもう、それ以外の道は残っていない」

『そうだ。分かってんなら、それでいい』

ヴァルゴが何かを企んでいるのは明白だ。そんなの誰にだってわかる。

けど、それでも惜しみなく魔力を与えてくれているのは間違いないし、レオ討伐という一点においてあたし達の意見は完全に一致している。

今更引き返すわけにはいかないのだ。もはやあたしとヴァルゴは一心同体だった。

「……レオかあ。改めて間近で見て、よくわかったわ」

『あ？　何が？』

「あいつの強さが、よ。前回あたしと戦った時は、あいつ、実力の半分も出していなかったのね。魔術師として……ううん、それ以前のレベルで根本的に格が違いすぎる。レベルアップした今のあたしであっても、まともに戦ったら絶対勝てない。そう実感したわ」

『あれも昔はひよっこだったんだがな。さすがは『超成長』のレオ、今のあいつはヤバすぎるわ。本来の俺のボディがあったとしても、勝てるかどうかは正直わからん』

ヴァルゴがぼそりと呟いた。

もし彼に肉体があったなら、どんな表情をしていただろう。郷愁とも後悔とも感じる声色の中には、なぜかレオの強さに対して誇らしげなものが含まれていた。親や子、あるいは兄弟姉妹が、大きく出世した肉親を自慢するような、そんなニュアンスが……。

「……ねえ。ずっと聞こう聞こうと思って、つい聞きそびれてたんだけど」

『なんだ』

「なんでそんなにレオを倒したいの？　そもそも、あんたとレオはどういう関係なの？」

『…………ん…………』

かなり長い沈黙があった。

彼を拾って一週間。最初の声が聞こえてからすぐに魔王城を出て、三ヶ月。しめて三ヶ月以上。それなりに長いこと彼と一緒に過ごしてきたが、これほどにヴァルゴが黙り込むのははじめてのことだった。

ヴァルゴは竹を割ったような性格をしている。

自分の信念と反することは絶対にしないし、気に入らないことがあれば迷わず口に出す。脊髄反射で動いているのではないかと思うくらい、何事に対しても反応が早いのだ。

……そんな彼が、いったい何を考え込んでいるのだろう？

ようやく返ってきたのは、意外そうなヴァルゴの声だった。

『驚いたな。魔力さえ供給してれば俺の過去なんてどうでもいい——お前はそういう奴だとばかり思ってたんだが。俺の過去なんかがそんなに気になるか？』

「き……気になるわよ。あんたのこと、未だにわからない部分が多すぎるもの。魔道具なの？　魔神器なの？　それとも、それ以外の何か？」

すごい魔力をくれる、謎の宝珠。

それだけだったらともかく、こいつにはヴァルゴという名前があり、自我があり、あの勇者レオの知り合いっぽい雰囲気すら醸し出している。

過去を知れば、こいつの企みを暴けるかもしれない。そんな思惑もあったが、どちらかといえば魔術師としての純粋な好奇心が、今のあたしを突き動かしていた。

『フン。まあ、いいか。聞きたいなら教えてやる』

しばし考え込んだヴァルゴは、さして面白くもなさそうに言った。

そして、とんでもないことを語りだした。

『あれは今から三千年前。まだ、この世界に科学文明が広がっていて、最初の魔王ベリアルが人間界へ侵攻してきた頃の話だ。お前らの言葉で言えば〝ベリアル王遠征〟だったか？』

――あたしの耳がおかしくなったんだろうか。

思わずそう思ってしまうくらいに突拍子もない、恐ろしく昔の思い出話だった。

戸惑っているあたしを置いてきぼりにして、ヴァルゴは滔々と語る。

それは、酒場の吟遊詩人が英雄譚を語るさまによく似ていた。

『侵攻してきた魔族どもを倒すために作られた、十二体の悪魔。名を、デモン・ハート・シリーズ。俺やレオをはじめとするＤＨシリーズは、人間界最強の守護者であり、希望だった――』

# 第四章　A.D.2060　箱根・芦ノ湖

## 1.人間など敵ではない

実に簡単な仕事だった。

《大霊穴》を通り、人間界へ行き、人間たちの土地を占領する。

それだけだ。魔王ベリアル様が私に命じた仕事はそれだけだったし、それこそが我ら魔族が人間界へやってきた理由だった。

人間どもは、まあ、哀れだと思う。ついこの間まで、彼らはこの地上の支配者だったのだから。もちろん今は違う。この人間界は、我ら魔族のものだ。

いつの時代も、強き者が世界を支配する……人間どもには強さが足りなかったのだな。残念なことに。

おっと申し遅れた。私の名はバロン・アガレス。

アガレス男爵──つまり魔界の上級階級、誇り高き悪魔族の一員であり、ベリアル殿下直属のヴァサーゴ将軍率いる部隊の中で十一番目に強い男である。

私は（美しいのはもちろんとして）自分で戦っても強いし、コツコツ育て上げてきた配下の戦闘魔導団もまた、私の配下に相応しい強さを誇っている。

戦闘魔導団はその名の通り、呪文による戦闘のプロフェッショナルだ。

インプやサキュバス、インキュバスといった呪文を得意とする種族だけを集め、戦闘集団として徹底的に鍛えあげた。突撃しか脳のないオーク軍団や、コソコソとした工作ばかりしているゴブリン軍団とは格が違うし、美しさも違う。

君は《灼熱球》の神々しい爆発を見たことがあるだろうか。《雷電雲》で喚び出した無数の稲妻が、敵の軍団をまとめて灰にする時のあの快感は？

そうとも、今も昔も、魔界の最先端は攻撃呪文だ。剣とか槍とか古い、古い！　ナンセンス極まりない！

いつだって、攻撃呪文を極める者こそが魔界を制する！　これが我がアガレス家に伝わるモットーだった。

その点で言うと、人間どもが魔術のことを全く知らないのは本当に哀れである。

魔術のかわりに、人間界では『科学』という力が発展していて……まあ確かに侮れないものがあるのだが、間違いなく魔術のほうが凄くて便利だろう。実際、人間の部隊が出てきても攻撃呪文で派手に爆破してやればすぐに音を上げるし。

そんな具合だから、私は人間界に来てからこっち、破竹の大進撃を続けている。既に三つの町を完全制圧し、今は四つ目の……人間どもが『ハコネ』だとか『アシノコ』だとか、そんな感じに呼んでいる町を制圧し終わったところだ。

私はアシノコ付近でもっとも立派な建物をアガレス屋敷と名付け（ほどよい温かさの湯が四六時中湧いていていて、実に心地よい）、『やさしい口当たり』と書かれた人間界の水を楽しみながら、自分の恐ろしいまでの万能感に酔いしれていた。

「それにしても人間界は素晴らしい！　そうは思わないか、セバスチャン！」

「さようでございますね、旦那様」

傍らに立つ執事が頷く。セバスチャンは祖父の代から私の家に仕えているインキュバスだ。人間界にやってきても、それは変わらない。信頼できる男だ。

「なにせ水が旨い！　土は魔素汚染されていないし、夜になると不快なアンデッドどもが徘徊したりもしないし、野良ドラゴンの襲撃もないし……あと水が旨い！」

「さようでございますね、旦那様」

「だが、この町に居着いてもう半月程度になる。いい加減に次の町を攻め落とすべきだと思うのだが、どうかな？」

「そうですね。フーム」

セバスチャンが壁に貼ってある人間界の地図に目をやった。これは二日前に更新されたばかりの勢力図で……人間たちがすぐ隣の、アシガラだかオダワラだか、そんな名前の地区にまで侵攻してきているのが分かる。

確かこの地区の担当はモレク……いや、バティンだ。バティン男爵が担当していたと思う。人間の軍勢などさっさと追い払えばいいものを、いったい何をそんなに手こずっているのか。同じ悪魔族（デーモン）、同じ男爵として恥ずかしいことこの上ない。

無能な同僚に少々の苛立（いらだ）ちを覚えながらも、私は忠実なる執事の返答を待った。しばし熟考した後、セバスチャンが控えめに進言する。

「……バティン様が制圧していたオダワラ地区が奪還されかかっております。我が戦闘魔導団を増援として派遣できるが、いかがか？　という打診をしてみてはいかがでしょう」

「ふむ。打診だけか？」

「打診だけです」

セバスチャンは満足げに頷き、

「疑（うたぐ）り深（ぶか）く嫉妬深いバティン様のことです。こちらから助けに行っては、〝頼んでないのに勝手に来た〟とか〝手柄を横取りしにきたんだろ〟とか、何かにつけて難癖をつけてきましょう。ここはバティン様に頭を下げさせ、〝助けてくださいアガレス様〟と懇願させるべきでしょう。恩を売るのです」

「ほう！　ほうほうほうほう！」

やはり私の執事は素晴らしい！　完璧すぎる作戦だ！

これであのムカつくバティンの奴に一泡吹かせることができる。念のため、私は逆の可能性についても検討しておくことにした。

「やつが……善戦していたらどうするのだ？　つまりその……私達の助けは要らない、とバティンが言ってきたら、だが」

「その時は勝手にオダワラへ行きましょう。手当たり次第に勢力圏を広げ、バティン様の手柄を片っ端から横取りします」

「……大丈夫かそれ？　バティンはともかく、将軍に怒られたりは？」

「大丈夫ですとも。魔界は弱肉強食の世界ですぞ？　ヴァサーゴ将軍とて、戦功は早い者勝ちだと常々仰っています。ちんたらしているバティン様が悪いのですよ」

「そうか。そうかそうか！　ハハハハハ、そうかそうか！」

「そうですとも。んふははは」

私とセバスチャンは顔を見合わせ、笑った。

いやあ、しまった。私としたことが人間界に馴染みすぎて、魔界のルールをすっかり忘れてしまっていた。

そうとも、魔界の民にとっては力こそが全て！　弱肉強食こそが唯一絶対の掟！　ライバルを出し抜けるチャンスがあるなら、遠慮せずに出し抜けばいいのだ！

腹は決まった。私は長机の上に地図を広げ、執事に命じた。

「作戦会議を行うぞ！　リゼット軍師を呼んでこいセバスチャン。今夜中に進軍ルートを決め、バティンへ打診し、やつの返答が否でも是でも、明日の朝にはこの地を立つ！」

「畏まりました。すぐにリゼットを呼んでまいります」

セバスチャンがうやうやしく一礼し、部屋を出て行く。

広々とした部屋に私一人だけが残され――穏やかな静寂が周囲を包み込んだ。

つくづく、私は素晴らしい部下を持てたと思う。素晴らしい部下、素晴らしい戦功……そうとも、私は男爵程度で終わる男ではない。この調子でもっと戦果をあげ、やがては将軍の座に、そして魔王の座に輝く。そういう星の下に生まれついた男なのだ。

確かに、魔界でのアガレス家は没落の危機にある。祖父が現魔王ベリアル――殿下――にこっぴどく惨敗してからこっち、全ての歯車が狂ってしまった。

それまでアガレス家は魔導の名家だったというのに、今ではすっかり軽んじられ、殿下直属の七将軍結成の際も、声すらかかることはなかった。

父はそんな境遇をひたすら嘆き、祖父を呪い続けていたが、私は違う。

〝愚者は不満を述べ、賢者は行動する〟——という言葉がある。私はいつだって前向きな努力を行い、行動で示す男だ。

「そうだ。この人間界侵略戦争こそ、我がアガレス家復興の最大のチャンスだ。ここでありったけの戦果を挙げ、アガレスの名を再び魔界中に轟(とどろ)かせなくては……。バティンがオダワラで手こずってくれているのは、大いに好都合！」

ああ、一刻も早く出発して人間どもの土地を占領したい。バティンの手柄も横取りしたい。私はウズウズしながら『やさしい口当たり』の三本目を開け、忠実なる執事と軍師の到着を待った。

……待った、のだが。

「遅いな、セバスチャン……」

来ない。

待てど暮らせど、我が執事が戻ってこないのだ。私はかなり気長な方だが、そんな私でも痺(しび)れを切らすほどに遅かった。

軍師は屋敷の一階、入り口付近にいるはずだ。それを呼んでくるだけでこれだけの時間がかかるのは、さすがに、異常だ。

ついに時計の長針が一周した頃。いい加減に業を煮やした私が自分から屋敷の中を捜し回ろうとした、その瞬間だった。

ゴトッ、ゴトリ、という、やや乱暴な足音が私の部屋へ近づいてくるのを感じた。

「……なんだ？」

思わず眉をひそめる。

セバスチャンはこんな品位のない歩きかたはしない。軍師リゼットも同じだ。

それ以外の部下は……どうだろう。少なくともサキュバスやインキュバスは美しさを重んじるから、こういう歩きかたはしないはずだ。インプに至っては翼で飛んでいるから、そもそも足音がしない。

……？

じゃあ、これは誰だ……？

足音が扉の前で止まった。ノックもせず、声もかからない。

私はできるだけ平静を装い、扉の向こうの誰かに呼びかけてみることにした。

「セバスチャン？」

返答がない。

しばしの沈黙の後、私はなにか嫌な予感を抱きながら、再び執事の名を呼んだ。

「セバス？」

今度は反応があった。

あまり良くない反応が。

「――オラァァァ！」

気品の欠片も感じられない掛け声と共に、木製の扉が蹴り壊された。吹っ飛んできた破片が私の頭上を掠め、背後の壁に突き刺さる。

「うおおあ⁉」

果たして部屋の中に入ってきたのは、執事ではなかった。

というか、魔族ではなかった。

さりとて、まっとうな人間にも見えなかった。

立っていたのは……二人の青年だ。兄弟か何かだろうか？　二人とも黒髪と赤目で、纏う雰囲気はどこか似ているものがある。

後ろに控えている方は線が細く、一見すると少女のようにも見える。

反対に、前に立っている方はだいぶ鍛えられた身体をしていた。今しがた扉を蹴破ったのはこっちらしい。部屋に入ってくる前から、左手で何かを引きずって……。

「あっ」

その『何か』の正体に気づいた時、私は思わず叫び声をあげていた。

それは……ああ、それは紛れもなく、我が祖父の頃からアガレス家に仕えてきた親愛なる執事、セバスチャンだったからだ！

「セバ――――ス！」

「テメーが指揮官だな。アガレス男爵だかなんだか。当たりだろ？　ええ？　おい」

セバスは全く動かない。死んではいないようだが、あまり好ましい状態ではなさそうだった。

そして目の前の男もまた、好ましい人物とは言えなさそうだった。

「セバス！　貴様、セバスに何をした！」

「質問してンのは俺だ。テメーが指揮官だな？」

「いやそもそも貴様らは何者だ！　ここが私、アガレス男爵の領地だと知って」

「うるせェーぞボケ！　質問してんのは俺だ！」

「ひっ」

怒号と共に、男がセバスチャンを勢い良く投げつけた。慌てて《念動領域(フォースフィールド)》で弾道を反らすと、ああ、すまない、セバスが私の真横にある窓を突き破り、屋敷の外まで勢い良く飛んでいった。

窓越しに『ぼちゃん』という音がして、我が親愛なる執事がアシノコに突っ込むのが見えた。死んだかもしれない。男がヘルハウンドのように荒い息を吐き、私をじろりと睨みつける。

「選べ。アガレス」

「な……何をだ」

「選択肢その一。魔界の情報を洗いざらい話してから死ぬ。選択肢その二。人間界にやってきたことを後悔するくらい痛めつけられてから、魔界の情報を洗いざらい話して死ぬ」

「なっ……」

「十秒だけ待ってやる。好きな方を選べ……今、すぐに！」

「おすすめは前者です。本当に素直に話して頂けるなら、上級捕虜として厚遇します」

後ろに立つ細身の少年が無表情で補足した。ど……どっちも選びたくない！

なんだこの地獄の二択は！　いや、なんなんだこいつらは！

遅まきながら、私は自分が置かれている状況がかなりデンジャラスであることをようやく理解した。まずい、まずいぞ……後ろの少年はともかく、前に立っている狂犬は本当にまずい。私の知るどの魔族とも次元の異なるヤバさを全身から瘴気のように撒き散らしている。

人間界にもこんな、魔界の暴力至上主義者みたいな頭のイカれたやつがいたのか……⁉

戦慄する私の前で男がゴキゴキと首を鳴らし、歯をむき出しにして笑った。

「このヴァルゴ様が日本くんだりまで来てやったんだ。好き勝手すんのはここまでだぜェ――、このゴミカスクソ野郎……！」

2．この戦争が終わったら

「――口が悪いですよ、ヴァルゴ」

「あん？」

「私たちＤＨシリーズは人類の代表であり、同時に一般兵の模範となるべき存在です。いくら戦闘中といっても、〝くそやろう〟などと品のない言葉を用いるのは、推奨されません」

「うるせェーよレオ！　このクソ優等生め！」

ゆっくりと後ずさる私を無視し、〝ヴァルゴ〟ともう一人が口論をはじめた。

「俺たちゃ兵器だぞ。強い奴（やつ）と戦う、それさえ守れば他はどうでもいいだろうが！」

「否定します。なぜ私たちがヒト形に作られ、なぜ人の心を宿しているのか、その理由をもう一度考えて下さい。私たちは、単なる暴力装置ではいけないのです。そもそも……」

「だああッ！　くどくどくどくど話がこまけえ！」

この二人、決して仲が良いわけではないらしい。

性格は見るからに正反対だし、この口論もいっこうに収まる様子がない。

（これは……チャンスなのではないか？）

私は二人にバレないよう、口の中でもごもごと呪文を唱え、右手で小さく印を刻んだ。

こいつらが何者だか知らんが、敵であることは間違いない。そして不意打ちをかけるならば間違いなく今が好機！

言い合っているところを、横からドカンと吹き飛ばしてやる！

「《雷撃(ライトニン)──》」

「おッと」

呪文を発動すべく、私が手をかざした瞬間。

それまで私に背を向け〝レオ〟と言い争っていたヴァルゴの姿が、不意に消えた。

「なっ……!?」

いや、消えたのではない。俊敏なフットワークで瞬く間(またた)に私の側面に回り込んだのだ！

それに気づいた時には既に手遅れで――横合いから、強烈なパンチが飛んでくる！

「させねーよ！　くたばれ！」

「う、うおおおッ！」

ガキン！

間一髪！　とっさにかざした右腕が、ヴァルゴの拳を受け止めた。

よ、よかった……！　万が一に備え、足音が聞こえた時点で《肉体強化（フィジカルブースト）》と《鋭敏感覚（キーンセンス）》を使っておいたのが功を奏したらしい。

どちらも身体能力を大幅に強化する呪文だ。この状態の私なら、一流の格闘士にも引けを取らない動きができる。ヴァルゴの一撃は重く鋭かったが、それでも見切れないほどではない！

「ほォー」

ヴァルゴが感嘆の唸（うな）りをあげ、トントンと軽くステップを踏んだ。

「なかなかやるじゃねえの。顔面にブチこんで終わりだと思ってたんだけどな」

「強化呪文を使っていますね。序列は最下位に近いとはいえ、幹部クラスの悪魔族（デーモン）です。けっして気を抜かないように」

「やッかましい！　テメーは黙って見てろ！」

ここまでの短いやり取りで一つ分かったことがある。この狂人(バーサーカー)はともかく、後ろに控えたレオという青年はそこまで好戦的ではないらしい。

彼は……これはこれで不気味だが……私とヴァルゴとの戦いを見守るだけで、手出しをする気配がない。一対二にならないのは不幸中の幸いと言えるだろう。

そして、もう一つ分かったことがある。

（このヴァルゴという男……明らかに肉体派だ。魔術はまるで使えないと見た！）

鍛え上げた肉体を武器とするタイプだろう。ヴァルゴは拳を構え、小刻みにステップを刻むのみで、特に呪文を唱える様子はない。

動きがいいだけの格闘士！

そう分かった瞬間、私に余裕が戻ってきた。

呪文の発動準備が必要な魔術師は、どうしても不意打ちに弱い。残念ながら、それはこの私、アガレス男爵とて例外ではない。

つまりヴァルゴ君のような肉体派が（私のような）強大な魔術師を倒すなら、不意打ちによる瞬殺が最も有効な手段となる——のだが。

逆に言えば、不意打ちが失敗すれば万事休す。あとは魔術師の本領発揮である。

不意打ちで仕留められなかった今、私が負ける可能性は限りなくゼロ！

ここからは私が、一方的に彼らを狩るだけだ！

「……ふ、ははは！　面白い！　実に面白い人間だ！」

すっかり調子を取り戻した私は、勇敢な人間二人に死ぬ前の名誉を与えることにした。

「たった二人でこのアガレス屋敷(やしき)に乗り込んでくるとは、実に良い度胸だ。そこだけは、そのクソ度胸だけは褒めてあげようヴァルゴ君！」

「はァ。そりゃどーも」

「だが浅はかだ。人間ごときが本気になった私に勝てるわけがない。無駄な口論で一撃必殺のチャンスを逃したのが敗因であると今から思い知らせアババババーッ⁉」

ふいに私の右腕が白く発光し、凄(すさ)まじい熱を発した。

焼けるような痛みと熱！　白い光は私の肘を中心に大きく膨らんでいき――次の瞬間、右腕全体が爆発を起こし、ちぎれ飛んだ。

「アバババババーッ⁉」

激痛が襲ってくる。だが、私を驚愕(きょうがく)させたのは痛みの方ではなかった。

驚くべきは白い光のほうだ。だって、この光は……この光は！

「キュ……《治癒光(キュアライト)》、だとォ⁉」

回復呪文！

これは正真正銘、回復呪文の光ではないか！人間ごときがなぜ呪文を使えるのだ！　いやそれ以前に、傷を癒やすはずの回復呪文がどうしてこんな狂った威力の大爆発を起こすのだ!?

「そォだ！　《治癒光》だよォ！」

「うごッ！」

ヴァルゴの蹴りが私のみぞおちにめり込み、たまらず悶絶する。そこを更に踏みつけられ、私は床に這いつくばる形になった。頭上からヴァルゴの声が降ってくる。

「物質界と精神界。両方に生命エネルギーを流し込み、フーセンをふくらませるように〝本来あるべき姿〟を思い出させ、傷を塞ぐ――それが回復呪文なんだってなあ？」

「うがががッ！」

「で？　じゃあ？　問題だぜアガレスさん！　相手が抱えきれないくらいの過剰な生命エネルギーを短時間で一気に流し込んだら、そいつはどうなるでしょーか？」

「そ……それは」

「こうなるんだよォーッ！　オラァァァ！」

「ウギャアアーッ！」

今度は左腕を狙われた！　先程の一撃はあえて遅延をかけていたらしい。今回は……いかんいかん、殴られてすぐに腕全体が発光し、大爆発しそうになっている！《治癒光（キュアライト）》を、いや、あらゆる回復呪文を無効化（レジスト）しなくては……！　だが回復呪文をレジストするなんてやったことがない。これまで生きてきた中ではじめての経験だ！手間取っているうちに次々と打撃が飛んできて、私のあちこちに突き刺さる。腕、脚、腹部、頭……あ、頭はまずい！　頭が吹き飛んだらいくら悪魔族（デーモン）でも即死してしまう！

なんとか無効化（レジスト）していくが、きりがない。

というかこいつの打撃、普通にめちゃくちゃ痛い！　死ぬ！

「し、死んでしまう！」

「死ね！」

「ギャアアーッ！」

本気だ！

こいつ本気で……たった一人で、上級魔族の私を殺すだけの力を持っている！

右フック。左フック。アッパー、ストレート、足払いからの手刀。怒涛（どとう）のような猛攻をギリギリで凌（しの）ぎながら、私はこの状況を打開する一手を模索し続けていた。

（どうする……！　強化呪文を更に重ねてガード力を高めるか？）

いやダメだ！　頭に浮かんだ考えをすぐに否定する。

パンチやキックはともかく、こいつの生命侵蝕拳は間違いなくガード不可！　触れた箇所を起点として、体内の生命エネルギーを超活性化させている！

これではどんなに物理的なガードを固めても意味がない。こいつに触れられたら最後、内側から爆破されて死ぬ！

ならば、回避——回避を、というか逃走を試みたいのだが——！

「うっ⁉」

たまらず窓から逃走しようとした私の両脚が不意に重くなった。

ヴァルゴの攻撃ではない。蜘蛛の糸のような白い網が、ねっとりと両脚に絡みついている。ずっと様子を窺っていたレオ君の呪文だった。

「——《捕縛網》。まあ、これくらいやらないと本当に見ているだけになってしまうので。悪く思わないでください、アガレスさん」

「き……貴様……！」

「よそ見してんじゃねえぞテメェ～！　オラァッ！」

「ぎゃあああーッ！」

回し蹴り、後ろ回し蹴り、掌底からの正拳突き——地獄の連続攻撃が再開された。

し、死ぬ！　このままでは本当に死んでしまう！

逃走――不可能。

反撃――どころではない。

防御――ヴァルゴの回復呪文をレジストし続けているから、かろうじて致命傷は避けている。ただ、これも結局は時間の問題だろう。

「こ、この私……アガレス男爵が、こんなところで……！」

「死ねーッ！」

「こんなところでェエーッ！」

顔面に迫りくるヴァルゴの靴裏を見ながら、私は痛恨の呻きを漏らした。

ああ、これにて一巻の終わりか――。

――とは、ならなかった。

窓の外から唐突に《火炎球》が飛んできて、室内で大爆発を起こしたのだ。

壁に大穴が空く。続いて私の身体がふわりと宙に浮き、外へ引きずり出された。

外で私を待っていたのは……おお、おお！

「お、お前たち……」

「アガレス様、ご無事で！」

そこにいたのは、アシノコの周りに分散配置しておいた我が部下たちではないか！

戦において、戦力の一点集中は愚の骨頂である。固まっていれば大火力で一気に殲滅させられてしまう。人間たちが使う科学兵器は侮れない火力を持っているから、なおさらだ。

ゆえに私はアシノコの周辺の要所要所に戦力を配置し、万が一……万が一司令部のアガレス屋敷が壊滅しても、部隊自体は生き残るようにしていたのだ。

その部下たちが、今！

命令なしで司令部の異常を察知し──私の元へ駆けつけてくれたのだ！

その数、総勢百五十人。

私を入れたら百五十一人である。一転攻勢！

ヴァルゴ君が窓から飛び降り、私たちと真正面から対峙する。私は自前の《治癒光》で負傷を回復しながら、ずびしとヴァルゴ君に指をつきつけて勝利宣言を決めた。

「──ふはははッ、残念だったなヴァルゴ君！　屋敷に居たのが私の手勢全てだとでも思ったかね？　違う、違う！　ここからが本番だ！　我が華麗なる戦闘魔導団が──総出で！　お相手してあげよう！」

「へェ～……総出？　総出ねぇ」

ヴァルゴがなおも不敵な笑いを崩さず、ずいと前に歩み出た。

「望むところだ。完璧にこっちの作戦通りだぜ」

「強がりはよしたまえ。ミスは素直にミスだと認めるべきだぞ、君の仲間のようにな」

「あ？」

「レオ君だよ。君を見捨てていち早く逃走したようだが？」

そう、下に降りてきたのはヴァルゴだけ。レオの方はいつの間にか姿を消していた。

彼は一歩引いた場所で私達の戦いを観察していた。窓の外に私の部下が集結しつつあることだって当然気づいていたはずだ。

なのにヴァルゴに対して警告らしい警告を一言も発しなかったのは——彼のことを、最初から捨て駒として考えていたからだろう。

ヴァルゴが私を倒せればよし。倒せなければヴァルゴに時間を稼がせ、その隙に自分は逃げる。そんなところか。

汚いやり口ではあるが、理には適っている。こちらの戦力、指揮官の私の実力や性格。そういった情報をヴァルゴ一人と引き換えに手に入れられるなら安いものであろう。

（……あのレオとかいう少年、結構な切れ者だな。戦場で一番相対したくないタイプだ……次に遭遇したら、最優先で叩き潰したほうが良いかもしれん）

軽く頭を振り、レオに対する考えを打ち切る。ともかく今は目の前のヴァルゴである。

この男、未だに自分の置かれた状況を理解していないらしい。パキポキと拳を鳴らし、歯をむき出しにして獰猛な笑みを浮かべた。

「レオが居なくなったからどうした？　計画には一ミリの狂いもねえ」

本当の阿呆なのか。それとも絶対の自信があるのか。

彼の全身は自信に満ちており、その言葉も、強がりには聞こえなかった。

「かかってこいクソ男爵。俺はヴァルゴ——不死身のヴァルゴだ！」

「……よかろう！　ならば死ねッ！」

いい度胸だ。掛け値なしにそう思った。

ならばこそ、ここで確実に殺さねばならん！　この男を生かしておけば確実に魔王軍の脅威となり、いずれはベリアル閣下の御命すら脅かすかもしれん。そうなる前に、私が始末する！

「総員、一斉攻撃！　あの狂人を殺せェーっ！」

——カッ！

呪文の発動光が一面に広がり、続いて無数の攻撃呪文が放たれた。

無数の雷電が、火球が、光線が炸裂し、夜の湖畔はまるで昼間のような明るさとなった。

《火炎球》。《石礫》。《風裂斬》に、《電撃》。それらの殆どが制御の容易な初級呪文だが、

　なにせ百五十人が一斉に呪文を放つのだ！　その総火力は上級攻撃呪文にも匹敵する！

　これだ。弓矢などでは到底なし得ないこの火力こそ、我が戦闘魔導団の真骨頂！

　この火力によって、我々は人間たちが誇る『戦車』や『飛行機』を片っ端から撃破してきた。仮にヴァルゴ君が回復呪文のプロフェッショナルであったとしても、耐えきれるわけがない！

「さらばだヴァルゴ君！　私の最強呪文で死ねることを——光栄に思いたまえ！」

　最後は私だ。いつだって、リーダーは華麗な最後を飾ってみせなくてはならない。部下にカッコイイところを見せないといけない。それが人の上に立つ者の義務である。

　私の詠唱を耳にし、部下たちが歓喜の声をあげた。

「おお、あれは……！」

「出るぞ！　アガレス様の最強呪文！」

「喰(く)らうがいい。そして消し飛ぶがいい、愚かな勇者よ——！　《爆裂衝(エクスプロード)》ッ！」

　——爆発！

　ヴァルゴを、背後のアガレス屋敷(やしき)を、周囲の木々を呑み込んで凄(すさ)まじい爆発が起こった。

もちろん私のコントロールは完璧だ。愚かなヴァルゴ君だけを消し飛ばすよう、範囲を調整してある。私の周囲にずらりと並ぶ部下に被害はない。

百五十人による同時攻撃。

そして私の最強呪文。

これでヴァルゴには、我が魔導団が持てる限りの最高瞬間火力を叩き込んでやったことになる。不意打ちを受けた時はどうなるかと思ったが、ちゃんとやればこの通りだ。やはり私はやればできる男なのだ。部下の一人が警告を発した。

「アガレス様」

「うむ、分かっている」

《爆裂衝(エクスプロード)》が巻き起こした爆炎と土煙が、次第に収まっていく。

さて、ヤツはどうなったか……。

「……ふ、ふふふふッ！　これは驚いた」

世辞ではなく、挑発でもなく、私は本当に驚いていた。

爆発によって出来たクレーターの中心。そこに、ボロボロのヴァルゴ君が立っていたからだ。

「驚いたぞヴァルゴ君！　あの一撃を受けて原形を留(とど)めているだけではなく、両の脚で立っているとはな。正直に言おう。殺すには惜しい男だよ、君は」

実際、見るも無残な状態である。戦闘服は焼けこげ、右腕はちぎれ飛び（先程までの私と同じだ！）、左脚はありえない方向へ曲がっている。

決着がついたのだ。もはや自慢の格闘術を披露することもできまい。

……いや、ほんとに驚いた。何故あれを食らって生きているんだ……？

「いいザマだなヴァルゴ君。人間など所詮はその程度！　君の生命侵蝕拳は良いアイデアだったが、やはりオーソドックスな攻撃呪文に勝るものはないということだ！」

周囲の部下がうんうんと頷き、私の言葉を肯定する。

「分かったかね？　分かったなら、来世では攻撃呪文を学びたまえ。私のようにな！」

「……そうだな。確かに攻撃呪文も学んだほうがいいと思う」

ヴァルゴ君が殊勝に頷いた。

「銃と同等以上の射程に、銃を遥かに凌ぐ大火力。弾薬の補給も必要とせず、一度習得してしまえば子供でも年寄りでも戦力になれる。良いもんだと思うわ、実際」

「ほ、ほう……分かっているではないか」

うーむ。もしかしてこいつ、なかなか呪文に対する理解があるのではないか？

回復呪文をあんな風に使うセンスといい、やはりここで殺すには惜しい男かもしれない。

私は徐々に、ヴァルゴを殺すことではなくヴァルゴをスカウトすることを考え始めていた。

無論こいつを飼うリスクは大きい。なにせこの性格だ、いつ反逆されるかも分からない。だが《魅了術》などで行動を縛っておけばある程度の安全は保証されるし、なによりこいつをスカウトすれば私の軍勢は大きく強化される。そうなればさらなる戦功をあげられ、さらなる昇進が狙えるはずだ。

仲間のレオがこいつを見捨てて逃げたのもプラスに働いている。ヴァルゴを説得するなら、まさに今しかないのではないか……？

私は周囲の部下に『待った』をかけ、攻撃呪文を放つ直前で待機させた。そしてこの狂犬をどうやって説得するべきか、慎重に言葉を考える。

……しかし。

私の中で説得の言葉がまとまるよりも早く、ヴァルゴ君が口を開いた。

「でもダメだ。やっぱ無いわ、攻撃呪文とか」

「なに？」

「これはもう、俺の性分なんだろうな。飛び道具ってのは性に合わねえんだよ。勝てるか分からない強敵と拳をぶつけあって、お互いの呼吸が聞こえる距離まで肉薄して、倒す。それがサイコーに面白ェんだ！」

ヴァルゴがボロボロの左手を伸ばし、耳元にある小さなスイッチを入れた。

ザリザリと耳障りなノイズが響く。そして。

「おいレオ！　ちゃんと学習できたな？　大丈夫だな？」

『はい、ばっちりです。最後の爆発呪文、あれもしっかり学習できました』

「じゃあ、もう終わりでいいな。手加減無しでアガレスと戦って構わねえな？」

『構いません。こちらも一斉攻撃を開始します。……どうぞご無事で』

途端に、地面が揺れた。ドン、ドドドドンという轟音が聞こえ――遠くの山の頂あたりに、無数の赤い光がきらめく。

……なんだと⁉

まずいまずい、この音は！　この、何か上から落ちてくるような音は……！

「総員、防御呪文を――！」

「もうおせェーよ！」

次の瞬間、凄まじい勢いで周囲の地面が爆発した。土砂が天高く舞い上がり、落ちてくる前に次の爆発が続く。絶え間なく。

間違いない。敵の砲撃だ！　重砲が地面を耕した後、今度は人間どもが〝ミサイル〟と呼んでいる兵器が次々と飛来する。大爆発に呑まれ、部下が次々とやられていく！

（ヴァルゴ君がここに居るのだから、こんなことはしないと思っていた！　あいつら……人間どもめ、よりによってヴァルゴ君ごと私達をすり潰すつもりか！）

なんてことを考えるのか！　既に周囲は灼熱地獄と化しており、生き残った兵も散り散りになりつつある。ここからの立て直しはどんな名将でも困難だ。

そして何より、私の行く手を阻むように死神が歩み寄りつつあった。

「榴弾砲、自走ロケット砲、対地ミサイルに戦車からの砲撃。ありったけの地上火力を総動員だ。テメーら悪魔は無駄に知恵があるからなァ。俺とレオがおびき出して、一般兵どもが重火器ですり潰すって作戦よ。面白いだろ？　ええ？」

周囲が地獄と化しているというのに、この男だけはまるで普段通りだった。

朝の散歩でもするかのような気軽さで、狂犬が……ヴァルゴが、私の方へにじりよってくる。

「さて。ブッ殺す前に、改めて自己紹介してやる」

ヴァルゴがヘルハウンドのように荒い息を吐き、歯をむき出しにして笑った。

そして――ああ、信じられん！　消し飛んだはずのヴァルゴの右腕が一瞬にして再生したのだ。左脚も、その他の部分も、すべて！

「俺はヴァルゴ。デモン・ハート・シリーズの06号機――〝超再生〟をコンセプトに開発された不死身の悪魔、ヴァルゴ様だ。こんなミサイルの雨の中でも――」

ヴァルゴの至近距離で砲弾が炸裂した。左腕と顔の半分が爆発でえぐり取られ……時間が巻き戻ったかのようにその傷も瞬時に再生、いや、復元してしまう。

「――死なない」

「ひえッ……」

今、ようやくわかった。

私は――手加減され続けていたのだ。最初から、ずっと！

すべては我が戦闘魔導団を一網打尽にするため。我が部下を一箇所に集めるため。

それが叶（かな）った今、こいつは今度こそ私を……！

「さあ、根比べだぜアガレス男爵！　この集中砲火の中、俺とおまえのどっちが先に死ぬか……デスマッチを始めようじゃねェか！」

「ば……狂人（バーサーカー）！」

背後で爆発！

側面でも爆発！

目の前には狂人（バーサーカー）！

に……逃げ場が、ない！

「死ねェ！」

「ギャアアアーッ！」

「死ねェェェ！」

視界が真っ赤に染まり、意識が薄れていく中、私の脳裏では今しがたヴァルゴが口にした単語がいつまでもリフレインし続けていた。

……デモン・ハート・シリーズ。

デモン・ハート・シリーズ！

ヴァルゴ以外にも居るのだろう。おそらくあのレオもそのうちの一体に違いない。

こいつらは、悪魔だ。

私たち生粋の悪魔族(デーモン)よりもはるかに酷(ひど)い、史上最悪の悪魔だ！

人間どもは……なんて恐ろしいものを、生み出したんだ……！

―、

――十五分後。芦(あし)ノ湖(こ)、湖畔。

アガレス男爵が支配していた温泉旅館の跡地に立っているのは、私を除くと彼一人だけ

DH-05［レオ］の同僚。でした。彼。つまり私、DH-06［ヴァルゴ］だけが、あの地獄の集中砲火の中を生き延びたのでした。

ヴァルゴの姿は既に元通りでした。彼の全身を包む黒い戦闘服は独自の改良が加えられており、回復呪文の発動に応じて服自体も復元するようになっていたのです。

私は山の向こう、箱根湯本で仕入れた『やさしい口当たり』のミネラルウォーターをヴァルゴに差し入れ、彼にねぎらいの言葉をかけました。

「おつかれ様です、ヴァルゴ。アガレスは仕留めましたか？」

「いや。あのクソ、こんなん持ってやがった」

手のひらに収まる程度の大きさをした白い人形を、ヴァルゴが私に放り投げました。

それは、ごく一部の高位魔族が使う《魔道具》。契約者の命に危機が迫った時、身代わりになってくれる人形――スケープドールと呼ばれるものでした。

ヴァルゴ自身も必殺を確信していたのでしょう。ややバツの悪そうに私から顔をそむけ、腕組みしたまま不機嫌そうに言いました。

「アガレスだけ逃した。さすが幹部クラスってことだな。逃げ足だけは速い」

「すぐに報復攻撃をしてくる可能性は？」

「当分は出てこねえよ。文字通り死ぬ寸前まで痛めつけてやったからな。プライド的にも戦力的にも、再起するにはかなりの時間が必要なはずだ」

「そうですか。このまま再起不能になって魔界に帰ってくれると楽なのですが」

「冗談じゃねえ、物足りなくて欠伸（あくび）が出そうだぜ！」

遠くからキュラキュラと何かが近づいてくる音が聞こえました。町を制圧するため、戦車を中心とした地上部隊が山から下りてきたのでしょう。

「来たな。おいレオ、一通り制圧したら即、俺とお前で残党狩りだ。準備しとけよ」

「いるのでしょうか、残党？」

「……さあ？」

私とヴァルゴが同時に首をかしげ、周囲を見回しました。

一個大隊ぶんの砲火力を一点集中させたから当然ですが、辺り一帯は完全な焼け野原です。あの地獄で生きていられるような存在は、世界広しといえどもヴァルゴくらいでしょう。

「でも、いい作戦だったろォ？　アガレス配下の雑魚（ざこ）どもを一網打尽にできるし、お前も奴（やつ）らの呪文を学習できる。一石二鳥だ」

「いい作戦ですが、同じことを二度やりたいとは思えませんね」

「あ？」

「仲間を巻き込んでの砲撃というのは、やはり良い気分ではありません。兵士達も言っていましたよ。ヴァルゴさんに万が一のことがあったら大変だ、と」

「くッだらねえこと言いやがる」

ヴァルゴがペッと唾を吐き、足元の小石を蹴っ飛ばしました。

「俺達は兵器だ。戦う為に作られた、ただの道具だ。お前らが言ってんのは、〝フライパンさんがヤケドしたら可哀想だから火にかけられない〟とか、そういうのと同じくらいバカげたことだ。兵士どもには、お前からそう言って聞かせとけ」

「はあ」

「……ンだその顔」

「いえ。なんでも」

ヴァルゴはこう言いますが、実際のところ、彼はただ不器用なだけなのです。

彼は常に、味方の被害が最小限に収まる作戦を考える。その為なら、自分をいくらでも犠牲にするし、怪我人が出たらまっさきに治療しにいく。

今回の作戦にしても、『私とヴァルゴが司令部を強襲、歩兵を随伴した機甲部隊が多方面からの同時攻撃を仕掛ける』という計画だったのを、ヴァルゴが無理やり変更した形です。

——お前らがいると邪魔なんだよ。足手まといはすっこんでろ。

そう吐き捨てるヴァルゴのことを、兵士たちは敬愛の眼差(まなざ)しで見送っていました。

彼がどれだけ自分たちのことを大事にしているか、よく知っているから。

たしかこういう性格は、コミックや小説などではツンデレと呼ぶのだそうです。彼は現状でも多くの兵士から慕われていますが、女性タイプであればもっとファンが増えていたことでしょう。

（……DH-06、ヴァルゴ。開発コンセプトは超再生。あらゆる回復呪文を無詠唱で即時発動する不死身のヒーラーにして、狂戦士(バーサーカー)……）

「おい。だからなんだよ。その顔は」

「いえ？　あなたが味方でよかったなあと、そう思っただけです」

夜の星が見下ろす湖畔を、私とヴァルゴでゆっくりと歩く。

「味方でよかった、か。俺はそうは思わねえがなァ」

「何故(なぜ)ですか？」

「お前は超成長する個体だろ？　レベルアップを重ねれば、いずれは誰よりも強くなる……そんな奴と戦えたらサイッコーに面白いのに、味方同士じゃ戦えねえじゃねえか！つまんねえよ！」

「はあ。そんなに強敵と戦いたいのですか、あなたは？」

「ああ、戦いてえな！　真正面から強敵と殴り合ってこそ、生きてるって実感が得られるってもんだ。なあお前、この戦争が終わったら俺と戦えよな。絶対だぞ」

「終わって、我々二人が生き残っていたら。ですね」

「約束だぞ！　忘れんなよレオ、絶対だからな！」

A.D.２０６０――箱根・芦ノ湖電撃戦。
私たち人類は、また一つ勝利を収めたのでした。

# 第四・五章　Ｓｉｄｅ：カナン（２）

『――そんな戦いが何度も繰り返された。俺達は幾度となくベリアルの軍勢と戦い――ついに最後には、レオがベリアルを打ち倒した』

気がつけば、ヴァルゴの話にすっかり聞き入ってしまっていた。

時には淡々と。

時には懐かしそうに。

そして、時には――自分の兄弟の、レオの強さを自慢するように。ヴァルゴはよどみなく、生前の思い出を語っていった。

『いや、レオが倒した〝らしい〟と言うべきかもな。俺は最終決戦で敵と相打ちになったから、その後は知らん。レオが三千年経った今なお生きているというのも、お前と出会ってから初めて知ったことだ』

「……」

『な。別に大した話じゃなかっただろ』

「め……めちゃくちゃ〝大した〟話よ、それ……」

開いた口が塞がらなかった。

少しでもホラ話の気配を感じ取ったら追及してやろうかと思ったのだけど、無理だ。ヴァルゴの語った三千年前の戦争は、魔界に残っている記録と寸分違(たが)わぬものだった。

人間界へ侵攻した魔王ベリアル。

その直属の七将軍。将軍の下につく、爵位持ちの悪魔族(デーモン)。

アガレス家は未(いま)だ魔界に残っており、そこそこ有名だ。有名と言っても、奇人変人的な意味で、だけど……とにかくあそこは変わった呪文ばかり研究開発しているのだ。

アガレス家が開発した呪文の中でも飛び抜けて意味不明なのが、『一定時間、回復呪文が効かない身体(からだ)になる』というもの。かなり複雑な術式を組んでいるらしく、莫大(ばくだい)な魔力を吸うそうだ。

攻撃呪文ならともかく、傷を癒やす回復呪文を無効化(レジスト)してどうするのか……と魔界では笑いの種になっていたのだが、ヴァルゴの話に出てきた『アガレス男爵』が以前のアガレス家当主だとすれば筋は通る。

つまりアガレスは、ヴァルゴのことが相当に怖かったのだろう。

自分が、あるいは自分の子孫が万が一ヴァルゴと再戦するときに備え、出来る限りの準備をしていたに違いない。ヴァルゴの必殺技を無効化(レジスト)できる術を編み出せ、と。

思わぬ流れで没落貴族アガレス家について詳しくなってしまったが、今はそんなことどうだっていい。重要なのは、ヴァルゴ自身のことだ。

「あんた今、相打ちになった、って言ったわよね？　なのにどうして生きてるの？」

『この状態を生きてるって言えるか？　肉体がないんだぞ』

「言える……んじゃ、ないかしら。あんたは確かにヴァルゴとしてここに存在して、あたしと喋(しゃべ)ってるじゃない。あたしと二人三脚とはいえ、確固たる意思があって自分の好きな道を歩んでいるんでしょ。それは、間違いなく〝生きている〟ってことだわ」

『……フン。コミュ障ネクラ女のくせに、変に的を射たことを言いやがる』

ヴァルゴがすねたように鼻を鳴らしたが、その口調はどこか嬉(うれ)しそうだった。

『二人三脚ってのが気に食わねえんだよ。てめえの足で立って歩けないのなんざ、死んだも同然だ。……他にもなんか質問があるなら、特別大サービスで受け付けてやらんこともねェぞ』

「じゃ、さっきと同じ質問。なんでレオを倒したいの？」

そもそもこの話は、『なぜレオを倒したいのか？』というあたしの質問からはじまった。

確かに昔のレオとヴァルゴは反りが合わなかったかもしれないが、レオを憎むような感じではない。なのになぜ、あたしと結託してレオを倒そうとするのだろう？

はぐらかされるかと思ったが、ヴァルゴは案外すんなりと答えてくれた。

『俺は、後悔したくないんだよ』

「後悔？」

『今の俺はコアだけの状態だ。未だに肉体は再生できねえし、一生このままかもしれん。最悪の場合、俺は一秒後に死んでるかもしれねえ』

「……確かに、そうね」

『俺は生体兵器だ。戦うためだけに作られた存在だ。三千年経って成長したレオ相手に、俺の力が通用するのなら――生体兵器ヴァルゴは、まだまだこの世界で生きていていいってことになる』

「え、ちょっと待って。通用しなかったらどうするの？」

『使えねえ兵器なんざ存在価値ねえだろ。そんときは気持ちよく死ねる』

ヴァルゴがすぱっと言い切る。戦うことのできない自分に存在価値はない――彼はそう、心の底から信じているようだった。

『一番悪いのは、通用するかしねえのか分かんねえまま死ぬことだ。最悪なエンディングだろ？　俺の人生を、そんなフワフワした、いい加減な終わり方にさせてたまるか！』

――三千年が経って、変わり果てた世界。

その世界に、まだ自分の居場所があるのかどうか確かめる為に、戦う。

ああ。こいつもまた、シュティーナ様やエキドナ様と同じ。真剣に自分の命の使いみちを考えているのだ、と思った。


ヴァルゴの話を聞いて、あたしは子供の頃を思い出していた。

まだあたしが子供の頃——大人のインキュバス二人が、お師匠様と魔王様の噂をしていた。それがきっかけで、あたしは呪術の道を歩むことを決意したのだ。

『——聞いたか？　あの神童シュティーナが、ついに魔王様の右腕になったらしい』

『——エキドナか。シュティーナに弟子入りしてきた時は、なんだこのバカ娘は、と思ったものだが……変われば変わるものだな』

それまでのあたしは、特に未来へのビジョンなどなく、ふわふわと生きていた。

特にやりたいこともなく、趣味があるわけでもない。『なんとなく』で過ごす日々が積み重なり、そのまま『なんとなく』一生を終えるのだろうと思っていた。

そこに飛び込んできたのがシュティーナ様だ。大人たちの会話を耳にしたあたしは、彼女の半生を調べ——そして、かつてない衝撃を受けた。

サキュバス・シュティーナ様は、生まれつき強い魔力を持っていた。

弱冠十二歳にして多くの高等呪文を習得した彼女は神童と呼ばれ、その力を自分のためではなく、魔界平定のために使うことを決意した。

自分が魔王になって、争いの続く魔界を平和な世界へ変える。

そう。あたしと同じくらいの年齢の時にはすでに、シュティーナ様はそんな大きな野望と理想を抱いていたのだ。

そんな折だ。とある悪魔族(デーモン)のおてんば娘が、シュティーナ様のもとへ弟子入りしたいのだと騒ぎ、淫魔族(サキュバス)の集落へ押しかけてきたのは。

そのお方こそ、他でもない現在の魔王にして、前魔王・キュクレウス様の娘。エキドナ様だった。

その頃のエキドナ様は剣や体術ばかりを磨き、呪文に関してはずぶの素人(しろうと)もいいところ。

そこで、魔導の極意を授かる為(ため)に神童シュティーナ様のところへやってきたらしい。

自分より、はるか年下の娘に弟子入りする。

さすがのシュティーナ様も訝(いぶか)しく思い、エキドナ様に尋ねたそうだ。

『――恥ずかしくはないのですか。年下のわたしに頭を下げ、教えを乞(こ)うなんて。しかもあなたは、将来魔王になりたいと言う。いわば、わたしのライバルです。このわたしが、ライバルをみすみす強く育ててしまう莫迦(ばか)に見えるのですか？』

　それに対し、当時のエキドナ様は胸を張って堂々とお答えになったそうだ。

『恥ずかしくないわよ！　あなたの方が呪文については先輩なんだし、年齢なんて気にしないわ。それに、あたしはあなたのことをライバルだなんて、思ってないし』

『は？』

『あたしはね、地位とか権力とか、どーでもいいの！　この、いっつもいっつもどっかで戦いが起きてる魔界を、なんとかして平和にしたいだけなの！』

『……それは……わたしと、一緒ですね』

『でしょ？　だから、シュティーナはあたしに呪文を教える。あたしはかわりに杖術(じょうじゅつ)や体術を教えるし、必要なら新しい術の実験台にもなってあげる。そうやって、二人でいっぱいいっぱい強くなって——それで、あたし達のどっちかが魔王になれば、それでいいじゃない！』

　そんな会話があったらしい。

　それから、シュティーナ様とエキドナ様は友人になった。師弟の時もあれば、姉妹のような時もあり、時にはライバル同士になったこともあったそうだ。

　そして。最終的にシュティーナ様はエキドナ様の片腕になることを決め、今に至る——。

　感銘を受けた。

命の熱量が違う、と思った。

シュティーナ様もエキドナ様も、あたしなんかとは比べ物にならないくらいに、自分の命の使いみちを真剣に考えている。そう感じた。

その日からあたしは、自分の歩む道について真剣に考えるようになった。魔術師として、お二人のお役に立とうと思った。

残念なことに攻撃呪文の才能はなかったから、呪術の道を歩むことを決めたのだが、そうしたら母親を含む多くの知り合いに猛反対された。サキュバスはその美貌こそが武器なのに、なぜよりにもよって汚らしく見窄らしい呪術師なんぞになるのか、と。

あたしは膝の上のヴァルゴをそっと撫で、大きく頷いた。

「わかる。あんたの気持ちはわかるわ、ヴァルゴ。自分の道は、自分で決めるものよね」

『ああ。自分以外の誰にも、俺の進む道は決めさせねえ。……なぜなら』

ヴァルゴがそこで言葉を切った。あたしは、彼の言おうとした言葉を継ぐ。

「なぜなら――自分の命は、自分のものだから」

『そうだ。命の燃やしどころは、自分で決める。……分かってんじゃねえか』

「ふふっ。ふふふふ」

『ンだよ？　何がおかしい』

「嬉しいのよ。こんな身近に、同じ考えの人がいたなんて。まるで親友が出来たみたい」

あまりにもおかしかった。

そして、嬉しかった。

正直、ヴァルゴとは性格が合わないと思っていた。

でも実際は……あたし達の考えは、生き方に対するスタンスは、こんなにも似ていたのだ。

理解者と親友をいっぺんに得た気分だった。そんなヴァルゴと一緒に戦えるというのが、あたしにとってはとても嬉しかった。

だからだろうか。

その直後にヴァルゴが口にした言葉を、咄嗟(とっさ)には受け入れることができなかった。

『ってわけでな。カナン』

「うん」

『準備はすべて調った。——お前の身体は、俺が貰(もら)う』

——どくん！

自分の心臓の音が聞こえた気がした。一瞬だけ視界が暗転し、また戻る。

知らない間にベッドに倒れ込んでいた。膝の上に置いてあったヴァルゴがあたしの前に転がり、強烈な光を放っている。

呼吸が苦しい。頭痛がひどい。

「ヴァ……ルゴ……!?　なに、を……!?」

『……俺は、レオと戦いたい』

ヴァルゴの声は、全ての感情を殺したかのように平坦で、冷たかった。

『自分の足で大地を駆けて、自分の拳でレオを殴り飛ばしたい。そうやって俺の全力をぶつけるのが、〝戦う〟ってことだ。……肉体が必要なんだよ。精神的にも魔力的にも、俺に同調する器が』

「うっ……わ」

頭が割れそうだ。すでに混濁をはじめた意識の中で、あたしはヴァルゴと出会ったときのことを思い出していた。

──最初、ヴァルゴの声は聞こえなかった。

彼の声が聞き取れるようになったのは、出会って一週間後。ダンジョン改装を何度も重ね、彼からたくさんの魔力を貰ったあとだ。

なぜ唐突に聞こえるようになったのか、ずっと不思議だった。

時間をかけて、ヴァルゴが声の波長でも調整したのだろうと思っていたのだが……。

『大量の魔力を注ぎ込めば、お前の魔力波長はどんどん俺に近いものに変わっていく。器として最適化されていくし――声も届くようになる』

「……そう。そういう、こと……」

やっと分かった。

なんのことはない。あたしがヴァルゴに近づいていったから、声が聞こえるようになっただけなのだ。

遠く離れた状態では聞こえない声も、至近距離ならばよく聞こえるように――ヴァルゴの器として最適化されていったあたしだけが、彼の声を聞くことができたのだ。

あたしの魔力は、もはやヴァルゴのそれと非常に近い。

レオと戦いたいという部分でも、ヴァルゴとは一心同体だ。

今のあたしは――ヴァルゴに乗っ取られる条件を、この上なく満たしている――。

『カナン。さっき、俺のことを親友だと言ったな』

もう視界は真っ暗だ。

どこか申し訳無さそうなヴァルゴの声だけが、遠くから聞こえた。

『マジに嬉しかったぜ。――じゃあな』

ぷつん、と糸が切れるように。

『サヨナラだ。カナン』

あたしの――呪術師カナンの意識は、そこで途切れた。

# 第五章　約束を果たす時

――ふいに、騒がしさで目が覚める。

『……！』

『…………。…………………………！』

「なんだよ……朝っぱらからうるさいな、もう……」

カナンに会った日の翌朝。俺――レオ・デモンハートは、まだシパシパする目をこすりながらベッドの上で身を起こした。

あのあと日が暮れるまでカナン（とヴァルゴ）を捜索したのだが、初動が遅れたせいで二人を見つけることはかなわなかった。けっきょく城に帰ってきたのは深夜近くで、そのまま気絶するように眠ってしまったのだ。

『……！　……！』

外のざわめきはまだ続いている。というか、さっきよりも酷くなったようにすら思える。

最初のうちは、無視して二度寝すればいいかなーなんて思っていたのだが……。

『……！　……、………！』

……ああっうるさいっ！　寝られない！

寝癖のついた頭もそのままに部屋の外へ出ると、そこには騒がしく廊下を走り回るダークエルフの魔術師たちの姿があった。

全部で四人。そのうちの一人には見覚えがある。

まだ『黒騎士オニキス』として魔王軍に仮採用されたての頃、魔力炉関連の仕事で面倒を見てやった、ディアネットという女魔術師だ。

「うるさいぞ。朝っぱらから何やってんだ、お前ら？」

「あっ、レオ様！　居た居た、みんなー！　レオ様いたよー！」

途端にわらわらとエルフ達が集まってくる。彼女たちの様子を見るに、かなり火急の用件であることは間違いなさそうだった。

「なんだよ？　俺を捜してたのか？」

「そうですよ！　何度ノックしても返事がないから、てっきりお部屋とは別のところにいらっしゃるのかと思って、あちこち捜し回ってたんです！」

「何やってんだ、はこちらの台詞(セリフ)です！」

「何度も何度もお呼びしたんですよ！」

「あーあー、わかったよ。悪かった、俺が悪かったって！」

たちまち囲まれ、ありったけの文句が浴びせられる。俺は両手をあげて全面降伏した。

「ちょっと色々あって疲れてたんだ。それで？　何があった？」

「……そうでした。呑気にぐーすか寝てたレオ様を責めてる場合ではないんです」

「だからそれは悪かったって！」

「すぐに謁見の間へ向かって下さい。魔王様がお呼びです！」

「エキドナが？」

思わず聞き返してしまう。

なんだろう？　カナンを捜しに出たことは、まだシュティーナにしか伝えていない。エキドナが俺を呼びつけるような用事は、これと言って思い当たらないが……。

「またトラブルでも起きたのか。《大霊穴》絡みか？」

「いいえ、イーリス王国に……とにかく詳細は魔王様か、メルネス様あたりから聞いて下さい。とにかく今は謁見の間へ！」

ただならぬ剣幕に押され、なかば強制的に廊下を歩き出す。

俺の部屋がある幹部階層から下へ下りて分かったのだが、今の城内には戦時中もかくやといった緊迫感が漂っていた。魔術師たちは戦闘用の魔術触媒をかき集めているし、戦士たちは鎧を身に着け、一部は既に中庭で整列をはじめつつある。かなりの大部隊だ。

――イーリス王国に、とディアネットは言いかけていた。

イーリスといえば、先日ワイバーンに襲われていた砦がある国だ。

またワイバーンの群れでも出たのだろうか？　いや、それにしても俺達の城がここまで大騒ぎになるのは、さすがにちょっとおかしい。

妙な胸騒ぎがある。俺は全力で走り、謁見の間に飛び込んだ。

「――なんだと！　それは間違いないのか⁉」

中に居たのは深刻な表情で話し合いをする幹部連中だった。

エキドナ、シュティーナ、リリ、エドヴァルト。四人に囲まれて中央に立つのは、エキドナではなくメルネスだ。手に写真を持っている。

「ああ。複数人の部下から同じ連絡が入ってる。《転写》を使った写真も。ほら」

エキドナがメルネスの差し出した写真をひったくった。ひと目見ると同時に眉をひそめ、苦虫を噛み潰したような顔で呻く。

「ぬう……流石にこれは放置できん。我ら魔王軍の信用問題に発展するぞ……！」

「すまん遅れた！　状況は？」

「あっ、レオにいちゃん！」

「レオ！」

リリとシュティーナに軽く手を振りながら、俺も輪に加わる。メルネスが無言で何枚かの写真を手渡してきた。

それは、人間界のどこかの町、城壁の上から撮影されたもの。

町からほど近い平原にずらりと整列する、黒化したドラゴンの群れを写したものだった。

ドラゴンたちは実にバリエーション豊かだ。写真はかなり遠くから撮られたものだったが、それでもワイバーン、蜥蜴竜(ラプトル)、火炎竜(ドレイク)――そして真龍(ウィルム)までもが確認できる。ちょっとしたドラゴン族のフルコースである。

「これはイーリス王都、城壁の上から撮影されたものだ」

メルネスが同じ写真のコピーを見ながら説明した。

メルネスの部隊は諜報(ちょうほう)担当だ。イーリス王都をはじめ、世界各国の様々な都市に一般人を装(よそお)った偵察兵を送り込んでいる。この写真は、そのうちの一人が撮影したものだろう。

「王都がドラゴンの群れに襲われてる。規模は……お前たちがこのあいだ、僕を除(の)け者にして三人でワイバーン討伐をしてきただろ。あの時の十倍以上」

「十倍ぃ⁉」

思わず耳を疑った。

「冗談だろ？　あの時だって軽く二十体以上のワイバーンが居たんだぞ」

「いま王都を囲んでるのは約三百体だ。しかも、まだまだ増え続けている」

「それだけではないぞレオ。これを見ろ」

エキドナがもう一枚の写真を手渡してきた。それを見て、今度こそ俺は絶句する。

「……こいつは」

――黒化したドラゴンに囲まれるようにして、イーリス王都近くの平原に立つ人物。

ドラゴンに襲われているわけではない。その堂々とした立ち姿からも、こいつが黒化したドラゴンを指揮しているのは明白だ。

呪術師（カースメイカー）らしい黒いローブ。

ウェーブのかかった長い黒い髪。隠れた片目に、痩せた身体（からだ）。

その人物こそ、まさに俺が昨日の深夜まで追いかけていた人物。

「……カナン……！」

ヴァルゴの《賢者の石》を持つ女――呪術師（カースメイカー）カナン本人だった。

「間違いありません。行方不明になっていた、私の弟子のカナンです。しかも彼女に近づくほど、大型で強力なドラゴンが多くなっている」

シュティーナが言う通りだった。写真に写ったドラゴンは小型から大型まで様々だが、カナンの近くには大型のドラゴンが複数、密集して配置されている。

遠目で見ても明らかに、カナンを守っているとしか言いようがない布陣。

こいつが指揮官なのはもはや疑いようがない。エキドナが呻く。

「カナンがドラゴンを率いているのは明白だ。奴が魔力を放つたび、周囲のドラゴンが黒化暴走してカナンの指揮下に加わるというのだからな……」

「ただこいつ、町は一つも襲ってないんだよね。しもべのドラゴンを増やしながら、ゆっくりと王都に向かって南下してるだけ」

「襲って、いない？」

「うん」

メルネスが別の写真を地図上に置いていく。

侵攻ライン上の各地で撮られたものだ。フィノイの町からはじまって、その南にある小さな農村、そこそこ大きな街まで、街道を草原をドラゴン軍団が通過していくさまが撮影されている。もしドラゴンたちが見境なく人里を襲っているのなら、こんな写真を撮っている暇など無いだろう。

「さっき『王都が襲われてる』って言ったけど、正確には王都もまだ無事だ。三百体のドラゴンがいれば戦力としては十分なのに、何故かドラゴン側は攻撃を仕掛けてない」

「めーれーを聞いてくれないんじゃない？」

「いや、それはない」

首をかしげたリリの言葉を、エドヴァルトが即座に否定する。

「お前も皆で見た通り、黒化したドラゴンは極めて狂暴だ。そんなドラゴンたちが町を前に大人しくしているという事実そのものが、カナンがドラゴンたちを完全に操っているという確固たる証拠になる。命令を聞いていない、ということはありえないだろう」

「うーん？　じゃあ、なんで攻撃しないんだろ？」

リリが首をかしげ、メトロノームのように尻尾を左右に振る。

「まだ朝だから、王さまが起きるまで待ってるのかなぁ？」

「そんなわけないでしょう。待ち合わせをしているわけじゃないんですから」

「……！」

「レオ？　どうしました？」

そうか。そういうことか……！

俺はギリッと奥歯を噛んだ。ヴァルゴの奴、ふざけた真似を……！

「レオよ、シュティーナから話は聞いている。お前の仮説では、前回のワイバーン騒ぎもカナンが関与している可能性が高いそうだな。何か心当たりがあるのなら、申してみよ」

「……ああ、わかった」

全員の視線が俺に集まった。俺はカナンが写っている写真を指差し、静かに言う。

「こいつはカナンじゃない。ヴァルゴだ」

「なに……？」

「前に話したっけか。DHシリーズは俺一人じゃない。三千年前の大戦の折、俺を含めた十二人が作られたんだ」

「ああ、聞いた。お前以外の全員が既に死んでいるということもな」

「ヴァルゴはそのうちの一人だ。俺の兄弟、DHシリーズ06号機。コアの《虚空機関（アカシックエンジン）》……いや、《賢者の石》だけになったはずのヴァルゴが、カナンの肉体を乗っ取っていると見て間違いない。目的はおそらく――俺をおびき出すこと」

「え！」

リリがまんまるに目を見開き、驚きに満ちた顔で俺の方を見る。

「なんでなんで⁉　兄弟なのに、なんでレオにいちゃんを狙うの？」

「兄弟だからこそ、だな。あいつは昔っから俺と戦いたがってた。成長して、強くなった俺と戦うのを心底楽しみにしていた。そういう奴なんだよ」

「ははあ。なるほどな」

エドヴァルトが頷き、

「強敵と戦うことでしか自分の存在意義を見いだせないタイプか。わからんでもない」

そう、確かにヴァルゴは強敵と戦うことに異常なまでのこだわりを見せていた。兵器として生まれたからにはそうあるべきだと常に言っていた。

かすかな記憶を辿る。最初の戦争の記憶、ヴァルゴとの思い出を。

『――この戦争が終わったら俺と戦えよな。約束だぞ』

『――終わって、我々二人が生き残っていたら。ですね』

ああ。そういえば、芦ノ湖を攻略したときにそんな約束を交わした気がする。

あいつは、ヴァルゴは、三千年も前の約束を果たしに来たというわけだ。はた迷惑な形で！

「昔の俺は優等生だった。無駄口を叩かず、任務に忠実で、何があっても人間を守る。そんな俺が今も生きていると知って、あいつは何が何でも俺と戦いたくなったんだろう――あのころ夢見た、強く成長した俺と」

「となると、ドラゴンを率いている意図は……」

「腐っても勇者だからな。人間たちがピンチに陥れば、必ず俺が駆けつける。ヤツはそう踏んでいるに違いない。いわばこれは、本命の魚をおびき寄せる撒き餌だ」

事実、これは良い手だ。以前の俺なら間違いなく人間たちを助けに行っていただろう。

今の俺にはもっと効果的だ。もし『魔王軍の呪術師がイーリス王都を滅ぼした』なんて噂が広まってしまったら最後、魔王軍の信用は地に落ちる。エキドナの目標である魔界と人間界との和平なんてまず不可能になるだろう。

カナンの姿で王都を襲う。そういうポーズを見せるだけで、確実に俺をおびき出すことができる――実にシンプル、かつ上手い作戦だった。

「ドラゴンの黒化は生命力の暴走が引き金となって起こる。こいつら全員、ヴァルゴの生命操作によって強引に黒化させられているはずだ」

「ふむ。逆に言えば、ヴァルゴさえ倒せば……ということか？」

「ああ。ヴァルゴを倒せばドラゴン達の暴走は解け、事態は一気に解決するはずだ」

「……シンプルで結構。となれば、取るべき手段は一つしかあるまい」

エキドナが決意のこもった眼差しで俺たちを見た。

「我ら六人のみでイーリス王都防衛に向かう！　エドヴァルトとシュティーナは兵士たちに伝えよ。警戒態勢のままこの城で待機せよ、とな！」

「んん？　ちょっと待てエキドナ殿、兵を連れていかんのか⁉」

「人数が多いと動きが鈍る」

エキドナがすぱっと言い切った。

「いま必要なのは王都を七日七晩防衛できる大戦力ではなく、一秒でも早く現地へ駆けつけられるフットワークだ。一点集中でヴァルゴを倒せればそれで良い！」

エキドナの判断は正しい。うちの兵士たちの練度に不安はないが、行軍人数が多くなればなるほど情報の伝達やら何やらで時間がかかる。いつドラゴン軍団が王都に襲いかかるか分からないこの状況、のんきにしているわけにはいかない。

加えて、行き先が人間たちの町だというのも大きい。最悪の場合『また魔王軍が侵攻してきたのか』とあらぬ誤解を受け、ドラゴンと王国軍と魔王軍、三つ巴(みつどもえ)の戦闘にまで発展してしまう可能性があるだろう。

そんなことになったら王都防衛どころではない。俺は頷き、エキドナの意見に同意した。

「賛成だ。俺、リリ、エドヴァルトの三人は前回の事件で英雄扱いされているから、こういう緊急時に駆けつけるにはうってつけだろう」

「王都の連中はお前たちのことを知っておるのか？」

「ほぼ間違いなく。潜入させておいたメルネスの部下に命じて、オニキス一行の名前を王都の隅々にまで広げておいた。エドやアリョーシャの名前を聞けば、王都の兵たちの士気は格段に上がるだろう」

「……まさかこんな形で役に立つとはね。笑える」

「んもーメルネス！　全然わらえないでしょ！」

　隣で騒ぐリリを無視し、メルネスがリンゴを一口かじって立ち上がった。シュティーナとエドヴァルトは《拡声球》を使い、眼下の広場に並ぶ兵士たちに待機命令を出している。

　エキドナが兵士たちを待機させているのは、俺たちが仕損じた時に備えてだろう。

　万が一ヴァルゴを仕留めきれず、イーリス王都が陥落するような事態に発展した場合……その時こそエキドナは誤解を恐れず、全軍を率いて人間界へ向かうはずだ。そして、カナン＝ヴァルゴ率いるドラゴン軍団と魔王軍との大戦争がはじまる。

　王都以外に住む人間たちには何が起きたかさっぱりわからないだろう。だが、少なくとも魔王軍への風当たりがいっそう強くなることだけは確かだ。

　そうなれば何もかもがめちゃくちゃだ。俺が魔王軍入りしてからやってきた外交、根回し、それら全てが水泡に帰す勢いで事態が悪化してしまう。そんなこと、誰が許すものか。

「――よし、出発だ！　作戦目標はイーリス王都の防衛。そして、ヴァルゴの討伐だ！」

　エキドナの号令で全員が頷いた。シュティーナが即座に《転送門（ワープポータル）》の術を唱え、王都近くの丘へ繋（つな）がるゲートが展開される。

　問題は多い。

仮に攻撃がはじまった場合、人間の兵士や騎士がドラゴンに対してどれだけ戦えるのか。

ヴァルゴの肉体から、なんとかしてカナンを引き剝がす術はあるのか。

カナンを殺せばヴァルゴも止まるのか。

そもそも超再生能力を持つヴァルゴを完全に殺しきれるのか。

問題は多い、多すぎる……それでも今は、やるしかない！

（待ってやがれヴァルゴ。戦ってやるよ……お前の望み通り！）

俺は、青く輝くゲートへ身を躍らせた。

永い時を経て再会できた兄弟を倒す。そんな、嫌すぎる決意とともに。

# 最終章　不死身のヴァルゴ

「もうだめだ……おしまいだ」

「……」

「全員死ぬ。俺たち全員、ここで死ぬんだ」

イーリス王都の北正門前には、絶望と恐怖が渦巻いていた。

王都の北に広がる平原。そこには今、四百を超えるドラゴンがひしめいているからだ。

ドラゴンたちが襲ってくる気配はない。〝まだ〟。おかげで、王国側には兵力を展開する時間の余裕ができた。

弓兵と魔術師は城壁に。剣士や槍兵(そうへい)は平原に。ありったけの兵力を総動員しているが——相手はドラゴンの群れだ。どれほどの犠牲が出るものか、想像もつかない。一人も生き残れないかもしれない。

「だ、大丈夫ですよ。王宮直属の騎士様だって大勢いるんです。みんなで力を合わせればば」

「力を合わせればだと！　分からねえのか！」

僕の無責任な慰めを聞いて、隣に立つ年上の弓兵が歯を剝き出して怒鳴った。

「分かってるのか、相手はドラゴンだぞ⁉　それも、ああ、あんなに……見ろ。ワイバーンに火炎竜に、ははは、真龍までいやがる。勝てるわけがない」

「……でも、僕らは兵士です。戦うしか……」

「そうだ、戦うしかない。……そして、死ぬんだ。クソッ……」

弓兵がガクリと肩を落とす。他の兵士も似たようなものだ。

みな、戦わずして心が折られている。これでは勝てる戦も勝てないだろう。

もっとも、僕――王国弓兵ヨハン・アーメントも、人のことは言えない状態だ。足の震えが止まらない。少しでも気を抜けば、不安のあまり叫びそうになる。

……先日。僕のホームである砦が襲われた時は、二十匹ほどのワイバーンが相手だった。オニキスさん一行がいたからなんとかなったものの、普通ならあの場に居た人間は全滅していたはずだ。ドラゴンというのは、本来それほどの脅威なのだ。

それが、今度は数百匹。

ここにはオニキスさんも、エドさんも、アリョーシャさんもいない。逃げ場もない。

……死ぬ。

間違いなく、死ぬ。

僕を含む全員を、絶望と恐怖が支配していた。

「――うわあああッ！　来た！　来たぞッ！」

「！」

不気味な沈黙を保っていたドラゴンの群れが、ついに動いた！

僕の立つ城壁へ真っ先に迫るのは因縁深い相手、天空の覇者ワイバーンだ。一斉に矢が、呪文が放たれるが、それをあざ笑うかのようにスイスイと飛び回り、攻撃を回避する。

何十匹ものワイバーンが乱舞する中、ついに一匹が弾幕の合間を縫って城壁に迫る。殺意に満ちた鋭い鉤爪（かぎづめ）がギラリと光るのを、僕は確かに見た。

（……せめて一矢（いっし））

これまでになく濃厚な死の気配。なのに、僕は驚くほどに冷静だった。

矢筒から矢を引き抜く。

背筋を伸ばし、呼吸を整え、静かに矢を番（つが）え、狙いを定める。

オニキスさんの授けてくれたレッスンが、僕の中で鮮明に蘇（よみがえ）っていた。

（せめて、一矢！）

狙うのはワイバーンの弱点、翼の先端部。

どうか、力を。今だけでいいから……神様！　僕に、オニキスさんのような力を！

矢が放たれた。

矢はまっすぐに飛び——ワイバーンの翼ギリギリをかすめ、外れた。

そして、その直後。

『ギッ……ギシャアアアアッ！』

「え？」

——ワイバーンが苦痛に身を捩り、遥か下の地面へと墜落していった。

目の前で起きたことが信じられない。外れたはずの僕の矢は空中で反転し、縫い付けるような軌道を三度描き、ワイバーンの翼を連続で貫通したのだ。

矢が射貫いた箇所には大きな風穴が空いている。

僕が使ったのは、なんの変哲もない複合弓だ。どんな剛弓でもこんなにはならないはず……。

「——《領域拡大》。《威力強化》」

戸惑う僕の頭上から、聞きなれぬ声が響いた。

凛とした女性の声だった。

ワイバーン達がいっせいに退いていく。まるで、声の主に本能的な恐怖を抱いたかのように。

「《領域拡大(ディフュージョン)》──《勇猛歌(ウォークライ)》、《知性強化(クリアマインド)》、《鋭敏感覚(キーンセンス)》、《再生(リジェネレイト)》。強化対象を限定。《限定指定(リミットシフト)》──自認識をイーリス王国住人とする、純人間および亜人」

全員がいっせいに頭上を見上げた。

そこには、薄紫のローブをまとった魔術師が……長い金髪を後ろで束ねた美しいサキュバスが、城壁から更に十メートルほど上に浮かんでいた。

彼女が杖(つえ)を振るうと、空に紫色の光が現れた。それは天幕のようにぶわりと広がり、僕らごと王都一帯を覆うように半透明のドームを展開する。

途端、身体(からだ)が羽根のように軽くなるのを感じた。

緊張がほぐれ、狭まっていた視界が広がっていく。

視線を向けなくても、僕の隣に立つ兵士がどんな顔をしているか分かる。

闘志が溢(あふ)れ、足の震えはどこかへ吹き飛んでいった。

「一時ではありますが、あなた達に力を与えました」

神託を告げる巫女(みこ)のように、サキュバスの魔術師が厳かに告げた。

「ドラゴンの鱗(うろこ)を貫けるほどの力。ドラゴンの弱点を的確に射貫ける技。そして、剣を百度振るっても息切れしないだけの体力。それら全てを、今のあなた達は宿している」

ざわっ、と皆が騒ぎ出す。

「このドーム──《魔人空間(デアボリクスフィア)》内において、あなた達は不死身の英雄となります。この『全能なる魔』がここに立つ限り、あなた達を絶対に死なせはしません」

「あれは、あの女は……まさか」

誰かが呟(つぶや)いた。僕もまた、同じことを考えていた。

……魔王軍には、魔界屈指の術士がいるのだと言う。

僅か十二歳にしてあらゆる高等呪文をマスターし、修業に修業を重ね、ついには魔王の右腕にまで上り詰めたサキュバスが。

その名は、魔将軍シュティーナ。

『全能なる魔』の異名を持つ、知力と美貌を兼ね備えた、大賢者……！

「我が名はエキドナ魔王軍四天王、魔将軍シュティーナ。イーリス王国を邪竜の手より守るべく、あなた達に力を貸しましょう。──我らに、勝利を！」

──ワアアアアアッ！

大歓声があがった。

誰にも予想できない……しかし、あまりにも心強い援軍だった！

――駆ける。

王都に広がる石畳の道を、煉瓦造りの屋根の上を、風のように。

魔将軍が展開した強化呪文は、王都全体に広がっているようだった。兵士はもちろん、一般市民も呪文の対象になっている。戦いに不慣れな彼らも、不慣れなりに戦っている。

だが所詮は一般人だ。黒化したドラゴンが二体三体と現れれば、すぐに限界が訪れる。

「きゃああッ！」

「――――しまった！」

「ジェシカがワイバーンに攫われたぞ！　おい弓使い、なんで動かないっ！」

「無理だよ！　下手すりゃ彼女に当たっちまう！」

少女の悲鳴と、複数の男たちのわめき声。

そちらを見れば、一匹のワイバーンが旅商人の娘を鷲掴みにして空へと羽ばたいていくところだった。既に剣や槍が届く距離ではなく、弓の射程からも逃れつつある。

「……チッ」

確かシュティーナは『強化対象は王国の住人に限定する』と言っていた。ああいう旅商人のように、外部から来た人間は対象外というわけか。面倒くさい……。

まあ、いい。

そういう時の為に自分が放たれている。やるべきことをやるだけだ。

駆け抜ける勢いそのままに、風の化身が跳んだ。

彼の名は無影将軍メルネス。魔王軍四天王の一人にして、魔王軍最速の暗殺者。

救いの手が間近に迫っていることも知らず、ワイバーンに連れ去られた旅商人のジェシカは震えながら両手を組み、目を閉じ、天に向けて祈るのみだった。

「神様……ああ、神様。お助け下さい……どうか、どうか……」

「おい」

声は、すぐ背後からだった。

「え？」

「戦いの最中に、目を、閉じるな」

『――グギャアアアッ⁉』

目を開く。

と同時に、がくんとジェシカの視界が傾いた。何者かによってワイバーンの左翼がズタズタに切り裂かれ、根本付近からバラバラになったのだ。

いかなワイバーンといえど、片翼を失っては満足に飛行できない。荷物となるジェシカが居るならなおさらだ。ワイバーンは迷うことなくジェシカを放した。

「きゃ」

途端、ジェシカは地上に向かって真っ逆さまに落ちていく。

「……きゃあああああああああああっ！」

視界がぐるりと反転した。これまでは地上を見下ろしていたが、今度は落ちながら空を見上げる形だ。

遠くの山が見え、青い空が見えた。

輝く太陽が見えた。

空を舞う無数のワイバーンが見えた。

——そして、そのワイバーン達を次々と解体していく、銀髪の少年が見えた。

双剣を振るう少年は、見えない足場があるかのように空中で縦横無尽に動いている。ヒト、鳥、竜、そのどれとも異なる異次元の機動を前に、ワイバーン達は為す術もなく撃墜されていく。

一匹、二匹、三匹。ワイバーンの攻撃は掠りもしない。

「ワイバーン。天空の覇者、か……」

双剣の少年──メルネスの呟きには、心の底からの呆れが混ざっていた。

「返上しなよ。その称号」

突き抜ける突風のようにメルネスが空中を渡った。

すれ違った瞬間に、六度。

魔王すら凌ぐ神速の斬撃が閃いた。

自分の身に何が起きたのか、哀れなワイバーン達には最後の最後まで分からなかっただろう。三匹とも、地上へ向けて真っ逆さまに落ちていく。

「す、ごい……」

「……別に。大したことじゃない」

「ひゃっ⁉」

いつの間にか、銀髪の少年がすぐそばにいた。ジェシカを抱えるような形で一緒に落下している。

「レオやエキドナでも同じようなことはできる。リリとかエドヴァルトには無理だろうけど……あいつらはあいつらで、どうせ力押しでなんとかする」

少年が深く被っている緑のフードが風でめくれ、きらめく銀髪が露わになった。そして、その奥に輝く翡翠(ひすい)色の瞳が。

「着地するぞ。しっかり摑(つか)まれ」

「あ、あの……」

「お前は足手まといだ。地上に降りたら、すぐに安全な場所……地下室にでも籠もれ。自分の面倒は自分で見ろ」

猛烈なスピードで落下している最中だというのに、少年の口調は平然としていた。まるで、こういった事態こそが彼の日常であるかのようだった。

思わずぽかんと口を開けたジェシカを、少年がじろりと睨(にら)む。

「返事は？」

「はっ、はい！」

みるみるうちに地上が迫る。ジェシカは力の限り少年にしがみつき、襲い来る衝撃に備えた。

――すとん。

軽い音がした。

覚悟していた衝撃も、痛みも、まったく無かった。

石畳にはひび割れ一つ起こらず、まるで鳥の羽根が落ちたかのようだった。

「……ジェシカ！」

「お父さん！」

ボロボロになった手斧（ておの）を放り捨て、ジェシカの父が慌てて駆け寄ってくる。娘を強く抱擁したあと、父親は傍（かたわ）らに立つ銀髪の少年に何度も頭を下げた。

「ありがとうございます！　どなたかは存じませんが、娘を救ってくれて本当に……」

「気を抜くな」

仏頂面（ぶっちょうづら）のまま呟いた少年の左手が、わずかに霞（かす）む。

直後、どしゃり、という重い音とともに何かが降ってきた。

「……うわっ⁉」

思わず弓使いの男が飛び退（の）いた。

それもそのはず――落ちてきたのは、屋根伝いにこっそりと忍び寄っていた、二メートルほどの蜥蜴竜（ラプトル）だったからだ。両目と脳天にナイフが突き刺さり、既に絶命している。

あの一瞬で、少年がナイフを投擲（とうてき）したのだ。それも、針の穴を通すような正確さで。

全員がそれを理解したのは、蜥蜴竜（ラプトル）が落ちてきてたっぷり数秒は経過してからだった。

「無駄話をしてる暇があるならさっさと逃げろ。室内に籠もって防御を固めておけ。お前らを死なせたら、あとで僕がエキドナに怒られるんだ。それは、困る」

「は……はい。わかり、ました……？」

「わかったならいい。それじゃ」

言われるがままに頷くジェシカの父に背を向け、少年が駆け出そうとした時だった。

「待って下さい！」

その背中に声をかけた少女がいる。

ジェシカだ。自分を救ってくれた恩人に、まだまともなお礼すら言えていない。

もちろん、無駄話ができる状況でないことは分かっている。彼が急いでいるのなら、せめて、せめて……。

「なに。急いでるんだけど」

「名前を。あなたのお名前だけでも教えて下さい！　いつか必ずお礼に伺います」

「……名前？」

「はい。あなたは命の恩人です。あなたのお名前は、絶対に忘れません！」

「…………はあ……………」

それまで感情らしい感情を見せなかった少年が、そこではじめて微かな戸惑いを見せた。

あるいは、助けた相手にこんなことを聞かれること自体、彼にとっては生まれてはじめての経験だったのかもしれない。

固唾をのむジェシカに背中を向けたまま、少年が静かに答えた。

「メルネス」

「え？」

「暗殺者ギルドマスター、魔王軍四天王——無影将軍メルネスだ。用があるなら城の地下食堂、魔のネズミ亭に来い。営業時間は朝の八時から夜の二十二時までだ」

そう言うと同時に、メルネスの姿が消えた。

屋根の上にも、石畳の通りにも、どこにもいない。

その場に渦巻く風だけが、つい先程まで彼がそこに居たことを証明していた。

—

「——う、うおおおおっ！」

「すげえ！　すげえぞあの狼（おおかみ）！」

兵士たちが見守る中、白い毛並みの巨大な狼が跳んだ。

相手取るのは巨大な三つ首竜。白狼は全長数メートルはある巨体だが、ハイドラはそれより二回りは大きい。ロープのように長く強靱なハイドラの尾が伸び、狼をギチギチと拘束し——。

「行けぇ！　そこだッ、もう一息！」

「頑張れ！　頑張れェーっ！」

『——が、ん、ばる————ッ！』

ブチン。バチバチッ。

ハイドラの尾がはじけ飛んだ。巨体を活かした巻き付きを、白狼はパワーだけで強引に振りほどいたのだ！

兵士たちを守るようにして立ちはだかる白狼。その口からは獣の唸り声ではなく、年端もいかない少女の声が溢れた。

『ごめんねドラゴンさん！　あなた達が操られてるのは、わかってるんだけど……！』

それは間違いなく、魔王軍四天王、獣将軍リリのものだった。

巨大な白狼。

またの名をエルキア大陸の守護神、神狼フェンリル。

この姿こそがリリの本気、全力戦闘モードである。ほんの一瞬だけ、白い神狼の目に強烈な殺気が宿った。

『――わかってるんだけど』

その恐るべき殺気に気づけたのは、フェンリルと向き合っているハイドラだけだ。

兵士たちが気づかなかったのは幸運だったと言えるだろう。

剝き出しの心臓を鷲掴みにされるような圧。普通の人間であれば、ただ浴びただけでも絶命しかねない――そんな無慈悲な殺意を向けられ、たまらずハイドラが後退する。普段のリリからは想像も出来ないほど冷たい声で神狼が呟いた。

『おじいちゃんが言ってたの。弱肉強食――世界はそれで成り立ってるんだって』

フェンリルが身を沈める。

『だから』

逞しい四肢で大地を蹴り、一息に駆けた。

『恨むなら、あたしの敵になっちゃったことを恨んでね！』

銅鑼が打ち鳴らされたような音が、戦場に響いた。フェンリルの体当たりが……破城槌のような勢いの、凄まじい威力を持つ体当たりが炸裂したのだ。

ハイドラの強靭な骨がボキボキと音を立てて砕けた。怒り狂い、連続で繰り出したハイドラの爪をフェンリルが真っ向から受け止め、ハイドラの前肢ごとへし折る。

予測可能にして対応不可能。

巨体が生み出すパワーと、巨体に見合わぬスピードを活かした、あまりに単純で圧倒的な力――それこそが、リリ＝フェンリルの最大の武器。

あのレオですら、あらゆる強化呪文を徹底的に上乗せしてようやく対抗できるレベルなのだ。いわんや、たかだかハイドラ一匹程度では！

「――――おおおおっ⁉」

兵士たちから歓声が上がった。

フェンリルの毛がざわめき、巨体の至るところに、鋭い鎌のような形状をした無数の刃を形成したのだ。今やフェンリルの全身は爪であり、牙であった。

この形態を取ったフェンリルはもはや単なる巨獣ではない。ただ駆けるだけで周囲の生物すべてを刈り殺す、恐怖の全自動殺戮マシーンだ！

フェンリルが眼前のハイドラへ飛びかかった。牙をつきたて、首の一本を噛み飛ばす。

懐に潜り込んで回転ノコギリのように身を捩ると、ハイドラの胴が深く抉られ、ミンチと化した。

高く跳んだフェンリルがハイドラを踏みつけると、神狼の足から伸びた無数のブレードがハイドラの背中から腹部までを何度も何度も深く貫通した。

『これでっ！　とどめ、だーっ！』

フェンリルが気合いと共に尾を振る。

それは達人が振るう剣の如く虚空を一閃し、ハイドラの動きをぴたりと止めた。

そして――上下真っ二つにされたハイドラの上体だけが、地面へ落ちた。

『よっしゃ――――！』

「うおおおおおーッ！」

『わお――ん！』

兵士たちが歓声をあげる。フェンリルもまた喜びの咆哮をあげ、跳躍した。

巨大な狼が空中でまばゆい光を放ち、その姿を消し――光の中から、まだ幼い小柄な少女が現れる。

少女は跳躍した勢いのままくるくると回転し、高くそびえる物見櫓の一番上に十点満点の着地を決めた。

「こんにちはー！　エキドナちゃん四天王の、リリ・アリョーシャです！」

ぺこりとお辞儀し、物見櫓の上から眼下の兵士たちにエールを送る。

アリョーシャ。

それは間違いなく、先日フィノイの町とヴィーデン砦を救った英雄の名前だった。居並ぶ兵士たちがどよめき立つ。

「今日はドラゴンたちをやっつけにきました！　あたしは魔王軍だけど、もう敵じゃないです！　だから、みんなで一緒に頑張ろうね！　よろしくねー！」

――おおおおおおっ！

アリョーシャ！　アリョーシャ！

リリ！　リリ！

兵士たちの士気はますます上がり、英雄を讃える声は戦場一面に広がっていった。

――

「――レオ殿曰く――」

ずしゃり。

重い音と共に、赤髪の巨漢が一歩踏み出した。

周囲には無数に散らばるドラゴンの死骸。すべて一刀のもとに――男が担ぐ不壊の大剣、アロンダイトによって斬り伏せられている。

男と対峙するのは巨大な真龍だ。黒く染まった鱗は太陽の光すら吸収し、怒りと狂気に満ちた血走った瞳だけが、じっと赤髪の巨漢を睨みつけている。

巨漢の名は、魔王軍四天王。竜将軍エドヴァルト。

竜人族最強の剣士にして、黒化したドラゴンを断罪する使命を帯びる男。

「ドラゴンの黒化には明確な理由があるらしい。黒龍ニーズヘッグの呪いのような眉唾ものではなく、もっと明確な理由が。清く正しくまっすぐに生きていようが、悪逆非道の限りを尽くそうが、黒化は平等に、しかも不意に襲ってくるそうだ」

『グル……ルルル』

真龍は高い知性を持ったドラゴンだ。本来ならば何かしらの答えを返したところであろうが、暴走している今となっては低い唸り声を漏らすばかりである。

正真正銘、ただの唸り声。暴走状態の彼に会話するだけの知性はない。

「おう、そうだな。お前の言う通り、実に腹立たしいことだ」

にもかかわらず、エドヴァルトは真龍と確かに対話していた。

「どうあがいても黒化の運命がつきまとうのなら、自制心など無意味だ。心の赴くままに人を襲い、敵を喰らい、引きちぎり、燃やし尽くす。そういう生き方もありかもしれん。お前がそう生きることを、俺は否定せん」

ゆっくりと頷き、まっすぐに真龍の目を見る。

エドヴァルトの目は、強制的に黒化させられた同胞への同情と慈愛に満ちていた。

「……そして」

その目が、確かな殺意を帯びる。

「俺の生き方もまた、誰にも否定させぬ！」

地面に突き刺した大剣を引き抜き、大きく一閃する。目に見えぬ強烈な衝撃波が巻き起こり、周囲に散らばっていた無数のドラゴンの死骸を吹き飛ばした。

「俺はエドヴァルト。四天王にして同胞殺し(ドラゴンスレイヤー)の、竜将軍エドヴァルト！　理由がどうあれ、黒化して人に牙を剝く同胞が居るのならば、俺が斬る！」

『――ルオオオオオオン！』

真龍(ウィルム)が咆哮した。刹那、世界が真っ赤に染まった。

高位呪文にも匹敵する、真龍(ウィルム)の吐息(ブレス)だ。火炎の息はあっという間に周囲一帯に広がり、大地の芯まで焼き焦がす。

いかにシュティーナの強化呪文があったとしても、この場に人間の兵士がいれば瞬時に消し炭となっていただろう。そうならぬようエドヴァルトは兵士たちから大物を引き離し、たった一人で戦っているのだ。

「うむ――そうだ。心地よい！」

灼熱の地獄の中から人影が跳んだ。炎をまとった剣を大上段から振り下ろすと、真龍の翼が根本から半分以上断ち切られ、噴水のように真っ赤な血が噴き出した。

エドヴァルトだ。ドラゴンブレスの直撃を受けてなお、彼の全身を覆う竜鱗は微塵も焼け落ちておらず、それどころか力が漲っているようですらあった。

己の何十倍も大きな真龍と真っ向からにらみ合い、エドヴァルトは高らかに宣言した。

「さあ、来い。この俺が——お前の生き様を見届けてやる！」

—

「——来るぞレオ、左手から火炎竜だ！　今度は我に合わせろ！」

「わあってらい！」

ちょっとした砦ほどもある火炎竜が俺とエキドナに向かってのしのしと迫り、口から無数の火球を吐き出した。

火球は放物線を描きながら、俺とエキドナ二人を押しつぶすように迫る。防御呪文を張らなければあっという間に焼死、防御呪文を張れば足が止まったところを巨体に踏み潰されるだろう。

……ふっ、残念だったな。いかな火炎竜(ドレイク)も、今度ばかりは相手が悪い。

ここに居るのは人間界と魔界の最強コンビ。

魔王エキドナと、〝元〟勇者……レオ・デモンハートだ！

「光刃よ、我が障害を悉(ことごと)く撃ち砕け――！　《掃射閃(ハニカムファイア)》！」

「顕(あらわ)れよハデスの息吹(いぶき)、死と静寂の帳(とばり)を下ろせ――！　《絶対零度(コキュートス)》！」

俺のばらまいた光の弾丸が、無数の《火炎球(ファイアーボール)》を正確に貫き、爆発させた。

《掃射閃(ハニカムファイア)》――光線を放つ《散弾光(スプレッドレイ)》と《速射光(ラピッドレイ)》と《追尾光(ホーミングレイ)》、その三つすべてを合体させたような性質を持つ弾幕展開呪文だ。ガトリングガンのように放たれた無数の光の弾丸は、『ハニカム(蜂の巣)』の名の通り敵を穴だらけにする。もちろん今回のように迎撃呪文として使っても優秀だ。

同時にエキドナが放ったのは、氷系統の最上級呪文、《絶対零度(コキュートス)》。

強烈な冷気が迸(ほとばし)る。破裂した火球がもたらすはずの爆熱は俺達に届くことなく相殺(そうさい)され、それどころか、火炎竜(ドレイク)の全身を完全に凍結させている。

「次！　来るぞ！」

完全な奇襲だ。爆炎を突き破るようにして、ちょっとした家ほどの大きさはあるハイドラが二匹、左右からの挟み撃ちを仕掛けてきた。

「左は任せろ！」

「頼んだ！」

俺は左、エキドナは右。ロング・ソードと魔剣ティルヴィングを引き抜き、跳ぶ。

一瞬の交錯の後、俺とエキドナが着地した。剣を鞘に納めると同時に、俺達の背後でハイドラ二体の六本の首すべてが落ち、ぐらりと地面に倒れ込んだ。一瞬遅れ、《絶対零度》で氷像と化した火炎竜もまた、粉々に四散する。

「ドレイクにハイドラ。大物が増えてきたな。近いぞ！」

「分かっちゃいたが、これほどの戦力とはな。王都の方は大丈夫か、これ……？」

「四天王を信じろ。奴らに任せて無理なら、他の者でも無理だ」

「それもそうだな、っと！」

走りながら再び抜剣、真正面に現れた小型の蜥蜴竜の首を切り飛ばす。

俺たちは今、王都近くの平原にありったけの死と破壊を撒き散らしながら、たった二人でドラゴンの群れの中を駆け抜けていた。

これが俺達の考えた作戦だ。お粗末すぎて、作戦と呼んでいいのかも怪しいが。

シュティーナが呪文で兵士たちを強化し、小型のドラゴン程度なら独力で倒せるようにする。

メルネスは王都内部に入り、シュティーナの支援漏れをカバーする。

強敵はリリとエドヴァルトの担当だ。機動力のあるリリ＝フェンリルは戦場の各地に分散した中型竜を倒し、エドヴァルトは戦い慣れた大型竜を受け持つ。

そして、俺とエキドナ。ここが本命だ。四天王たちが時間を稼いでいる間に俺達がドラゴンの陣を強行突破し、迅速にヴァルゴの首を取る。

全員が一騎当千だからこそ取れる、ただの力押し。

雑な作戦だ。にもかかわらず、俺の口からは自然と笑いが溢(あふ)れていた。

「ふっ。ふふふふ」

「どうした？　何がおかしい」

「いや。仲間っていいなあ、って思っただけさ――《骸障壁(ボーンウォール)》！」

地中から捻(ねじ)くれた骨が何本も突き出る。絡(から)み合った骨はメッシュ状の壁を形成し、サイのような姿をした鎧(よろい)竜の突進を食い止めた。

闇の精霊の力を借りて作り出した物理障壁だ。脆(もろ)そうな見た目とは裏腹になかなか頑丈で、しかも触れた者の生命力を吸い取ってどんどん成長する。ああいう鎧竜のような、突進しか脳のないデカブツに対してはすこぶる相性がいい。

「勇者時代はずうっとソロだったからな。役割分担して、各々(おのおの)が自分のやれることをやる……思った以上に気持ちいいもんだ」

仲間と肩を並べて戦場を駆ける。

それも、相手はあの魔王エキドナだ。

ちょっと前までは想像もできなかった光景である。たまらぬ嬉(うれ)しさが俺の心を包んだ。

「なあエキドナ。仲間って……素晴らしいもんだな」

「気づくのが遅いわ阿呆(あほう)！　貴様、それでも本当に三千年生きておるのか！」

「いってぇ！」

ぱしーん！　と俺の頭がひっぱたかれた。

「仕方ないだろ！　俺だって好きでぼっち生活やってたわけじゃないんだよ！」

「分かっておるわ。戦いに出れば、それだけ人は傷つく。人が傷つくのが嫌だから、自分一人で全部片付けようとした――お前のことだ。どうせそんなところであろう」

中型のワイバーンが三匹、甲高い鳴き声と共に前方の空から急降下してくる。

俺が迎撃の呪文を放つより早く、エキドナがワイバーン目掛けて飛び出していた。《無影(ムエイ)》に《朧陽(オボロビ)》――メルネスが得意な高速空中機動コンボを使っている。

《無影(ムエイ)》の超加速を乗せた斬撃を受け、すれ違いざまに二匹のワイバーンが即死した。《朧陽(オボロビ)》で不可視の足場を作り出し、エキドナが空中で三度、踊るようにステップを踏む。

宙返りしながら放たれた《氷槍撃》が、残る一体のワイバーンを地上に串刺しにした。

「──とまあ」

真紅のドレスを翻しながら華麗に着地したエキドナが、再び駆け出しながら言った。

「こんな具合に、我は強い。四天王どもも、当然強い。そう簡単に死にはせん」

「ああ。知ってる」

「ならば、今後はもっと積極的に我らを頼るのだな。なにもかも一人で背負い込もうとするのは、もうやめよ。いいな」

嬉しい言葉だった。

ああ──俺はもう、一人で戦わなくてもいいんだ。誰かを頼っていいんだ。

お礼を言おうと思ったが、それはできなかった。俺とエキドナ、二人ともがほぼ同時に周囲の異変に気付き、足を止めたからだ。

ひっきりなしに現れていた、ドラゴンのおかわり。

それがちょっと前から、ぱったりと途絶えている。

「……着いたみたいだな」

俺とエキドナが立つ場所は、騒がしい戦場にぽっかりと空いた穴のようだった。

一面に広がる平原。

駆け抜ける風。草木のざわめき。

遠くから聞こえる戦いの音。

兵士たちの声。ドラゴンの咆哮（ほうこう）。

そして、俺達の真正面。

素知らぬ顔で戦場の空気を受け止める、黒いローブの女――。

「よう」

カナンが。

いや、カナンの肉体を奪った男が、ニヤリと笑った。

「久しぶりだなァ、レオ。元気だったか？」

その声を聞いた瞬間、俺は矢も盾もたまらず駆け出していた。

「お前は――」

駆けながら剣を抜き、大上段から斬りかかる。

ああ……確かにカナンの声なのに。

ただ一言、久しぶりだな、と言われただけなのに。

今の俺には、カナンに重なるもう一人の姿が、ハッキリと見えていた。

「お前は一体、何やってんだよッ！　ヴァルゴ！」

「くははッ！　はははははハハハッ！」

カナンの姿のまま、ヴァルゴが獰猛に笑った。そして、俺が振るったロング・ソードを素手で受け止めようとする。

「はァーッはっはっはァーッ！」

構わず、俺は全力で剣を振り抜いた。

手加減なし遠慮なし、正真正銘本気の一撃だ。本来ならば斬撃は一瞬で骨まで達し、手のひらから肘までをばっさりと断ち切るはずだったのだが……。

「……！」

俺の剣は、カナンの細い手でしっかりと受け止められていた。

斬れていない？

いや、確かに手応えはあった。斬れては、いる。

単に――ただ単純に、斬られたそばから再生しているだけだ！

「チッ……！」

「俺の能力、俺の特性！　まさか忘れたわけじゃねえだろうなァ！」

はやくも癒着しかけていた剣を無理やり引き抜き、後ろへ跳び下がる。直後、ヴァルゴの強烈な回し蹴りが俺の腹をかすめた。

強化呪文が何重にもかかっているらしい。蹴りは凄（すさ）まじく速く、そして、鋭かった。かすった部分の服は強烈な摩擦熱でしゅうしゅうと白い煙をあげ、今にも発火しそうだ。

「忘れるもんか……！　ケタ違いの超再生、殺したって死にそうにない無限の生命力。そんな力を持ってるのは、世界広しといえどお前くらいしかいない」

「ははははッ、覚えててくれて嬉しいぜ兄弟！　……だが」

カナンが……いや、ヴァルゴが、俺の横に立つエキドナにちらりと視線を向けた。

「そっちは随分と変わっちまったみたいだな。いつも澄まし顔の優等生だったお前が、今や魔王軍の大幹部だと？　笑えねェ冗談だぜ」

「笑えない、だと？　それはこっちの台詞（セリフ）だ」

エキドナに目配せすると、即座に俺の意図を察してくれた。ヴァルゴを挟みこむようにじりじりと動き、機を窺（うかが）う。

問題は山積みだ。無限の再生力を持つヴァルゴは、その再生力を攻撃に転化した一撃必殺の《侵蝕拳（しんしょくけん）》を持っている。普通に倒すだけでも一苦労だ。

《侵蝕拳》の厄介なところは、攻撃の瞬間までただの物理攻撃でしかないという点だ。解呪も対魔術防御（アンチマジック）も役に立たないから、攻撃を回避するか、先程の《骸障壁（ボーンウォール）》のように物理的な障壁を作り出すしかない。

もし《侵蝕拳》が当たった場合、強力な生命侵蝕が発生する。過剰なまでの生命力がコンマ何秒かの一瞬で体内へ注ぎ込まれ、体内で荒れ狂うのだ。

風船に空気を入れすぎれば破裂する。それと同じことが人体でも発生する。

相手のレベルが高ければ高いほど、相手の生命力が強ければ強いほど、爆発の威力は高まるだろう。まともに受ければ俺やエキドナとて危うい。

(――――そして何より、カナンだ)

今のヴァルゴは、カナンの肉体を乗っ取っている。

カナンを救う手立てはないのか？　やはり、殺すしか手はないのか？

カナンの自我はどうなっている？　呼びかけても効果は無いのか？

ヴァルゴとの会話を続けながら、俺の思考は猛烈な勢いで回転し続けていた。

「笑えない冗談だぞヴァルゴ。〝悪しきものを倒し、人類を守る〟――それが俺たちDHシリーズの使命のはずだ。ドラゴンを率いて町を襲うなんて、理念に真っ向から反している」

「そういうお前はどうなんだ？　お前だって魔王軍に入ってンじゃねえか」

「人類を守る手段は一つじゃない。俺は……三千年生きて、けっこう欲張りになったからな。魔界と人間界、どっちも守ることにした。それだけだ」

「嘘(うそ)つけよォ！」

ヴァルゴが跳んだ。――俺とは正反対、エキドナの方に！

「避けろエキドナ！　そいつの攻撃は絶対に受けるな、回避しろ！」

「わかっておるわ！」

エキドナの姿が不意にぶれ、複数に分裂した。《鏡空蟬(ミラーイメージ)》――複数の分身を生み出す回避呪文だ。

「目眩(めくら)ましのつもりか？　甘ェんだよッ！」

だが精巧極まる八つの分身も、生命の波動が見えるヴァルゴに対しては一瞬の時間稼ぎにしかならないようだった。

命ある者が発する不可視の力――生命の波動。今のヴァルゴの視界では、まるでサーモグラフィのように本物のエキドナだけがマークされているはずだ。ヴァルゴが一直線に本物へと向かう。

「その首ッ！　貰(もら)ったぜッ、女ァァッ！」

「ほう？　勘は鋭いようだな。そこだけは褒めてやる」

そして、そこまでがエキドナの想定通りだった。

「だが！」

彼女は防御や回避の為に《鏡空蟬》を唱えたわけではない。ヴァルゴの性格、能力、戦い方、それらを一瞬で全て読み切ってこの呪文をチョイスしたのだ！

「魔王をナメるなよ……！　《爆空蟬》！」

「！」

ヴァルゴを囲んでいたエキドナの分身たちが白熱し、大爆発を起こした。

《爆空蟬》。《鏡空蟬》で生み出した分身を大爆発させる、炎と光の複合呪文！

「ただの目眩ましだと思ったか？　分身などいくら無視しても問題なし、と？　――その油断こそが貴様の敗因だ！　あの世で悔いよ愚か者ッ！」

エキドナの両手が複雑な印を空中に刻み、赤熱する魔法陣が立体化する。

――《爆空蟬》との二重詠唱！

エキドナは、この一撃で勝負を決めるつもりだ！

「《猛れ灼熱、奔れ爆炎！　喚び覚ますは烈火の鼓動、天地を焦がす死の顎門》！」

「ちッ……！」

ヴァルゴが防御の体勢を取ったが、もう遅い。

「《煉獄の炎に焼かれて朽ちよ》――《ブレイ・リーヴィ・ディクト》、《六界炎獄》！」

——カッ！

《爆空蟬(ミラージュリアクト)》と、《六界炎獄(インフェルノ)》。二つの高位呪文が同時炸裂(さくれつ)し、大爆発を引き起こした。

魔王の名は伊達(だて)ではない。エキドナは系統を問わずあらゆる呪文を使いこなすが、中でも一番得意とするのが他でもない炎系統の呪文である。

生きとし生けるものはみな、大なり小なり精霊の加護を受けて生まれてくるが、彼女は炎精霊イフリートやサラマンダーからの強い寵愛(ちょうあい)を受けているらしい。豪炎の中から傷一つ負っていないエキドナが飛び出し、俺の横に着地した。

「やったか？」

「手応えはあった。だが、お前から聞いたヴァルゴの特性は——」

「——くはッ！　くはははははははッ！」

エキドナの言葉を遮るように、炎の中から笑い声が飛んだ。

それは紛れもないカナンの声。ヴァルゴの声だ。

「ハハハハハハ！　ハァーッハハハハハハーッ！」

「やはり、か。おのれ……！」

炎の渦の中、ゆっくりと立ち上がる人影が見えた。

遠目から見てもかなりの重傷のようだったが、金色の光が全身を包むや否や、その負傷はみるみるうちに回復していく。

ヴァルゴの特性、超再生能力。

いかなる瀕死の重傷を負っても、核の《賢者の石》さえ無事なら瞬時に再生する……！

未だにごうごうと燃え盛る炎の壁が、俺たちとヴァルゴの間を隔てている。炎が消えるまでは、僅かながら時間があるだろう。

「レオ、次は同時に仕掛けるぞ。超再生がヤツの取り柄だというのなら、再生すら間に合わぬ速度で粉微塵にすり潰す——死ぬまで殺すまでよ！」

「いや、待てエキドナ。ここは、俺に任せてくれ」

「なんだと……⁉」

何か言おうとするエキドナを手で制す。

「ヴァルゴは俺一人で倒す。お前は下がっててくれ」

実は、俺には切り札があった。

確実にヴァルゴを殺すべく、事前に用意しておいた切り札が。

あまり使いたくなかったのだが、この状況ではやはり使わざるを得ないだろう。幸いなことに、エキドナは俺の考えをすぐに察してくれた。

「……なるほどな。我にも秘密にしておったのは少々気に食わんが、まあよかろう。そういうことなら、我は後詰めに回る。存分にやれ」

「ああ。そうしてくれると助かる」

不意に、空がチカチカと瞬いた。王都一帯を覆っていた光のドームが、紫から赤へとその色を変える。

シュティーナの編み出した広域支援呪文、《魔人空間》。その出力が更にアップしたのだ。

苦戦している。

そういうことなのだろう。

四天王たちは放っておいても死ぬやつらではないが、人間の兵士たちはそうではない。四天王が防衛していると言っても、四人で全体をカバーするのには限度がある。

このままではドラゴン軍団の物量に押され、遠からず兵士たちに犠牲者が出るはずだ。

「……残念だが、カナンは殺す外あるまい」

エキドナは苦虫を噛み潰したような顔をしていた。

「時間をかければ、カナンからヴァルゴを引き剥がす一手が見つかるかもしれん。だが今はそれどころではない。一刻もはやくヴァルゴを倒さねば、兵士どもが総崩れになる」

エキドナの口調は決断的だ。魔王として、上に立つ者として、部下の俺に迷いを抱かせないよう気を遣ってくれているのがよくわかった。

「シュティーナには我から言っておく。良いかレオ、命令だ。カナンのことは諦めよ。カナンの身体がどうなろうとも、ここで確実にヴァルゴを倒せ！」

これは彼女なりの心遣いなのだろう。命令という形なら、カナンを殺したすべての責任は指揮官のエキドナが負うことになる。俺が気に病むことはない。

つくづく甘い女だ。こいつが上司でよかったよ、本当。

「なあエキドナ」

「なんだ」

「お前さっき、〝もっと仲間を頼れ〟って言ってたよな」

「む」

急にどうした、という顔でエキドナがぱちぱちと瞬きする。

「言ったが、どうした？　今はそんな話をしている場合では――」

「お前に頼みがある。ちょっとした作戦があるんだ」

……さすがにこれは、言葉抜きで察してもらうのは難しいだろうな。さりとて、口で説明している時間もない。

俺は迷わずにエキドナの手を取った。そして、俺の額とエキドナの額をくっつけるようにし――《思念送信(チャネリング)》の呪文を発動する。

俺の考えていることすべてが、一瞬のうちにエキドナにも伝わったはずだ。

「……！」

「伝わったか？　伝わったな？」

「貴様、本気か!?　こんな作戦……いや作戦とも呼べん！　成功するわけがない！」

「俺は大真面目だ。これが上手(うま)くいけば……もしかしたら、カナンを助けられるかもしれない。やってみる価値は、あるはずだ……！」

――

きっかり十秒後。

踵(きびす)を返したエキドナが王都の方へ向かって駆け出すのと、弱まった炎の中からヴァルゴがゆっくり歩み出てくるのは、ほぼ同時だった。

……俺の作戦が上手く行くかどうかはわからない。

とにかく今は、エキドナを信じて待つだけだ。

「――ふー。あれが魔王エキドナか」

エキドナの全力攻撃を受けたにもかかわらず、ヴァルゴには傷一つなかった。やはり普通の手段でこいつを殺し切るのは、かなり困難なようだ。

もっとも、無傷なのは肉体だけだ。それまで纏っていたカナン愛用の黒いローブは、高熱によって跡形もなく燃え尽きている。

一糸まとわぬ姿のカナンに、太腿のあたりまで長く長く伸びた黒髪が絡みついていた。

「魔王を名乗るだけのことはある。相手が俺じゃなかったら、とっくの昔に全身消し炭になってるところだぜ。……なあレオ、なんでエキドナを逃した?」

「別に。兄弟水入らずで話したかっただけさ」

「嘘くせェなあ。なぁんかコソコソ企んでんだろ?」

「本当だよ。聞きたいことは山ほどある。裸のままで寒くないのか、とかな」

実際、『水入らずで話したい』というのは半分くらい本当だ。

まだ、俺は聞いていない。

「なあヴァルゴ、なんでこんなことをする。確かにお前は荒っぽい性格だったし、強敵と戦うのを生きがいにしていたけど……人間たちを危険に晒してまで我を通すような奴じゃなかっただろ！」

「そうだな。フツーに復活してたら、俺だってこんなことはしなかった」

ヴァルゴがあっさりと肯定した。

誰かに操られているだとか、強制されているとか、そういった様子ではない。やはりヴァルゴは他ならぬ自分の意思で、俺と戦いに来たのだ。

「だが、流石(さすが)にコアだけで復活したとあっちゃあな。肉体の再生すらうまくいかねえような状況じゃ、いつコアが機能停止して死ぬかもわからねえ。だったら最後に——死ぬ前に、強くなったお前と戦おう、って思ったのさ」

「……コアだけ。そうか、お前は不十分な形で復活したのか」

「ああ。どうしようかと思ったぜ？　久々に目覚めたらカビ臭いダンジョンの奥底で、見知らぬ呪術師(カースメイカー)が目の前にいてよ。こうしてお前と話せていること自体、奇跡みたいなものなのかもしれん。一分後、一秒後にはコアが停止して俺は死んでいるかもしれん」

ヴァルゴの全身を光が包んだ。

回復呪文ではない。《変装(ディスガイズ)》——衣服を生み出す呪文。光が晴れると、カナンの全身は黒い戦闘スーツに覆われていた。

ああ、あの時のままだ。

ベリアルとの戦争の頃、ヴァルゴが愛用していた白兵戦用のアームドスーツそのものだ。

「だから、な。俺は、やりてえことをやって死ぬ」

ヴァルゴがゆらりと拳を構え、半身になって腰を落とした。

スピードを重視した構えではない。踏み込みからの正拳突きへ繋げる、一撃必殺の構え。

「あの時ああしておけば、こうしておけば。そんな風にミジメに後悔しながら死ぬのなんて、まっぴらゴメンだ。俺の道は俺が決めるし、俺の命の使いみちは——俺が決める！」

「バカなことを……！　そんな理由でたくさんの人を危険に晒してんのか、お前は！」

「——だったらお前はどうなんだよォ！」

声が聞こえるより早く、ヴァルゴの拳が間近に迫った。——《過剰加速》！

一瞬だけ飛躍的にスピードを向上させるかわり、肉体に多大なダメージを負う術。戦闘中に使うのはリスクが大きすぎるが、ヴァルゴの再生能力なら、そんなペナルティは踏み倒せる！

「く……そッ！」

やむを得ない。一か八か、こちらも無詠唱で《過剰加速》を発動させる。時間の流れが急激に鈍化し、ヴァルゴの拳だけが正常な速度に戻った。

身を屈める。間一髪、一撃必殺の《侵蝕拳》が俺の頭上すれすれを通り過ぎた。カウンターの蹴りを叩き込んで強引に距離を離し、そこで互いの《過剰加速》が切れる。強烈な反動が来る。

「ぐッ、うお……ッ！」

「くはッ、はははッ！　無理すんなよォ！」

全身に激痛が走った。呼吸が荒くなり、集中が途切れる。あちこちの骨がきしみ、肺は焼けるように熱く、心臓は今にも破裂しそうだ。

くそったれ！　やっぱこの術、反動が重すぎるぞ！　その痛みも消えないうちに、完全再生したヴァルゴがまた迫る……！

「お前はどうだったんだよ！　三千年生きてきて、使命を忘れたいと思ったことはなかったか？　勇者稼業（かぎょう）なんて放り出して、自分の為（ため）に生きたいと思ったことは無かったのか⁉」

「俺は……俺はッ！」

「いや、絶対あるはずだ。無いなんて言わせねェぞ、レオッ！」

「──《凍結波（フロストノヴァ）》！」

三重にした《凍結波（フロストノヴァ）》を放つ。ヴァルゴの足を氷漬けにしたかったのだが、読まれていたらしい。紙一重でジャンプされて躱（かわ）された。

（自分のために生きたいと思ったことは無かったか、……だと⁉）

心のなかで毒づきながら、俺は数ヶ月前の自分を思い返していた。

（そんなもん、あるに決まってるだろ！　つい最近までそう思ってたよ！）

数ヶ月前。俺がエキドナを倒した直後。

あの頃はすべてに疲れ果てていた。人間界を追われ、勇者という生き方を奪われ、さりとて他にやりたいことがあるわけではなかった。

三千年も頑張ってきたのだ。

いい加減休んでもいいだろう、と思った。

正体を隠して魔王軍に入ったのも、ただ単に死に場所を見つけるためだった。

人類の守護者として永く永く生きてきた俺が、人生の最後に選んだ道。

それこそ、ヴァルゴの言う『自分の為に生きてみる』道だったのだ。

最初で最後のわがまま。

ずっとやりたかった悪役ごっこ。

ありったけの本音をぶちまけた俺を、エキドナ達は受け入れてくれた。

明日をも知れぬ命なら、悔いのない道を——。そんなヴァルゴの気持ちは、痛いほど分かる！

兄弟への殺意が鈍っていくのを、俺はハッキリと自覚した。

（……駄目だ！）

だが、ここでヴァルゴの凶行を止めなければ、こいつは更に暴走を続けるだろう。

俺が生きていれば俺を追う。俺が倒れればエキドナか四天王か、別の強者（つわもの）を探して世界中を荒らし続けるに違いない。

そうなれば終わりだ。魔界と人間界との和平など、はるか彼方（かなた）へ遠のいてしまう！

「わかったよ……！　兄弟としてのケジメ、ちゃんとつけてやる……！」

猛獣のようにヴァルゴが飛びかかってくる。繰り出される即死の拳を丁寧に回避する。

バックステップ、サイドステップ。後ろへ下がると見せかけてからの《白氷霧（ホワイトミスト）》で視界を塞ぎ、ヴァルゴの頭上を飛び越え、《氷槍撃（アイスジャベリン）》で霧の水分ごとヴァルゴを完全凍結。僅か数秒だけだが、強引に動きを封じる。

覚悟は、決まった。

ヴァルゴの意思を変えるのは難しい。

ならば、俺に出来ることは一つしかない――こいつを殺す！

俺は不退転の覚悟と共に左手で呪印を刻み、切り札の詠唱を開始した。

「――《ウィー・アムン、ゾル・ダー・ロー》！　《流転（るてん）する生命、魂の循環、芽吹きを阻（はば）む冥（くら）き壁よ》！」

「るァァァァアッ！」

ガラスが割れるような音が響いた。そして、咆哮(ほうこう)が。

ヴァルゴを閉じ込めた氷塊を内側から粉砕されたのだ。脇目も振らず、まっすぐこちらへ突っ込んでくる。

「これが……」

ヴァルゴの右拳が強烈な光を帯びた。

ありったけの回復呪文が重ねがけされている。《侵蝕拳》を超えた、《超侵蝕拳》！

あんなものを受ければ、流石の俺も、絶対に死ぬ！

「これが正真正銘、俺の全力攻撃だッ！」

「っ……《生は死へ、光は闇へ、万象拗(こじ)れる禁忌を此処(ここ)へ》！」

まだだ。まだ発動には早い。

この呪文は消耗が激しい。二度目を唱えられるかわからない。

危険を覚悟の上で、ギリギリまで引き付けなければならない！

あと三歩、二歩、一歩――――。

「喰(く)らい……やがれッ、レオォォッ！」

――――今だ！

「《我が呼び声に応じ、異界の門を開け》……！《破星陣(ファーレン)》！」

――ギチ、リ！

ヴァルゴ渾身の《超侵蝕拳》が俺の腹に突き刺さったのと、俺たち二人を黒い結界が包み込んだのは、まったくの同時だった。

「…………あ？」

ヴァルゴが怪訝そうに眉根を寄せる。

《超侵蝕拳》の直撃を受けたにもかかわらず、俺の肉体は何の反応も示さなかったからだ。

偶然ではない。この二十メートル四方ほどの小さな結界内では、ヴァルゴが得意とする生命侵蝕攻撃は発動しない。絶対に。

そういう術を、俺は用意した。

「何をした」

「《破星陣・処女宮》」

至近距離で睨み合ったまま、言葉を交わす。

「俺は――魔王軍に入る直前に、ＤＨシリーズ全員を復活させる計画を練っていた」

「……ヘェ？」

「再誕ＤＨシリーズが世界を襲う。そいつら全員を俺が倒して、世界には勇者レオが必要なんだと証明する。そんな計画をな。笑えるだろ」

「笑えるな。とどのつまり、お前も俺と同じ選択をしたってことじゃねえか」

ヴァルゴが笑った。口調とは裏腹に、その声色からは微かな失望が感じられた。

かつての優等生の落ちぶれた姿を、今の自分と重ねてしまったのかもしれない。

「だが、今は違う。俺はエキドナ達と一緒に、魔界も人間界も両方守ることを決めた」

「……」

「この術は……本来なら、再誕させたお前に使うはずだった。『ヴァルゴ』を確実に殺すために組み上げた、俺だけのオリジナル呪文だよ」

「──そうかい！」

ヴァルゴの脚が唸り、風を切った。

肉体強化がこもった、鉄の柱すら叩き折る威力の蹴りだ。こちらも強化呪文を重ね、同じ動きで対抗する。

ガツン、と蹴りがかちあい──やはりヴァルゴお得意の生命侵蝕は発動しない。

「いいね。いいね、いいね、いいねェ！」

ヴァルゴは心底嬉しそうに笑い、

「大したもんだ！　どういう手品か知らねェが、俺の生命侵蝕を封じるとは！」

「お前の拳は危なすぎるからな。この結界内では、生命操作に用いられる全バイパスが強制的に遮断される。ここにいる限り、お前の《侵蝕拳》は使えない――絶対に」

「なるほどなァ。今の俺なら、赤子の手をひねるようにブッ殺せる、ってか……ハハハ」

殺意に満ちた目がギラリと光り、ヴァルゴが掌底を繰り出した。

「ナメて、んじゃねえぞ！」

「ナメて、ねえよッ！」

こちらも素手でそれを捌く。

続いて襲いかかるのは、左右のワン・ツーからのミドルキック。これも捌く。

最後の蹴りをあえて受けながら後ろへ跳び、空中で一回転し、衝撃を可能な限り殺しながら距離を取る。間合いができた。剣を振り抜く間合いが。

既にヴァルゴは俺の目前まで距離を詰めている。居合いの要領で剣を抜き放ち、そのままヴァルゴへ斬撃を見舞う。

ヴァルゴの反射神経なら斬撃を回避することも出来ただろうが、奴はそちらを選ばなかった。斬撃をあえて受ける形で大きく踏み込んでくる。

剣が深々と肉を裂き、脇腹から肩にまで至る傷がばっくりと開いた。通常ならば、間違いなくこれで戦闘不能だろう。

……だが、相手はヴァルゴだ。この程度で止まるわけがない。

深手を負いながらも、ヴァルゴは相打ちの形で強烈な左フックを俺のこめかみへ叩き込む。視界が大きく揺れ、俺は地面に叩きつけられた。

「がはッ……！」

「やるな、レオ……！　格闘術も剣術も、以前とは比べ物にならねえ。だが……！」

ヴァルゴの全身が金色の光に包まれた。胸の傷がみるみるうちに塞がっていく。

「俺はヴァルゴ。デモン・ハートシリーズの06号機、不死身のヴァルゴだ！　この超再生能力がある限り、俺は死なねえ！」

「く……そッ……！」

「死なねえってことは、負けねえってことだ。封じるべきは《侵蝕拳》じゃなく……超再生能力の方だったな！」

今の一撃には《浸透撃》も付与されていたらしい。あらゆるガードを貫通して直接体内に衝撃を与える勁術の一つだ。俺の視界はより一層激しく揺れ、目の前のヴァルゴが何人にも分身して見える。立ち上がることができない。

「お前の負けだ。もちろん——真剣勝負で手を抜くつもりは、無い」

陽炎のように揺らめく視界の中、転倒した俺の頭部を粉砕すべくヴァルゴが迫る。

「そう、だ……〝超再生〟の、ヴァルゴ……」

俺は無様に地面に倒れたまま、小さく呻いた
「お前の強みは、その超再生能力だ。普通に戦ったら、お前を殺し切ることは難しい
……」

「──最後の最後まで反省会か。三千年経っても優等生なのは変わらねえな」

……だが。

いま俺が言ったのは、全部『普通に戦ったら』の話である。

言ったはずだ、ヴァルゴ。

この術は──この結界は、お前を確実に殺すために組み上げた、と──！

「──がッ、あああああああああああッ⁉」

結界内に響き渡ったのは、ヴァルゴの絶叫だった。

先ほど剣で切り裂いた、すっかり塞がったはずの胸の傷口。それがボコボコと沸騰している。

時間が逆戻りしたかのように再び傷が開いた。まるで《侵蝕拳》を受けたかのようにヴァルゴの身体（からだ）のあちこちがどす黒く輝き、内側から強烈な爆発を起こした。

――《破星陣・処女宮（ファーレン・ユングフラウ）》。

この結界内では、あらゆる回復呪文が禁忌として扱われる。

《治癒光（キュアライト）》、《解毒（アンチドート）》、《蘇生復活（リザレクト）》――なんでもいいのだ。回復呪文を使った者には、呪文の威力に合わせた災いが降り注ぐ。

この世界で回復呪文を発動させるのは自殺行為だ。言ってしまえば、むき出しの傷口に刺激物を直接すり込むようなものである。

もちろん、強力すぎる再生能力なんてものは論外。

そんなのを発動したら最後、凄（すさ）まじい禁忌が術者を襲い、物質界（マテリアルサイド）・精神界（アストラルサイド）の両方に再起不能レベルの大ダメージを与える。――今のヴァルゴのように。

「がはッ……！　ぐッ、ぐおおッ……！」

ヴァルゴは立ち上がることすら出来ず、地面をガリガリと引っ掻（か）き、もがき苦しんでいる。

身体のあちこちは弾（はじ）け飛び、両脚と左腕はほぼ使い物にならない状態だ。これではもう、戦うことはできない。彼のコアたる《賢者の石》にもかなりのダメージが入っているだろう。

「自分の能力を過信しすぎたな。確かにお前なら、どんな怪我（けが）もすぐに再生できる。いかなる致命傷も致命傷たり得ない――が、この空間では、それが命取りだ」

これが俺の組み上げた《破星陣・処女宮（ファーレン・ユングフラウ）》。

俺の兄弟を確実に殺す術だった。

「……あと」

立ち上がった俺の脳裏に浮かぶのは、はるか昔の光景だった。

一般兵に犠牲が出るのを嫌い、一人で出撃しようとするヴァルゴ。

俺を安全な場所に逃してから、たった一人で砲撃のど真ん中に身を投じるヴァルゴ。

こいつは――自分の痛みに鈍感すぎる。

何かあったときは、真っ先に自分を犠牲にする。

「相打ちを取れる場面なら、被弾上等で相打ちを狙う。……お前を信じてたぜ、兄弟」

「…………ッ…………」

ぐしゃり、とヴァルゴがその場にくずおれた。

同時に俺も膝をつく。

「はーッ……！　き……キツいな、この術……！」

当たり前だがこの《破星陣・処女宮(ファーレン・ユングフラウ)》、到底まともと呼べる術ではない。

DHシリーズが持つ特殊能力を、完全に封殺する——言ってみれば、エキドナが俺に放った《対勇者拘束呪(アンチ・レオ)》のようなものだ。術を維持しながら戦闘すれば、魔力があっという間に底をつく。

《破星陣・処女宮(ファーレン・ユングフラウ)》が自動解除される。

同時に、遮断されていた外の世界の音が戻ってきた。

ごろりと仰向けに寝転がりたいのを耐え、荒い息を吐く。

「はァッ……はあ……ああクソッ、しんどかった……」

周囲を見回す。俺たち以外の人影はない。

誰もいない平原。

遠くの空を舞うワイバーン。

王都の方から聞こえてくる戦の声。

(やはり……間に合わないか？　エキドナ……)

先程エキドナに伝えた俺の秘密作戦は、どうやら失敗に終わりそうらしい。もう数分ほど待てば間に合うかもしれないが、これ以上兵士たちを危険に晒(さら)すわけにもいかない。

……仕方がない。

こうなったらもう、カナンを助けるのは諦めるしかないだろう。

先ほどとは逆。

倒れたヴァルゴにとどめを刺すべく、俺は振り向き――。

「……！　な……んだと……⁉」

「はァーッ……！　やって……くれた、なァ、レオ……！」

そこに立っていたのは、息も絶え絶えなヴァルゴだった。

あれだけの致命傷を負って、なお。徐々にではあるが……確実に、再生しつつある！

「切り札があるのはお前だけじゃねェ」

「まさか……！」

肉眼で異常は見当たらない。即座に《魔力探知(マナ・ディテクト)》を発動させると――あたりだ。

大地から、空から、極微量の無数の生命エネルギーがヴァルゴに向かって取り込まれていくのが見えた。

――吸収術(アブソープション)！

それも、この戦域全体に影響するほどの！

「お前の切り札みたく洒落(しゃれ)た名前はつけてねえ。できれば使いたくなかったからな」

どさっ、どさり。

近くを飛んでいたワイバーンが落ちてきた。二匹とも生命力を吸い取られ、すでに瀕死になっている。《黒化》も解けている。

……恐ろしい。

そして、誇らしい。

ああ……俺の兄弟って、やっぱ、強いんだな……！

「俺はヴァルゴ。生体兵器デモン・ハート・シリーズの……不死身のヴァルゴだ！」

砕け散っていたヴァルゴの左腕が、みちみちと音を立てて再生した。

回復の度合いはせいぜい二割程度。全力には程遠い。

それでもこいつは、まだやる気だ。

「俺が負けを認めるまで、戦いは終わらねえ！」

「……いいぜ」

兄弟への情があったことは認める。

カナンを助けられるかも、と甘く見ていたことも認める。

だが、それもここまでだ！　やはりこいつは、今ここで確実に殺す！

「付き合ってやるよ！　来いッ、ヴァルゴ！」

「――っらあああああああああッ！」

ヴァルゴが跳んだ。

俺は左手で呪印を刻み、ふたたび《破星陣(ファーレン)》を発動させようとした。

そして。


ぽこん。


「――いい加減にしなさいカナン！」

いつの間にか駆けつけたシュティーナが、カナン＝ヴァルゴの頭を杖(つえ)で叩いた。

俺とヴァルゴ、両方の動きがぴたりと止まった。

その機を逃すわけもなく、すぐさまシュティーナのお説教タイムがはじまる。

「一体いつまで寝ているのですか！　呪術師(カースメイカー)は深夜儀式が多いから生活リズムの反転には気をつけなさいと注意したはずですよ！　次に遅刻したら破門です、破門！」

「……も」

なぜか完全硬直し、おとなしくシュティーナのお説教を受けているヴァルゴ。

その頭が——ふいに、九十度直角に下げられた。

「申っっっっっし訳ありませんお師匠さまぁ！」

何度も何度もぺこぺこと頭を下げながら、シュティーナに懇願する。

「もう起きました！　起きましたので！　どうか、どうか破門だけはご勘弁を……！」

両目を覆い隠すほどに伸びた、ウェーブのかかった長い長い髪。

その奥でおどおどと落ち着きなく動き回る瞳。

その姿は——紛れもなく、呪術師(カースメイカー)カナン本来のものだった。

「お師匠様と魔王様のおそばから離れるくらいなら、死んだ方がマシです！」

『なんだッ！　何が……何が起こった⁉』

カナン本来の声に混ざって、ヴァルゴ本来の声が聞こえてくる。

俺の《破星陣(ファーレン)》に囚(とら)われても、瀕死の重傷を負っても動じることのなかった彼が、ここにきて初めて狼狽(ろうばい)の色を露(あら)わにしていた。

ヴァルゴだけではない。何が起こっているか分からないのは、みんな同じだ。

俺を除く全員……シュティーナもカナン本人も、事態を把握できていないに違いない。

俺ですら、まさかこの作戦が上手く行くとは思っていなかった。

――シュティーナを呼んできてほしい。

俺がエキドナに頼んだのは、それだけだった。

違和感に気づいたのは、ヴァルゴと出会ってすぐだ。奴が呪文を使うたび、ほんの僅かだがカナン本来の魔力が体内から漏れ出していた。

……何故かヴァルゴは、カナンを完全に乗っ取ってはいなかったのだ。

ハッキリしたのはエキドナが《六界炎獄》を放った時だった。大ダメージを負ったヴァルゴが回復に力を回せば回すほど、少しずつだがカナンがこちら側へ戻ってくるのを感じた。

彼女の自我が少しでも残っているなら、まだチャンスはある。

瀕死ギリギリまでヴァルゴを追い詰めた上で、親しい者が呼びかければ――。

だいぶ勝ち目の薄い賭けだ。あの時のエキドナの言い分はもっともだった。

『貴様、本気か⁉　こんな作戦……いや作戦とも呼べん！　成功するわけがない！』

『俺は大真面目だ。これが上手くいけば……もしかしたら、カナンを助けられるかもしれない。やってみる価値は、あるはずだ……！』

『ヴァルゴが手加減できる相手ではないというのは、お前が一番よく分かっているはずだ。ともすればお前の命までもが危険に晒される。……割り切れ。カナンは見捨てよ』

『まだ割り切るには早い。頼む。一度だけでいいから、俺にチャンスをくれ』

『……何故だ？　何故そうまでしてカナンを助けることに拘る？』

『俺は、まだお前に何も返していない』

何も、というのは少し間違っているのかもしれない。そりゃあ確かに、四天王どもの手伝いとか業務改善とか、細々としたことはやったさ。

でも、勇者っていうのはそうじゃないはずだ。

勇者というのは逆境に光をもたらす存在だ。絶望を希望へ変える存在のはずだ。

職業病のようなものだな。勇者を辞めた今でも、俺はついついそう思ってしまうのだ。

そんな存在でありたいと思ってしまうのだ。

『お前は、悲願だった《賢者の石》を諦めてまで俺を救ってくれた。その判断が間違いじゃなかったと示したい。人間たちを助けて、カナンも救って、俺を選んでくれたことは間違いじゃなかったと証明したいんだ！』

『レオ……貴様』

『……我儘なのはわかってるよ。だから、最後の判断はエキドナ。お前に委ねる』

『…………』

『頼む』

エキドナは返答代わりに小さく苦笑し、全力で王都へと戻っていった。

シュティーナがここに来るためには、誰かが彼女の穴を埋めなければならない。おそらく今、シュティーナが防衛していた城壁付近は、エキドナの担当になっているはずだ。

王都の兵士たちはさぞ腰を抜かしたことだろう。魔将軍の次は、あの魔王が自分たちを守ってくれてるんだから。

シュティーナが小さくため息をつき、言い訳を並べる弟子の額を小突いた。

「おはようございます、カナン。やっと目が覚めたようですね」

「お師匠様。も……申し訳、ありません。あたし……なんとかして魔王さまとお師匠様のお役に立ちたくて……レオに負けたまま魔界に帰るのが嫌で、それで……」

「わかりました。話はあとでゆっくり聞きます」

「ごめんなさい、お師匠様……ごめんなさい……」

(——やめろ。やめろ！　女！　それ以上カナンと話すな！)

ヴァルゴの声は加速度的に弱々しくなっている。支配が弱まっているのは明白だった。

シュティーナが手を伸ばした。弟子の髪をそっと撫で、愛おしそうに抱きしめる。

（くそッ、なんでだ！　なんで、こんな……！）

「疲れたでしょう。今は少し、眠りなさい」

「………はい、お師匠様」

かくん。

操り人形の糸が切れたように、かくんとカナンが倒れ込んだ。

シュティーナがそれを受け止めると——同時に、それまで王都一帯に満ちていたヴァルゴの圧倒的な生命波動が、たちまち薄れていく。

ドラゴン達の動きがピタリと止まった。黒化していた肉体が本来の色に戻っていく。

波が引くように——平原が、本来の静けさを取り戻していく。

カナンの懐（ふところ）から虹色に光る小さな宝珠（オーブ）がこぼれ、地面に転がった。

「あっ」

シュティーナがおもわず間抜けな声をあげる。

無理もない。転がり落ちたのは、以前彼女が俺と戦った時に目にしたのと同じもの——古代の遺産にしてDHシリーズの力の源たる、《賢者の石》だったからだ。

『——何故だ』

その《賢者の石》から、呻（うめ）くようなヴァルゴの声が聞こえた。

いや、聞こえたという表現は正しくないかもしれない。どちらかと言えば、テレパシーのように直接心に語りかけてきたといった方が近い。

『何故こうなる。完璧に支配できていたはずだ。それが、あんな呼びかけひとつで……』

「何故ってお前、決まってるだろ。あいつらが師弟だからだよ」

『……んだとォ？』

剣をおさめ、ヴァルゴのもとへ歩いていく。

「シュティーナは弟子のことを大切に想っていた。カナンもまた、師のことを大切に想っていた。お前に身体を乗っ取られ、自我すら消し去られる寸前であったとしても――いや、そういう絶体絶命のピンチの時こそ、大事な人の声は心に届く。そういうことだろ」

『くだらねェ……！　何が心だ！　んなもん、戦いの中で何の役に立つ！』

「少なくとも今、役に立ったな。俺達の目の前で。……そもそもヴァルゴ、お前、ほんとに忘れちまったのか？　俺たちＤＨシリーズがヒトの形を模して作られた理由を」

『……あァ……？』

よくよく考えればおかしな話だ。

ＤＨシリーズ。悪魔の力と人間の心を宿す、ヒト型の生体『兵器』。

何故、わざわざヒトの形にしたのだろう？

多くの武器や兵器が戦いに最適化された形状をしているように、ＤＨシリーズも兵器として最適な形にデザインすればよかったはずだ。

オーガやトロルのような姿にすれば、人間を遥かに凌ぐ腕力を手に入れられただろう。

サキュバスやエルフの姿にすれば、高い魔力を手に入れられただろう。

あるいはドラグナーシリーズのように、最強の魔獣であるドラゴンの姿にしてしまえばいい。魔力、機動力、防御力、そのすべてが手に入ったはずだ。

そんなこと、当時の科学者たちは百も承知だったはず。

なのになぜ、彼らは俺たちをヒトそっくりに作り、心を与えたのか――理由は、明確だ。

俺たちは兵器として作られたわけではない。

〝人類の守護者〟として作られたから、心を持たされたのだ。

「普通の兵器は戦争が終わったらお払い箱だが、俺らはそうじゃない。ヒトに限りなく近い悪魔として、生き残った人々と共に平和な世界を歩んでいってほしい……そう思ったから、科学者たちはＤＨシリーズに心を与えたんだ」

『……ッ』

このことに俺が気づいたのは、つい最近。

魔王軍に正式加入する契機となった――雪山での、エキドナと四天王との死闘の後だ。

それまでの俺にとって、人の心というのは呪いのようなものだった。捨てられるならさっさと捨ててしまいたい、鉛の足枷のようなものだった。

だが、俺が心をさらけ出し、エキドナ達もまた俺の気持ちを受け入れてくれた時に、やっと分かったのだ。

もし俺が心を宿していなかったら。

もし俺がただの兵器だったら、こんな結末はありえなかっただろうと。

心を持たぬ者に、仲間たちとの絆はけっして手に入らなかっただろうと。

「心があるからこそ仲間が作れる。大切な人々と共に歩んでいける。……絆は、力そのものだ。それを否定した時点でお前は負けてたんだよ」

『…………………………くだらねェ』

長い長い沈黙のあと、ヴァルゴはそう吐き捨てた。

『マジに退屈な話だな。カビくせェ少年漫画みたいなことを真顔で言ってんじゃねェよ』

「いいじゃないか。俺は好きだぜ、そういうの」

『ケッ！』

「それにヴァルゴ。お前、カナンを完全に乗っ取ってなかっただろ」

『………』

「長く一緒に暮らしたせいで情が芽生えた。そんなところだろ？　さっきお前、俺に向かって〝優等生なのは変わらない〟とかなんとか言ってたが……そういう甘さはお前も変わらないな」

『うるッせェんだよボケ！　死ねッ！』

もし肉体があったなら、地面に唾を吐いてそっぽを向いていただろう。そんな声色だった。

不機嫌そうな沈黙が更に続いた後、ヴァルゴがぼそりと言った。

『……俺達が人の心を持っている理由（わけ）……か。退屈な話だったが……寝る前に聞く分には、ちょうどいい話だったかもな』

「ヴァルゴ？」

『……俺は……疲れた。ちょっと寝る』

《賢者の石》から、徐々に光が失われていく。

生命の流転（るてん）。

無限の再生を象徴する、金色の光が。

『…………おい』

「……なんだ？」

長い長い沈黙があった。やがて、消え入りそうなヴァルゴの声が聞こえた。

『迷惑……かけたな』

「……はっ。気にすんなよ」

水臭いこと言うな。兄弟だろ、俺たち。

俺の呟きはヴァルゴに届くことなく、風にさらわれていった。

# エピローグ

三日後。

魔王城の大会議室には、幹部六人の姿があった。

すなわち四天王とエキドナ、そして俺だ。

あれだけの数を完全に黒化させるのはヴァルゴでも難しかったらしい。生命波動を送り続けて無理矢理に黒化状態を維持していたようで、ヴァルゴが倒れると、まるで波が引くようにドラゴン達の黒化も収まっていった。

もとより竜族は知能が高く、人間たちとの諍い(いさか)を好まない。

正気に戻ったドラゴンたちは続々とイーリスから離れ、各地へと散っていった。

シュティーナが王都全体に強化呪文を放ったのも功を奏した。あれだけの襲撃だったというのに、兵士にも一般人にも死傷者は皆無だったというのだから驚きだ。

(っていうかシュティーナ、あんなに強力な支援呪文持ってたんだなぁ……)

椅子に腰掛けて優雅にカモミールティーを飲むシュティーナを見る。

「……？　なんですか、レオ？」

「いや。お前、凄いヤツだったんだなーって思って」

　本音を言うと、ダンジョン攻略の時に見せた姿のせいで『情けないポンコツ女』というイメージが定着していたのだが……魔王軍を代表する大魔術師は伊達ではない、ということか。

「それはそれとして。とりあえず、今回の事件で得られた教訓が一つあるよな」

「きょーくん？」

「仕事に私情を持ち込むとろくなことにならない――ってことだ。メルネス、そのリンゴ一個くれ」

「自分で剝きなよ」

「あ！　じゃああたし！　あたしが剝いたげるね！」

「……いや、いい。やっぱ自分でやる……」

「えー」

　――今回の事件は、カナンが偶然《賢者の石》を見つけたことからはじまった。

　お師匠様の名を汚したくない。

　単独でレオを倒し、敬愛するシュティーナやエキドナに認められたい。

　そんな気持ちがカナンの独断専行を呼び、大きな事件へと発展していった。

だがそもそもの話、ヴァルゴを拾った時点でシュティーナなりエキドナなりにさっさと報告していれば、こんなことにはならなかったはずだ。

さしものヴァルゴもこの二人を乗っ取るのは手間がかかるだろうし、この二人なら対策だって色々講じられただろう。

私情が混ざりまくったカナンは、そういうところを冷静に判断できず、ヴァルゴの甘言に流されてしまったというわけだ。

……やっぱり、仕事とプライベートは切り離すべきなのかもしれないなあ。

俺は温かい緑茶をすすりながら、魔王城の玄関ホールに貼り出している『今月の標語』について思いを馳せていた。

あれは俺とエキドナ、あと四天王が月イチで更新している。来月の担当は俺だ。

ここはひとつ、今回の教訓を反映した標語にするべきかもしれん。

「――で？」

椅子に座ってリンゴをかじっていたメルネスが、いつもの仏頂面で言った。

「イーリスの王様との会談はどうなったのさ。今回、代表者として行ったのはエキドナとレオだけだ。いい加減どうなったのか知りたい」

「ああ、そこは俺も気になっておった」

エドヴァルトがおやつのミートサンドイッチをがぶりと頬張り、

「むぐ……曲がりなりにも王都を守ったのだから、邪険に扱われるということもなかろうが。つい最近まで目の敵にしていた魔王軍（われわれ）をそう簡単に認めてくれるとも、思えん」

「別にいいけどね。僕は人間たちにそんな期待してないし」

「うむ、まあ待て。それを話そうと思って、わざわざ皆を集めたのだ。――聞いてくれ」

エキドナが姿勢を正した。

とたんに、空気がピンと張り詰めたものに変わる。シュティーナやエドヴァルトは勿論（もちろん）、リリですらしっぽをピンと立て、緊張した面持ちで次の言葉を待っている。

エドヴァルトの言った通り、状況は複雑だ。

俺たちは王都を守った。それは間違いない。

オニキス一行として砦（とりで）を守ったことも入れれば、これで二回目。二度もイーリスの危機を救ったのだから、英雄扱いされるのはごくごく自然の成り行きだ。

――とはいえ、俺達は魔王軍だ。つい最近まで人類と敵対していた、侵略者である。そう簡単に評価が覆（くつがえ）るものだろうか？

実際、カナンもヴァルゴも俺らの身内だ。間違っていないのがまた困る。イーリス王との会談に参加していない四天王たちが緊張するのも、無理からぬことだった。

「……ふっ」

長いタメの後、エキドナがにぱっと顔を崩し、会心の笑みを浮かべる。

そして、

「みな、喜べ！　イーリス王国と我が魔王城との間に、正式な外交関係が結ばれたぞー！」

「おお……おおおー！　やったー！」

立ち上がってぱちぱちーっと拍手するリリ。シュティーナやエドヴァルトもまた、驚きに目を見開いている。メルネスだけが普段どおりの仏頂面だ。

「ふーん……。何が決め手だったの？」

「勿論、お前たちだ」

エキドナが四人を順番に見やり、

「メルネス。エドヴァルト。リリ、シュティーナ。お前たちが全力で王都を守った結果、死傷者は皆無だった。これがイーリスの国民感情を大きく後押ししたらしい」

「そうそう。人前で派手に戦っていたリリにはファンクラブも出来たらしいぜ。良かったな」

「ファンクラブ？　なーに、それ？」

「リリちゃん大好き部隊……みたいなもんだよ」

「ふーん」

よくわかってない顔で俺に頷くリリ。それをわしゃわしゃと撫でたエキドナが、

「先日の砦防衛もあって、イーリス内での我らの評価は変わった。『魔王軍はもはや悪ではない、和平を結ぶに値する同胞だ』……という方向にな。これからは貿易してよし、自由に行き来してよし、だ！」

「ってことは、おいしいお肉をい――っぱい輸入できるってこと？」

「うむ。そういうことだ」

「堂々と市場へ行き、部下への差し入れを買ってきて良いということか？」

「うむ！　そうだ！」

「やりましたねエキドナ様！　こんなに早く、大国と和平を結べるなんて！　この調子なら、本当に魔界と人間界すべての和平を結ぶことだって夢ではないですよ！」

「ま……まあ待て。それは少々勇み足というものだ」

感極まって泣きそうになるシュティーナを、エキドナが宥めた。

「分かっていると思うが、これはまだ最初の一歩に過ぎん。和平を結べたのはイーリス王国一つだけ――イーリス領の外では、我ら魔王軍は未だ『悪の侵略者』扱いであろう」

「う。それは確かに……おっしゃる通りです」

「だからこそ気を抜くわけにはいかん。和平を結んでくれたイーリスの顔を汚さぬよう、外での振る舞いには十分に気をつけるのだぞ。我ら全員がだ！」

「はーい！」

「うむ、心得た！」

「……努力はする」

「これからはレオの人脈もより活かせそうですね。イーリス領にはいろいろと知り合いも多いのでしょう？」

「まあな。鍛冶屋に道具屋に、ツテは色々と活かせると思うぜ」

「それはいい！　我が魔王軍いちばんの弱点が、人間界での人脈不足であるからな。お前のツテは重要だ。頼りにしておるぞ、レオ」

エキドナが嬉しそうに頷いた、ちょうどその時だった。

――コンコン。

ひどく控えめなノック音が、扉の方から聞こえた。

気の所為ではない。続いてもう一度。……コン、コン。

ともすれば聞き逃してしまいそうな、消え入りそうな音だ。全員が顔を見合わせた後、エキドナが代表して返事をした。

「――入れ。鍵は開いている」

「し……失礼、いたします……」

果たして、おどおどと入ってきたノックの主は、想像通りの人物だった。

呪術師（カースメイカー）カナン。

今回の事件の引き金となった、シュティーナの弟子。

細く骨ばった手に、全身を覆う黒いローブ。両目を覆い隠すほどに伸びた髪に、触媒が大量に入った黒い荷物鞄（かばん）。いかにも呪術師（カースメイカー）らしい陰気なオーラが、見ているだけでこちらにまで伝わってくるようだった。

「ぁ、あ……改めまして、みなさまに深く謝罪申し上げます」

俺達の前に跪（ひざまず）いたカナンが、たどたどしく言葉を紡（つむ）ぎ出す。

「わたくし呪術師（カースメイカー）カナンは、このたび……完全なる独断専行によって《賢者の石》の暴走を招いたばかりか、数え切れぬ方面に多大なるご迷惑をおかけいたしました。魔王陛下ならびに四大将軍さまの御命までも危険に晒（さら）したこと、まこと申し訳なく……」

「よい、カナン。面（おもて）をあげよ」

「この罪、如何（いか）なる理由をもってしても許されぬものと覚悟しております。つっ、償いにもならぬとは思いますが、卑しき我が命をもってせめてものお詫びに……」

「カナン！」

「ひゃいっ！」

「面をあげよと言ったはずだな。三度目はないぞ」

エキドナに言われ、そろそろとカナンが顔を上げた。

室内に静寂が満ちる。何拍か置いたあと、王の威厳をもってエキドナが告げた。

「貴様が言いたいことはよくわかった。なるほど、確かにすべての責は貴様にある。師であるシュティーナにはなんの罪もない。そうだな？」

「はっ……は、はい！　それは、勿論です！　お師匠様は何ひとつ悪くありません！」

「うむ」

鷹揚に頷くエキドナ。

その口元にほんの僅かな笑みが浮かんだのを、俺は見逃さなかった。

「――さて。古今東西、弟子を断罪するのは師の役目だと相場が決まっておる。魔術師の世界において師は絶対だからな。それはここ魔王城においても変わりない」

「は……はい。陛下のおっしゃる通りです」

「よって、だ。呪術師カナンの処分は魔将軍シュティーナに一任しようと思う。死罪、流罪、投獄に――破門。いかなる処分を下そうとも、魔王エキドナが異論を挟むことはないとここに約束しよう。異論は無いな、シュティーナ？」

破門、のところでカナンがびくりと身を震わせた。

「……はっ。魔将軍シュティーナ、陛下の御意に従います」

カナンの顔面は、蒼白を通り越して死人のようだ。

分からなくもない。シュティーナに憧れて魔術の道を選び、腕を磨き、ついには魔王軍の準幹部にまでなった娘だ。師から破門にされる……『お前など不要だ』と言われることは、死よりも遥かに堪えるのだろう。いっそスパッと死罪を言い渡された方がよほど楽に違いない。

「ではカナン。師である私、魔将軍シュティーナがあなたへの処分を言い渡します」

「……は、い。お師匠様」

「心の準備が必要でしょう。望むならば魔界時間で三分、祈りの時間を与えますが」

「いえ。それは結構です」

カナンが首を振り、まっすぐに師匠を見た。

師とかわす言葉はこれが最後になるだろう。そんな覚悟が、その目には浮かんでいた。

「もとより私は大罪人。あの場でヴァルゴもろとも殺されず、こうして裁きの場を設けて頂けただけでも過ぎたる光栄というもの。……お師匠様の言葉であれば、いかな裁きであっても、悔いなく受け入れられます」

「……いいでしょう。では、呪術師（カースメイカー）カナン」

「…………………はい」

「あなたには――」

「あなたには、反省文の作成を命じます」

「はい。我が命、慎んで捧（ささ）げ…………はえ？」

カナンが顔をあげ、ぽかんと口を開けた。

「今回の件がなぜ起きたのか、再発を防ぐにはどうすればいいか。迷惑をかけた方々に対し、命を捧げるという短絡的な方法以外で償うにはどうすれば良いか。人間界に流通している四百字詰め原稿用紙二十枚以内にまとめて、私に提出しなさい」

「え？　……え？」

「提出期限は本日から三日以内とします。以上」

カナンを無視してシュティーナが続けた。

その声色から師匠が大真面目なことを知り、カナンはよりいっそう困惑したようだった。

「な……なな……」

そしてとうとう、状況の不可解さがカナンの限界を超えたらしい。

がばりと立ち上がり、涙目でシュティーナにしがみつく。

「なんでですかあ⁉　あっ、あたし、本当にいっぱいいっぱいご迷惑を！」

「《賢者の石》の力は我々も知っています」

シュティーナがぴしゃりと言った。そして、ちらりと横目で俺を見る。

「あなたが不在の間に、レオが魔王軍に入ったのは知っていますね」

「は……はい。一通りの事情は聞きました」

「その過程で、我々は本気のレオと戦ったのです。エキドナ様も私も、リリもメルネスもエドヴァルトも、冗談抜きにみな死にかけました。……だからこそ言えます。《賢者の石》の力は凄まじい。ヴァルゴに目をつけられた時点で、貴方の運命は決まっていたのでしょう」

「お師匠様……」

「……もちろん、貴方にも罪がないとは言いません！　怪しい魔道具（マジックアイテム）を見つけたらまず私に報告せよと、日頃あれだけ言っておいたでしょう！」

「ううっ……それは、はい、本当に申し訳ございません……反省しております……！」

「ならば、反省文をさっさと仕上げなさい。あなたに回したい仕事は山のようにあるんです。今回の後始末だけでも三日は徹夜することになりますから、覚悟しておきなさい」

「は……はい！　はいっ！」

カナンの目から大粒の涙がこぼれ落ちた。

首が取れるのではないかという勢いで何度も何度も頷き、師匠の手をがっしと握る。

「おまかせください！　このカナン、お師匠様のためとあらばなんでもやります！　三日でも十日でも徹夜してみせますっ！」

「うおっほん！　……おやおや。ふーむ」

エキドナが非常にわざとらしく咳払い（せきばら）いし、これまたわざとらしく考え込むフリをした。

うん、そうだな。シュティーナがこれだけ甘いなら、上司としてはバランスを取らなきゃいけないよな、アメとムチの。

「我としては、ぜひとも死罪を言い渡してほしかったのだがな。シュティーナにすべて任せると言い切ってしまった手前、前言を撤回するわけにもいかん。これは困った」

「申し訳ございません。まだ我が軍の人材は不足しておりますし、カナンは曲がりなりにも高位の呪術師(カースメイカー)です。生かしておけば利用価値もありましょう」

「ふん、師のお前がそう言うのならば、そうなのだろうな。……おや？」

そう言ったエキドナが、ポン、とおもむろに手を打つ。

「そうだそうだ、すっかり忘れておった！　考えてみれば、このエキドナの魔術の師匠もまた、シュティーナ。外ならぬお前ではなかったかな？」

「ええ。私が十二歳の時に、年上のあなた様が弟子入りしてこられたのでしたね」

「うーむ、これは弱った！　我がお師匠様の考えとあっては、余計に覆(くつがえ)せぬなあ！」

「……なんだこれ……」

三文芝居には付き合ってられない、とばかりにメルネスがボソリと呟(つぶや)いた。メルネスにすら演技の下手さを指摘されるなんて、相当だぞ……。

弟子の裁きは師が行う。

エキドナが唐突にそう言い出した時点でこのオチは見えていたのだが、それにしても予想以上の大根役者である。こいつの弱点がまた一つ露呈したかもしれない。

そして分かっていたことだが、誰もカナンの処遇に不満を述べたりはしない。

この魔王あってこの部下あり、と言ったところか。

「——それと、カナン。先程の言葉、一つ訂正しなさい」

「は……い？」

唐突に矛先が自分に戻ったため、カナンが畏まる。

「もっ、申し訳ありませんお師匠様。訂正、というのは……？」

「〃魔王陛下ならびに四大将軍閣下の御命までも〃というところです。あなたの為に命をかけてくれた人が、ここにもう一人居るでしょう！」

「……うっ」

「師として命じます。きちんと、レオに、お礼を述べなさい」

「……うぐぐ……」

ここでようやく、カナンが俺の方に目をやった。

俺はずっとエキドナの横に控えていたから、はじめて俺に気がついたというわけではない。ただ単に、意図的に無視され続けていたというだけの話だ。

まあ、カナンがそういう行動を取ってしまうのも無理はない。俺と魔王軍はついこの間まで敵対していたのだから。

敵対していただけならまだしも、俺は魔王軍幹部の大半を撃退し、魔界へ送り返し、エキドナの野望を打ち砕いた。まさしく怨敵と言っていい存在だ。

エキドナ達をはじめ、最近はみんなの態度が軟化しまくっているから忘れてたけど、本来ならこれくらいの塩対応でも全然おかしくはないんだよなー……。

「う……ゆ、勇者レオ……さん」

「勇者、はいいよ。もう辞めたからな」

ギギギッ、と軋む音が聞こえてきそうな程のぎこちなさで、カナンが頭を下げた。

「こっ、今回……今回は、あたし……私のせいで……」

「……うん」

「…………」

「……おい？」

カナンが動かなくなった。頭を下げたまま、それきり黙りこくってしまう。

唐突に魔力切れになった自動人形のようだった。たぶん、放っておけば一時間でも二時間でもこの姿勢のままだろう。

「はぁ。あなたって子は本当……」

見かねたシュティーナが助け舟を出そうとした、まさにその時だった。

『――チッ！　ウジウジウジウジ、本当にウゼェ女だなテメーは！』

小さな影が、カナンが持ってきた小型のケースから飛び出してきた。

そいつはひどく聞き覚えのある声で、カナンをげしげしと蹴り飛ばしていた。

『俺の共犯者なら、もうちょっと堂々としろや！　もう一度その身体乗っ取って、俺が代わりに喋ってやろうか？　あァ⁉』

「やっ、やめて！　話が終わるまであんたは黙ってるって約束でしょ！」

『もう十分すぎるくらい黙ってやったっての。サービスタイムは終了だ！』

——声の出処は、カナンお手製と思しき布人形だった。

ボタンで出来た目、糸でジグザグに縫い合わされた口。

ちょっとイビツなヒト形をした全長二十センチほどの人形が、腕組みをして堂々と謁見室の床に立っている。その人形から、ヴァルゴの声が発せられていた。

「うう……というか半分以上はヴァルゴ、あんたのせいじゃない。俺が間違っていた、とか、これからは心を入れ替えます、とか、そういう言葉はないわけ……？」

『はァ？』

ヴァルゴが心底バカにしたように首をかしげ、

『前にも言ったろうが。俺はやりてえことをやって、悔いのない道を歩んだだけだ。謝ることなんかこれっぽっちもありゃしねェよ』

「あ、あんたねえ……！　魔王様とお師匠様がどれだけ恩情をかけて下さったと……！」

「わー！　かわいーい！」

カナンの言葉を遮るように、リリがヴァルゴ人形に勢い良く飛びついた。

両手で人形を抱き上げ、抱きしめ、きゃっきゃと笑いながら振り回す。

「ヴァルゴ！　あなたがヴァルゴね？　わー、すごくちっちゃい！　かわいい！」

『──おいやめろガキ！　俺の身体をつまむな、引っ張るな、逆さにするな！』

「ねえねえカナン！　寝る時にコレだっこしていい？　だめ？」

「え、本気ですかリリ様？　やめた方がいいと思いますけど……性悪が移りますよ」

『なにが性悪だ！　鏡見ろや根暗クソ女！』

「……ふーむ。それにしてもよく出来ていますね。《賢者の石》に耐えうる人形とは」

シュティーナもまた、しげしげと人形……いや、ヴァルゴ人形を覗き込む。

ヴァルゴ人形の内部からは強力な魔力が感じられる。言うまでもなく、ヴァルゴの核──俺と同じ《賢者の石》だ。

「はい。ヴァルゴの処遇が決まるまで、仮の容れ物が欲しいということでしたので。ボロく見えるかもしれませんが、主な材質は魔力伝達に優れた霊銀布。中の綿は魔界のヴィルテン平原でのみ採れるSグレードの黒綿花に、私の血を染み込ませたものです」

「なるほど。それだけあれば、容れ物としては十分すぎますね。安全装置はどうですか？」

「抜かりありません。いざとなれば私の指示一つでボディを粉々に爆発四散させられますし、同時に中の《賢者の石》にも様々なギアスが降りかかる……はずです」

『バーカ。お前みたいなド三流呪術師（カースメイカー）の術が俺に効くわけねェーだろ』

「誰が三流よ、誰がっ！」

『こんな貧弱な身体しか作れねえなんて間違いなく三流だろうが。評価を改めてほしけりゃ、もっといい身体をよこせ。これじゃあ殴り合いの一つもできやしねえ』

「作るわけないでしょ！　ワガママも大概にしなさい、この死に損ない！」

『ンだとてめェ！　誰が死に損ないだガリヒョロモヤシ女！』

「すごいすごい！　この人形、すんごいフカフカで、あったかい！」

『テメーはいつまで俺をオモチャにしてんだよ！　殺すぞ！』

……たしかに、『ヴァルゴの処分が決まるまで、コアを保護する容れ物が欲しい』と言ったのは俺だ。半端（はんぱ）な容れ物では《賢者の石》の魔力に耐えきれないだろう、とも。

ヴァルゴは貴重な存在だ。魔王や四天王に匹敵する力を持っているというだけでも十分だが、奴（やつ）の生命操作能力は様々な分野に活用できる。

今後魔界へ行くにせよ、人間界での地盤を固めるにせよ、利用できるなら利用したい。

それが俺たち全員で話し合った末での結論だった。

そしてそんな中、容れ物を作る役を買って出たのがカナンだった。

コアだけの状態では彼も不安だろう。

なにより、ヴァルゴのことは親友だと思っている。友達は、助けたい。

カナンはそう言った。乗っ取られた後にもかかわらず、だ。

二人の間で何があったのかは知らないが、カナンとヴァルゴには何らかの絆（きずな）が生まれているようだった。仲良く言い争いをしているあたり、ヴァルゴの方もまんざらではなさそうだ。

　実に良（い）いことである。二人ともこれからの魔王軍に必要な人材なのだから、ギスギスしているよりは仲良くしている方がよっぽど良い。

　カナン本人も気づいていないようだが、吃音ぎみのあるカナンがヴァルゴに対してだけは普通に喋っている。それだけ気心の知れた仲になれた、ということなのだろう。

　……しかし。

　まさか本当に《賢者の石》を格納できるボディを作ってしまうとは、驚きだ。

　ダンジョン造りもそうだが、ひょっとしてこのカナンという女、道具作製（アイテムクリエイション）に関しては俺に匹敵する力を持っているのではなかろうか？

十八番（おはこ）の制約魔術（ギアス・スペル）は色々と使いどころを選ぶ術だが、これならギアスなしでも思わぬ方面で活躍してくれそうだ。明日からはたっぷり働いてもらおう。

「よっ、と」

そんなカナンにちょっとした敬意を払いつつ、俺は（ようやくリリから解放された）ヴァルゴの前にしゃがみこんだ。

『――ようレオ。どうした』

「いや。プライドの高いお前が、よくこんなボロ人形で我慢してるなーと思って」

『当たり前だろ。俺は真正面からお前らにケンカを売って、真正面から打ち倒されたんだ』

自分の敗北を語るヴァルゴからは、深い満足が感じられた。

『プライドの話をするんなら、敗者には敗者のプライドってもんがある。これ以上みっともない真似（まね）はしねェよ。殺すなり利用するなり、好きにしろ』

「……素直なのかそうでないのか分からん。昔っから、そういうところは変わらないな」

『そういうテメーは随分変わったよな。これも『成長』能力の賜物（たまもの）か？』

「ああ。あれからたくさん戦って、たくさん成長してきた」

これまでの人生を思い出す。

ベリアルを倒してからも様々な戦いがあり、それらを自分一人で乗り越えてきた。

でもやっぱり、俺を一番変えてくれたのはこの間の戦い。勇者を辞めるために起こした、あの一戦だろう。

ああっ、こいつにありったけの思い出話を聞かせてやりたい！

三千年間、俺がどんな風に生き、どんな風に成長してきたのかを……。

「……ああ、そうか。なるほどな」

『あ？　何が〝なるほど〟なんだよ』

「いや。何にせよ、俺はたくさん戦って成長してきたし、これからも成長し続けるだろう。それがお前の兄弟機、DH-05［レオ］という存在だ」

『そうかい。そりゃあ、頼もしいこって』

ヴァルゴの表情はさっぱりわからない。

だがその声からは、満足と喜びが混ざったようなものが感じられた。

『まァ、いい。そういうことだから、俺もしばらくは大人しくしている。カナンのアドバイザーとして魔王軍に居てやるよ』

「ええ……あたしはこんなガサツなやつ、そばに置いておきたくないんだけど……」

「それはダメだ」

エキドナが首を振り、カナンのつぶやきを即座に否定する。

「ヴァルゴを呼び覚ました貴様には監視責任があり、連帯責任がある。今後、魔王城でヴァルゴが起こした問題は貴様の問題として扱うゆえ、心しておくのだぞ」

「ううう……わかりました……」

半泣きになってエキドナに頭（こうべ）を垂れるカナン。

そのカナンの肩に乗り、暴虐の限りを尽くすヴァルゴ。

そんな光景を見ながら、俺はまったく別のことを考えていた。

（……デモン・ハート・シリーズ。か）

三千年前の魔王ベリアル侵攻の際に、人間たちが作り出したもの。

世界を救済する勇者として作られた、十二の生体兵器。

俺の兄弟。

俺の家族。

魔王ベリアルとの戦いは死闘だったし、生き残ったのは俺一人だと思っていた。

だが、考えてみれば超エネルギーを宿す《賢者の石》を心臓部にしているのだ。ヴァルゴのようにコアが残っていたり、それが何かの機会で復活していないとは限らないじゃないか。

――もし。

この世界のどこかに、俺の兄弟が復活している可能性があるのなら――。

「エキドナ」

「ん？　どうした？」

俺は他のやつに聞こえないよう、隣のエキドナにそっと囁いた。

幸い、今はみんなヴァルゴに興味津々だ。こちらの会話を聞いてる奴はいない。

「今回の件で、一つ目標ができたよ。勇者を引退して、魔王軍に入って、あとはお前の願いを叶えるだけだと思ってたんだが……こんな俺でも、やりたいことがあった」

「……聞こうか。その目標とは、なんだ？」

「俺の兄弟を捜す。DHシリーズ……俺の家族の消息を、もう一度探ってみる」

ぴくり、とエキドナが眉を僅かに上げた。

「もう、そやつらは全員死んだのだろう？　三千年も前に」

「そのはずだ。でも、今回の一件で考えが変わった。可能性は低いが、ヴァルゴのように復活しているかもしれない……人間界や魔界のどこかで、ひっそり暮らしているかもしれない」

「もし家族が生きていたら、か。まあ、仕事の合間にやるのであれば何も問題はないが……実際に生きていたとして、どうする？　我が軍へ勧誘でもするのか？」

「……」

エキドナの質問には、即座に答えられなかった。

俺の望みは、自分でもちょっとどうかと思うくらい、子供じみたものだったからだ。

「……自慢、する……」

「………………………は？」

エキドナが呆気にとられたようにこちらを見る。

「自慢したいんだ。成長した俺と、俺が手に入れた大事な仲間を、家族に自慢したい」

それは、ヴァルゴと再会した時から──いや、下手をすればカナンに宿ったヴァルゴの魔力を感じ取った時から、ずっとやりたかったことだった。

みんな、見てくれ。

俺はこんなに立派になったんだよ。

みんなが居なくなってからもずっと、勇者として頑張ってきたんだよ。

冒険の末に、こんなに素晴らしい仲間を手に入れたんだよ。

……もし俺の家族が生きているのなら、そういうふうに自慢してみたい。

そして、成長した俺を認めてほしい。褒めてほしい。

一体どこにこんな子供っぽい考えが眠っていたのか、自分で言っていて不思議になるのだが……それでもこれが、俺の偽らざる本心だった。

嬉しいことに、エキドナが俺を馬鹿にすることはなかった。

「ふふふふ。いいのではないか？　魔界の住人とて、己の家族は何よりも大切にする」

そう言って満足気に笑うと、健闘を祈るかのように俺の肩に手を置く。

「許そう。存分に兄弟姉妹を探すがいい。そして、もし見つかったならば、思う存分自慢せよ」

「……お心遣いに感謝いたします、魔王陛下」

「やめんか！　気持ち悪い！」

「ははははは。まったくだ」

謁見の間の窓から差し込む、柔らかな日差し。

シュティーナと話し込むカナン。

リリの腕の中で喚いているヴァルゴ。

そんなリリを諫めるエドヴァルト。

話は終わった、と勝手に退室するメルネス。

すっかり日常を取り戻した魔王城に、新しい仲間が加わり――。
何気ないダンジョン探索から始まった『ヴァルゴ事件』は、こうして幕を閉じた。

# 書き下ろし特別編『週明け』

「シュティーナよ」

「はい、エキドナ様」

とある休日の夜。魔王城の最上階にある、幹部執務室にて。

それまで黙々と仕事をしていた赤いドレスの少女——魔王エキドナが、ため息交じりに口を開いた。

「——〝週明けまでに提出〟というのは、具体的に何時がリミットだと思う？」

「はい？」

「月曜は平日。相手の始業時刻は……午前の十時としようか。そんな相手から金曜夜に〝週明けまでに書類を提出してください〟と言われたとして、果たしていつごろまでが〝週明け〟に含まれると思う？」

「……週が明けて仕事がはじまるまで。つまり十時までじゃないですか？」

「本当にそうか？　本当の本当に？　よく考えよ！」

「うっ」

詰め寄るエキドナのあまりの迫力に、シュティーナが思わず気圧された。

「週の頭はこう……色々あるだろう！　週末休みを挟んだせいで仕事をどこまで進めたか忘れてしまったり、休みの日に夜ふかししてしまったせいで週の頭からいきなり寝坊してしまったり！」

「まあ……確かに」

「場所によっては朝礼などもあるだろうから、最初の一時間は殆ど仕事になるまい。つまり〝週明けに提出〟は十時でも十一時でも、区切りよく正午まででも殆ど結果は変わらないと言える。そうだな？」

「あのう」

「そもそもの話、〝週明け〟という指定そのものが不完全なのだ。本当に急いでいるなら『●日の●時まで』と明確に指定する。つまり〝週明けまでに提出してください〟という案件は意外と余裕があり、提出が火曜日や水曜日くらいになっても問題ないはずだ。そうだな！」

「あのう、エキドナ様」

まだ何か主張しようとする上司に無情な瞳を向け、魔将軍シュティーナは冷たく言い放った。

「あなたがどのような理論武装をしても、そこに積まれている百枚以上の書類の締切（しめきり）が明日なのは変わりませんからね？　さっさと仕事してください」

「うおおもうイヤだ！　休日返上で朝から夜まで書類を確認してハンコを捺（お）して、それでもまだ終わりが見えないというのはどういうことだ！」

「人間界との交流をはじめたことで仕事量が数倍になりましたから……」

　呪術師（カースメイカー）カナンとヴァルゴ。彼らが引き起こした事件を魔王軍が片付けたことで、人間界からは様々な反響があった。

　魔王エキドナが改心したという噂（うわさ）は事実だったのか。いや今回の事件はすべて最初から仕組まれていて、我々人類を騙（だま）すためのマッチポンプに過ぎないのではないか。勇者レオは魔王軍で何をやっているのか。シュティーナという美人が助けてくれたのだがファンクラブを作ってもいいだろうか。当社で魔王城見学ツアーを組んだのでぜひ業務提携を。今回の事件をアニメ化してみるつもりはないか。エトセトラエトセトラ。

　こういった連絡への返信は当然エキドナの担当ではないのだが、それでも最高責任者である彼女が最後にやるべきことがある――『承認』だ。

　かつて人間界に侵略戦争を仕掛けた以上、人間界とのやり取りに関しては慎重に進めなければならない。エキドナが逐一内容を確認し、ＯＫならハンコを捺し、担当者に戻す。

それでようやく返信が完了する仕組みであった。とうとうエキドナがハンコを放り投げた。

「うがあああ！　昨晩だってちょっとしか寝ておらんのだ、我は寝るぞもう寝る絶対に寝る！　〝週明けまでに〟などとフザけた回答期限を設定した人間どもには今週末までには返答するからちょっと待っててねと伝えておけ！」

「だああダメですって！　そんなことしたら〝魔王エキドナは締切を簡単に破る三流魔族だ〟という噂が一生ついてまわりますよ！」

「誰が三流だ誰が！」

「あなた以外に誰がいるんです！」

ぎゃいぎゃいと二人が騒ぎ、夜は更ける。

魔王軍と人間界。決して相容れぬはずだった勢力同士の交流。かつてない大規模なプロジェクト――そんな裏にはこうしたひどく泥臭い努力があることを、人々は記憶に刻むべきなのかもしれない。

# あとがき

『勇者、辞めます』二巻を手にとっていただきありがとうございます！

ファンタジア文庫読者の皆様、こんにちは。作者のクオンタムです。

一巻あとがきで書いた通り『ゆうやめ』はアニメ化が決定しており、裏で様々なあれやこれやが動いています。本来ならアフレコの思い出やらなにやら様々な裏話を十ページ分くらいつらつらと書きたいところなのですが……残念ながらアニメ関連の裏話をここに書くことはできません。そう、守秘義務です。このあとがきも例外ではなく、守秘義務から逃れることはできないのです……！

これを書いている今（2022／01）、日本国内ではコロナウィルスのオミクロン株が再び流行（はや）りつつあります。残念ながら『ゆうやめ』アニメが放送される四月になっても状況はあまり変わっていないでしょう。

上記の通りアニメについてお話できることは少ないのですが、原作をしっかり再現した『ファンタジー＋お仕事もの』アニメになっていることだけは間違いありません。勉強の合間に、テレワークの息抜きに、『ゆうやめ』アニメが少しでもあなたの生活の癒やしになれば幸いです（もちろん本書もね！）。

それでは、また三巻のあとがきでお会いしましょう。

※本書はカドカワＢＯＯＫＳより刊行された「勇者、辞めます　～次の職場は魔王城～」を加筆修正したものです。

# 勇者(ゆうしゃ)、辞(や)めます2
## ～次(つぎ)の職場(しょくば)は魔王城(まおうじょう)～

令和４年３月20日　初版発行

著者――クオンタム

発行者――青柳昌行

発　行――株式会社KADOKAWA
〒102-8177
東京都千代田区富士見2-13-3
0570-002-301（ナビダイヤル）

印刷所――株式会社暁印刷

製本所――本間製本株式会社



ISBN978-4-04-074485-8 C0193　◇◇◇